TORSTEN STRÄTER
Postkarten aus der Dunkelheit
(Jacks Gutenachtgeschichten 2)

2005
937419-10
Eldur Horror

Zum Buch:

Tödliche Spielchen beim Biedermann; ein Mann, der seine Leidenschaft für das Morden entdeckt; Apokalypse in New York City …
Dies und noch mehr erwartet Sie in diesem Büchlein.

Band 2 von Jacks Gutenachtgeschichten enthält die Stories unbekannter und unrühmlicher Schicksale von Menschen, die glauben, selbst über ihre Zukunft zu bestimmen – bis sie eines Besseren belehrt werden.

Wie schon in Band 1 verleiht die ideenreiche, blumige Sprache des Autors den reichlich dunklen Erzählungen eine menschliche, manchmal beinahe heitere Note. Doch am Ende dominieren immer Schmerz, Versagen und Tod. Ganz wie im wirklichen Leben.

Zum Autor:

Torsten Sträter lebt in Waltrop bei Dortmund.
Neben seinem Beruf als Speditionsbüttel betätigt er sich noch als unbarmherziger Stalker und Altenpfleger, dies allerdings meist zeitgleich.
Sträter besitzt ein Meerschweinchen Namens »Dr. Fu Man Chu«, mit dem er sehr oft redet, denn er ahnt, dass alle Lebewesen eine Seele haben.
Da das Tier seit Dezember 2003 tot ist, hält er seine Schreibtischschublade akribisch unter Verschluss, bleibt aber am Ball, denn Sträter weiß auch: Es ist nie zu spät für eine glückliche Kindheit.

Torsten Sträter

Postkarten aus der Dunkelheit

Dreizehn Erzählungen
(davon eine von Henning Mühlinghaus)

Jacks Gutenachtgeschichten sind
1. Hämoglobin
2. Postkarten aus der Dunkelheit
3. Hit The Road, Jack

Besuchen Sie uns im Internet:
www.eldur-verlag.de

Hinweis: Die bundesamtlichen Vorschriften betreffs des Gesetzes zur Änderung des Gesetzes über die Ratifizierung kleinverlegerischer Umsatzsteuerfraktionierungen im Zuge der EU-Osterweiterung wurden am 01.01.2005 aufgehoben zugunsten elektronischer Datenübermittlung an lichtzeichengesteuerten Verkehrsknoten. Dies gilt ausdrücklich nicht für Luxemburg und die Schweiz. Österreich fällt unter Progressionsvorbehalt.

Taschenbuchausgabe, 4. Auflage
Copyright © 2003-2004: Torsten Sträter
Copyright © 2005-2014: Eldur Verlag, Aachen
Deutsches Lektorat: Peter J. Dobrovka & Julia Langhardt
Umschlaggestaltung: hat stattgefunden
Satz und Layout: Eldur Verlag
Druck und Bindung: www.pressel.de
Printed in Neuschwabenland
ISBN 3-937419-10-1

Inhaltsverzeichnis

Vorwort	6
Geisterbahn	9
Kopfsache	20
Voliere	28
In der Kurve	53
Bunker-Blues	56
Postkarten aus der Dunkelheit	73
Der Kasper will kein Snickers	110
Heiliger Krieg: Einer muss es ja machen	123
Strangers in the Night	147
Inspiration	157
Abwärts	173
Die Krüppelfabrik	184
Wie werde ich Torsten Sträter?	193
Die Zwischenseite	196
Werbung	197

Vorwort

Oh, Sie schon wieder?
Wunderbar.
Oder kennen wir uns noch nicht?
Dann: Herzlich Willkommen.
Wirklich schön, dass Sie da sind. Schließlich sind Sie nicht irgendein Leser. Sie sind *mein* Leser.
Danke, dass Sie dieses Buch gekauft haben. Ich nehme an, ich habe es Ihnen nicht geschenkt. Nicht, weil ich knauserig bin, aber so ein Buch ist eben nicht das Gleiche wie selbst eingemachte Marmelade. Es wirkt komisch, die Früchte seiner Arbeit (und jetzt erinnert es doch an Marmelade) zu verschenken, so als wolle man sein Zeug unbedingt anderen aufdrängen.
Also haben Sie es gekauft, und dafür: Dankeschön.

Ein genauso großes Dankeschön an die Leser und Rezensenten von *Hämoglobin*. Ausnahmslos ausführliche, kompetente und wohlwollende Besprechungen, das war wirklich (und gut, dass klingt jetzt ein bisschen nach »Die Brücken am Fluss«) wunderschön. Hat sehr gut getan.
Zur Belohnung wird es einige Storys aus *Postkarten* und *Hämoglobin* wahrscheinlich als Hörbuch geben, und wenn Sie jetzt fragen: »Liest der Autor selbst?«, antworte ich herzlich: Das wollen Sie nicht. Wirklich. Eine Horrorgeschichte im Ruhrpottakzent, unterbrochen von raschelnden Händen, die zu ertasten versuchen, wo schon wieder die Scheißzigaretten sind … Nein. Ich kenne ein paar gute Schauspieler und Komponisten, und die machen das.

Beim letzen Mal bekam ich viel Post zu eingeschlichenen Fehlern, und warum ich ständig WDR 4 erwähnen würde. Das mit den Fehlern sollte sich diesmal in Grenzen halten, würde ich sagen, und was die Erwähnung von WDR 4 angeht: Ey, das ist ein Horror-Buch!
Mir ist allerdings aufgefallen, dass ich hier, im zweiten Band, den Sie ja nun in den Händen halten, ebenfalls wiederkehrende Gegenstände und Motive benutze. Diese sind:

- Diktiergeräte
- Karten
- Israelische Uzis
- Allgemeiner Wahnsinn.

Ach ja: Mein Gastautor.
Aus den Hunderten von Storys, die für den Storywettbewerb eingingen, konnte ich nur eine nehmen, leider.
Aber die ist gut.
Viel Spaß damit; und vielen Dank an alle Einsender, die viele großartige, teilweise erschütternd ambitionierte, oft aber auch zu lange Sachen eingereicht haben.
Die Story heißt »Krüppelfabrik«, und ich wiederhole mich ungern, aber: Wirklich gut, das Teil.

Ich wünschte übrigens, ich könnte behaupten, dass ich in meinem Schreibzimmer sitze, diffuses Licht, unter mir ein Chippendalesessel, vor mir ein antiker Schreibtisch, der Cursor des Laptops in freudiger Erwartung weiterer Geistesblitze sanft blinkend, während ich über den nächsten, an Sie gerichteten Satz nachdenke.
Aber ich hocke in meinem potthässlichen Büro und muss irdischer Arbeit nachgehen, und ständig nervt wer.
Seien Sie froh, dass Sie nicht hier sind; andauernd kommt jemand herein.
»Was schreibsn da?«
»Mein Vorwort.«
»Zu was denn?«
»Buch.«
»Wie, Buch?«
»Buch, Mann.«
»Und was steht drin?«
»Wenn ich Glück hab, irgendwann sogar ein Vorwort, du Vogel.«
Also nix mit dem Mythos Horror-Schriftsteller, dunkler Mann des Wortes und so. Wenn Sie trotzdem eine Signierung wünschen, eine Frage haben oder einfach was loswerden wollen (Nein, ich meine keine Potenzpillen oder garantiert echte Ro-

lex-Uhren):
torsten-straeter@t-online.de

So: Der Kaffee dampft, und Sie sind hier.
Dreizehn Geschichten, Sie und ich.
Wir können loslegen, hm?
Endlich.
Wenn ich nur wüsste, wo schon wieder meine Scheißzigaretten sind.

Diesmal werden Sie mich nach New York begleiten, und wieder mal nach Dortmund, natürlich. Wir schauen aber auch in Maine, Heimat von *Sie-wissen-schon-wem*, nach dem Rechten. Von Queens, Berlin und Frankfurt ganz zu schweigen. An diesen Orten passieren seltsame Dinge, und wenn Sie jetzt packen, um mit mir zu kommen, denken Sie an Ihre Gummistiefel. In einigen dunklen Ecken wäre es möglich, dass Sie in Dinge treten, die ziemlich …

Sehen Sie selbst.

Torsten Sträter
29. Apr. 2005

Geisterbahn

Der Wagen glitt rumpelnd über die flache Betonschwelle. Er kam kurz vor der Schranke zum Stillstand, ruckte wieder an und fuhr ein, exakt in dem Moment, als Marek den Rauch aus seinen Lungen entließ.

Anfangs hatte er noch jedem gewunken, der hereinfuhr, aber als auch nach dem zwanzigsten Mal jede Reaktion ausblieb, blickte er nicht mal mehr auf.

Drei Tage war er nun hier, und seine Sucht nach filterlosen Camels hatte die Atmosphäre in seinem Glaskasten nicht unbedingt verbessert. Er fächerte mit seiner Zeitschrift den Rauch zur Tür.

Sein Chef ließ sich nicht blicken. Er konnte rauchen, und – wenn er wollte – auch fernsehen. Aber der Empfang war schlecht, und außerdem hatte er alle Hände voll zu tun.

Marek war ein beschäftigter Mann. Er hatte gelernt, die Verantwortung zu tragen und auf eigene Faust zu wirken.

»Sie müssen nichts weiter tun, als die Wagen im Auge zu behalten, ab und zu die Anlage checken. Aber Sie sehen ja das Meiste auf dem Monitor. Verzögerungen gilt es zu vermeiden. Klar, oder?«

Der Chef hatte den Kopf schief gelegt. »Im Prinzip könnte das meine Oma.«

Marek hatte den Witz nicht verstanden, und als sein Gesprächspartner dies bemerkte, hatte er noch gesagt: »Vom Arbeitsaufwand, mein ich.«

Marek hatte nur genickt.

Von Zeit zu Zeit wanderte er durchs Dunkel und kontrollierte die Anlage.

Das war vielleicht einmal am Tag nötig, aber er tat es beinahe stündlich, denn nicht immer unternahmen die Leute eine Fahrt, und Marek nutzte die Zeit.

Erst seit heute morgen funktionierte alles so, wie er wollte.

Die Lichter in den normalen Gängen waren aus, an den Biegungen und den »Schockerstellen« – jenen ganz speziellen, besonders gruseligen Punkten – jedoch auf verschiedene Grade der Helligkeit eingestellt.

Die künstlichen Spinnweben vor der Ventilation wehten nicht mehr so hektisch, seitdem er die Anlage um zwei Stufen gedrosselt hatte.

Die blutroten Glühbirnen in den rostigen Käfigen glimmten direkt über der ersten Biegung. So, wie es am besten aussah.

Gegen zehn Uhr hatte er die Beschallung eingestellt. Durch die Lautsprecher ließ er »Halloween Sounds« dröhnen, eine stimmige Folge von Flattern, Schreien und tiefen Orgelklängen auf CD. Besser als der andere Kram. Bedeutend gruseliger.

Wenn sein Chef, der nette Herr Gawollek, feststellte, dass sein neuer Mann 120 Prozent gab, würde er sicher sehr, sehr zufrieden sein.

»Höllische Akustik«, hatte er entzückt gemurmelt, als er das erste Mal durch die Geisterbahn gewandert war.

Er musste den Buhmann an Punkt vier neu ausrichten, zeigte ihm der Videomonitor.

Und das Gekreische hinten am Wendepunkt schien nicht in Ordnung zu sein.

Wenn die letzten Wagen durch waren, beschloss er im Stillen. Vorher nicht. Er wollte die Magie der Bahn nicht durch seinen Auftritt mit Draht und Schraubenzieher vernichten.

Das Telefon blinkte. Wegen der CD war der Ton stumm geschaltet.

»Herr Marek, wie schaut's aus?«

»Ich komm zurecht, danke. Ist nicht viel los heute. Zahlende Gäste, mein ich.«

»Deswegen rufe ich nicht an«, sagte sein Chef. Seine Stimme klang recht launig. Dann wurde er formeller.

»Ich benötige noch immer Ihren Sozialversicherungsausweis.«

»Bring ich morgen zur Post, wenn das okay ist, Chef.«

»Nicht nötig. Ich schaue morgen wegen der Automaten vorbei. Um elf kommt auch ein Techniker. Wegen dem Licht.«

Marek legte auf. Ein strahlendes Lächeln hatte sich auf seinem Gesicht ausgebreitet. Er mochte seinen Boss. Gawollek war ein netter Mann. Und ums Licht, jaha, ums Licht hatte er sich

schon gekümmert.
Marek öffnete die obere Schublade des Schreibtischs.
Unter den Pornos seines Vorgängers lag das Werkzeug, verstaut in einer abgewetzten Kunstledertasche.
Er fummelte die Rolle mit dem Blumendraht, den Seitenschneider und etwas Isolierband, wie es zum Abdichten von Kupferrohren benutzt wird, heraus.
Dann griff er sich sein Frühstück, zwei Schinkenbrote und eine Dose Cola, und machte sich auf den Weg.
Er warf einen Blick auf die selbst gemachte Bleistiftzeichnung, die alle Teilabschnitte darstellte.
Marek rümpfte die Nase. Dieser Geruch!
Dieser Gestank nach Schmiere und heißem Gummi harmonierte nicht im Geringsten mit dem gruseligen Ambiente. Es war schwer zu ignorieren, Gruselkabinett oder nicht, aber so lief es nun mal. Keine echte Magie, nur Technik.
Das hohe Kreischen hallte von den Wänden wider, aber es klang schon wieder abgehackt.
Stimmte was mit der CD nicht? Er hätte sich vor dem Einlegen die Pfoten waschen sollen.
Marek verdrehte die Augen und fischte nach der Taschenlampe an seinem Gürtel.

Er schritt durch die Gänge und prüfte hier und da die Dekoration.
Das metallische Knacken seines Dosenverschlusses, gefolgt vom leisen Zischen entweichender Kohlensäure, hallte überraschend laut von den Wänden wieder.
Marek erschrak, lächelte dann mild, nur um eine Sekunde später noch mehr zu erschrecken.
»Halloooo!«, kreischte es aus der Finsternis.
Mareks Augen weiteten sich und die Härchen auf seinen Armen richteten sich auf.

Gawollek schaute sich nochmals die Bewerbung an.
»Meinen Sie, der Mann kriegt das hin?«, fragte er.
»Sie haben ihn eingestellt, und ich denke nicht, dass wir für diese Arbeit einen Atomphysiker brauchen. Sie?« Der Hausad-

vokat, Gawolleks Mann für alles, war so trocken wie stets.
Gawollek hatte nichts anderes erwartet. Er bekam stets eine Antwort, die jede rhetorische Komponente in seinen Fragen ignorierte.
»Immerhin hat er Erfahrung damit …« Der Anwalt blätterte desinteressiert in einem Leitz-Ordner, »Überwachungsaufgaben zu übernehmen.«
Gawollek sah auf.
»Ich finde ihn merkwürdig, aber eifrig. Anders kann ich es nicht sagen. Sein Zeugnis …« Er schnickte mit dem Zeigefinger gegen die Ecke des Blattes, »ist irgendwie …«
»Schmuddelig«, sagte der Anwalt.
»… rührend! Etwas in der Art. Besser kann ich es nicht ausdrücken.«
Gawollek versuchte, sich eine kleine Portion Absolution abzuholen, stellte der Anwalt fest.
Genau wie das letzte Mal beim Perser. Entweder hatte Gawollek eine Schwäche für Leute, denen der Hauch des Außenseiters anhaftete, oder er dachte, nur Looser würden diesen Job annehmen. Der Anwalt vermutete, dass beides richtig war.
Es spielte auch keine Rolle. Vor drei Tagen war der Perser abgehauen.
Er hatte ein-, aber nicht ausgestempelt. Seine Thermoskanne hatte noch auf dem Tisch gestanden. Aus den Augen, aus dem Sinn. Wandervögel.
Am selben Nachmittag war dann dieser Kerl im Betrieb erschienen und hatte sich beworben.
Gawollek hatte ihn innerhalb von vier Minuten eingestellt. Ein sehr legeres Gespräch; durchgezogen nur, um schnell wieder zurück in sein Stadtbüro zu kommen, zu seinen Zeitungen und in die Nähe des Kontoauszugdruckers der Bank.
Dieser Marek kostete neunhundert pro Monat, der Anwalt zweiundneunzig pro Stunde.
Wegen dieser zweiundneunzig erlaubte er sich den Luxus, Marek auf der Stelle aus seinen Gedanken zu verbannen, um sich gewisser steuerlicher Unbillen anzunehmen.
Gawollek hatte ihn gebeten, nochmals einen Blick auf Mareks Unterlagen zu werfen. Das konnte warten, bis Kaffeezeit war.

Keine Minute vorher.
»Er scheint eine lange Zeit nichts getan zu haben«, las Gawollek ab. Er beschäftigte sich schon länger mit Mareks Sammelsurium aus Zeugnissen, Bewertungen und dieser irgendwie anrührenden, handschriftlichen Bewerbung. Im Moment las er den Lebenslauf. Das alles war normalerweise nicht interessant für ihn. Aber diese Sammlung von Schriftstücken war, als hätte man entdeckt, dass sich unter den Kontoauszügen vergangener Monate ein handsignierter Karl May befindet.
Oder ein Lovecraft.
»Hier ist ne achtjährige Lücke. Er scheint von siebenundneunzig bis … na ja, bis jetzt nichts getan zu haben.«
»Er wird trotzdem seine Arbeit machen«, erwiderte der Anwalt und klappte einen neuen Ordner auf.

Marek ließ den Strahl der MagLite über den Boden huschen, als er in die Sackgasse einbog.
Gut, er konnte es sich eingestehen: Ihm war unbehaglich zumute. Nicht, weil er sich definitiv in einer – in seiner – Geisterbahn befand, das wäre albern gewesen, sondern weil hier irgendetwas schrecklich im Argen war.
Und zwar an seinem dritten Tag, und dem Anschein nach durch sein Verschulden.
Die Verantwortung war ein zweischneidiges Schwert. Es war nicht alles nur Spaß. Die ganze Leichtigkeit der Illusionen erforderte harte Arbeit, Marek war mittendrin und morgen kam der Chef! Er knabberte an seiner Unterlippe, während er nachdachte.
»Ach Scheiße.«
Der Buhmann an Punkt vier. Marek drehte auf dem Absatz und marschierte rasch zum Kreuzgang.
Der Buhmann war furchterregend.
Marek fand, er war noch unheimlicher als am Vortag. Trotzdem hing er schief.
Er fummelte etwas Blumendraht ab, wickelte ihn über die Stirn des Schädels und verzwirbelte die Enden direkt unterhalb des schaurigen Haaransatzes. Die Augen leuchteten nicht mehr, aber das hatte Zeit bis später.

»Hallo!«, kam es wieder aus der Sackgasse. Es war ein Schrei, der nur rein zufällig ein klar artikuliertes Wort in sich zu tragen schien; die Stimme eines Affen, der einen Glückstreffer gelandet hatte.
»Herrgott!«, schrie Marek.
Dann ging er zum Ende der Sackgasse.

Die Frau lebte noch. Marek entwich ein Laut der Verblüffung. Sie war noch immer an ihrem Platz, und alles an und in ihr ebenfalls, soweit er sehen konnte.
Er musste ein Stück um den Wagen herum gehen, um zu ihr zu gelangen. Auch darum musste er sich später kümmern.
Er beugte sich zu ihr hinunter und stellte fest, dass er sich geirrt hatte, was die Perfektion seiner Dekoration anging.
»Sieht so aus, als hätte ich das nicht so gut gemacht«, sagte er mehr zu sich selbst.
Er schüttelte den Kopf.
Sie trug einen beigefarbenen Mantel, der so nass von ihrem Blut war, dass er seltsam romantische Falten warf, fast wie ein barockes Kostüm.
Aus ihrem schneeweißen, mütterlichen Allerweltsgesicht kamen Rotz und gutturale Laute, als sie Marek erblickte.
Er fasste behutsam eine der roten Partybirnen an der Spitze, und drückte sie zurück in ihre Augenhöhle.
Sie gab ein pfeifendes Geräusch von sich, das Marek sowohl ulkig als auch gruselig fand.
Da, wo der Draht ihre Finger nicht an den Stuhl gefesselt hatte, flatterten sie wie ein sterbender Spatz, als er die Birne weiter hereindrehte. Etwas klare Flüssigkeit rann aus ihrem Augenwinkel.
Er runzelte die Stirn. Es wurde Zeit für einen ausgedehnten Rundgang.

Gawollek erhob sich.
»Ich mache jetzt Feierabend«, sagte er und ergriff sein Jackett.
Der Anwalt nickte nur, ohne von seiner Lektüre aufzusehen.
»Ich schau noch mal beim Neuen rein. Mal sehen, ob das alles geklappt hat bei unserem Freund.«

Der Anwalt hatte bei genauer Durchsicht von Mareks Unterlagen festgestellt, dass er offensichtlich niemals in Mathematik unterrichtet worden war. Das hatte Gawollek schon etwas beunruhigt.

Zwar fand er es generell seltsam, dass ein Bewerber sämtliche Unterlagen inklusive der Schulzeugnisse aus den Sechzigern einreichte, aber so waren seine Pappenheimer.

Dieser Pappenheimer allerdings hatte im Feld »Rechnen« – nicht Mathematik, nein, *Rechnen* – nur Gedankenstriche statt Zensuren, verfasst mit der verblassten Tinte eines toten Jahrzehnts.

Hatte er einen mathematischen Rohrkrepierer ins Aquarium gesetzt?

In der Tiefgarage stand sein Vectra.

Er ließ sich in die Polster fallen und startete den Motor. Es war schwer, um diese Uhrzeit einen Parkplatz in der Nähe seines Ziels zu bekommen, aber er war zuversichtlich. Er würde ganz sicher einen finden, keine Frage, das war nicht das Problem.

Das Problem war, dass sein neuer Mann im Glaskasten offenbar gerade mal bis zehn zählen konnte.

Gawollek fuhr los, um Marek einen Besuch abzustatten.

Marek ging den Weg ins erhellte Areal.

Die Leute, deren Wagen er mit den Nagelbrettern in die weiträumige Nische nahe der Stahltüren gelotst hatte, waren prima dekoriert. Dies war die letzte Station der Fahrzeuge, das Glanzlicht.

An diesem Punkt gab es buchstäblich kein Zurück.

Es war so simpel gewesen.

Man konnte den Leuten schon mit einem absoluten Minimum an Kreativität echten Thrill vermitteln.

Er hatte die meisten von ihnen auf Stangen gezogen. Als ihm die spitzen Eisen ausgegangen waren, hatte er begonnen, seine Arbeit mit Klebeband zu vollenden. Das war ungleich mühseliger gewesen, aber der Anblick versöhnte ihn jedes Mal.

Eine Nacht harter Arbeit hatte nicht weniger als die Verquickung von Entertainment und Kunst zur Folge gehabt.

Die Männer hatte er so positioniert, dass sie trotz der aufgeris-

senen Münder vage an die Aufstellung antiker Terrakottakrieger erinnerten,
Alles war voller Fliegen, aber wenn man vorbei fuhr, störten sie kaum, und wenn man ausstieg, um Teil des Ganzen zu werden, war es nur natürlich, die Fliegen zu empfangen.
Er wischte den Schraubenzieher, den er benutzt hatte, um die Frau mit den Birnen außer Stand zu setzen, an seiner Hose ab und steckte ihn weg.
Dann suchte er das Mobile des Persers auf. Die Fliegen begannen bereits, Larven abzulegen, aber er würde sich noch einige Zeit halten.
Der einzige Hund der letzten Tage, ein Cockerspaniel, schwebte ausgeweidet an Blumendraht von der Decke. Eine abgetrennte Kinderhand, an deren Gelenk eine Swatch baumelte, war in sein Maul gesteckt, und er sah aus, als wollte er spielen. Seine Därme hingen aus ihm heraus wie blaugrüne, nasse Taue, und Marek beschloss, später eine Lichterkette daran zu befestigen.

Gawollek kam schon einige hundert Meter vor dem Ziel zum Stehen.
Er hatte mehr als eine Stunde im Stau gestanden, aber das war er gewohnt und nahm es mit der Gelassenheit eines Mannes, der sowohl eine Klimaanlage als auch Pink Floyds Gesamtwerk im Fahrzeug zur Verfügung hatte. Im Stau zu stehen entspannte ihn beinahe.
Dann wurde »Dark Side of the Moon« vom blechernen Piepen seiner Freisprechanlage übertönt.
»Ich habe ein wenig recherchiert«, ertönte die Stimme seines Anwalts. Er hörte sich an, als wäre es ihm peinlich, Gawollek zu belästigen. Gleichzeitig klang seine Stimme sehr gehetzt.
»Und?«
»Er war lange in einem Heim in der Nähe von Krakau. Vollwaise.«
»Tragisch«, sagte Gawollek. Er sah nicht ganz ein, warum das wichtig war.
»Ja. Enorm tragisch. Das hat mich neugierig gemacht. Habe dann diesen Kerl auf dem Zeugnis angerufen. Die Nummer

stand nicht drauf, aber den Betrieb gibt es noch.«
Gawollek wusste, wen er meinte: Das Papier war von einem Schausteller aus Bremen; irgendeinem Mann, dessen Name beinahe unaussprechlich war, und an dessen Schreibmaschine das Farbband so fadenscheinig sein musste wie Mareks Lebenslauf. Es war mehr der Geist eines Zeugnisses gewesen. Das blasse Phantom eines Schriftstücks, das besagte, dass Marek fleißig und »motiwirt« war.
»Er hat ihn damals rausgeworfen. War schwierig rauszufinden in dem Gespräch. Der Mann hört schlecht. Hat was an den Ohren.«
Gawolleks Hals fühlte sich plötzlich trocken an.
»Weswegen?«
»Er hat sich gewisse ... Eigenmächtigkeiten erlaubt.« Der Anwalt klang, als würde er sich nicht wohl fühlen. »Mit der Dekoration der Bahn.«
Gawollek wartete, was nun kam. Das konnte nicht alles gewesen sein. Er sagte nichts, lauschte auf den Atem des Anwalts und wartete ab.
»Eines Morgens kam der Besitzer der Bahn, dieser ... Sie wissen schon, oder? Jedenfalls wollte er die Kasse eröffnen und erwischte Marek dabei, wie er an der Außenfassade herumfummelte.«
»Was tat er?«, fragte Gawollek.
Der Anwalt sagte es ihm.

Marek ging durch sein weitläufiges Schreckenskabinett zurück in sein gläsernes Büro.
Er wusch den Schraubenzieher unter dem Wasserhahn ab, schrubbte seine Hände und setzte sich.
Dann zündete er sich eine Camel an.
An der Fassade draußen sprang die Anzeige von »besetzt«, auf »frei«.
Der nächste Wagen fuhr zur Schranke. Eine ältere Dame saß darin. Marek konnte sie ziemlich gut gebrauchen; sie würde sich fabelhaft als Wegweiser machen, wenn er es schaffte, ihren Arm zu fixieren. Er grinste tadelnd sein Spiegelbild in der Glasscheibe an:

Hände umsonst gewaschen.

»Er hat Vögel und anderes Getier an der Fassade befestigt. Spatzen, Eichhörnchen, Mäuse.«
Die Stimme des Anwalts war zu einem Raunen geworden. »Die meisten haben noch gelebt. Er hat eine Heißklebepistole benutzt, und sie einfach angeklebt. Der Mann von der Geisterbahn hat gesagt, die Vögel hätten gekreischt. Nicht gepiept oder so was, richtig gekreischt.«
Eine kurze Pause entstand.
»Das Zeugnis? Woher hat er das dann?«
»Er hat seinen Chef gezwungen. Er sagte, er könne alles dekorieren, wenn er wolle. Es wäre eine Frage des Werkzeugs. Er hat versucht, ihm heißen Kleber in die Ohren zu spritzen, und teilweise ist ihm das auch geglückt. Dann kam die Polizei, und er wanderte in die Forensische Psychiatrie in …« Gawollek hörte Papier rascheln. »… Rostock. Da blieb er. Wurde als debil diagnostiziert. Lese- und Schreibschwäche, aber gut bei handwerklichen Übungen.«
»Wann ist er entlassen worden?«, hauchte Gawollek, während sein Ziel in Sicht kam.
Er traute seinen Augen nicht, als er die Lichttafel über der Einfahrt sah. Sie war soeben von »besetzt« auf »frei«, dann wieder auf »besetzt« gesprungen.
»Letzen Montag«, sagte der Anwalt, aber Gawollek hörte es nicht.
Eine lange Schlange hatte sich vor der Einfahrt gebildet; er glaubte nicht, dass es gut wäre, zu warten, bis er an der Reihe war, also sprang er aus dem Wagen und lief die Einfahrt hinunter.

Irgendetwas war ganz entsetzlich schief gelaufen, und als er die Schranke passierte, roch er es bereits, bevor er es sah. Die Luft war voller Auspuffgase, und mit dem Licht stimmte etwas nicht – aber der Geruch war schlimmer. Unter dem Gestank verbrannten Kraftstoffs lag noch ein anderer, speziellerer Duft. Er hörte ein Klopfen auf Glas und sah zum Büro rüber.
Mareks fahles Gesicht hinter der Scheibe wirkte auf Gawollek

wie einer dieser Sankt Martins-Lampions.
Marek lachte auf die gleiche rührende Art, die auch sein Lebenslauf vermittelt hatte, fand er.
Er hatte sich getäuscht, was seinen neuen Pappenheimer anging, bitter, bitter getäuscht.
Er ging an Marek vorbei, die Einfahrt hinunter ins Dunkel. Gawollek wusste, dass es nicht so dunkel bleiben würde. Er konnte blinkende Lichter in der Finsternis ausmachen …
… und noch andere Dinge.
Er war in einer Geisterbahn, die organisch gewachsen war. Schon nach dreißig Schritten war das nicht mehr zu ignorieren. Sein neuer Pappenheimer war handwerklich sehr begabt, durchaus.

Später, als er bei den Frauenparkplätzen tief im Innern des Parkhauses Mareks Atem im Nacken spürte, stellte er fest, dass dieser auch deutlich weiter als bis zehn zählen konnte.

Kopfsache

Der Mann am Telefon gähnte.
Er hatte bereits zweiundachtzig Anrufe entgegengenommen, eine Kanne Tee seinem Blutkreislauf überantwortet und zwölf Marlboro geraucht, aber war noch immer müde.
Es summte wieder leise, unterstützt vom hektischen Blinken eines Lämpchens im Gehäuse des Telefons, das sich nicht abschalten ließ.
»Institut der ultimativen Wahrheit, Meier.« Das »Meier« fiel aufgrund eines kleinen, tückischen Gähnens etwas gedehnt aus.
»Ich will wissen, ob meine Frau mich betrügt«, sagte eine dumpfe Stimme. Die Sprachqualität litt etwas unter den zweihundert Metern Stahlbeton über ihm.
»Ja«, sagte der Mann – der nicht Meier hieß, was aber ohnehin niemanden interessierte – träge.
Der Anrufer knallte den Hörer auf.
Weitere neunundvierzig Euro neunundneunzig rasselten in ein digitales Countersystem.
Meier war ein Prägkognitiver der alten Schule, nicht besonders weise, nicht besonders diplomatisch.
In den acht Jahren, die er nun in der Telefonfirma im Bunker unter der Hauptstadt arbeitete, hatte er immer die gleichen Leute mit immer den gleichen Problemen verarztet.
Betrügt mich meine Frau?
Werde ich erben?
Werde ich verlieren?
Werde ich …?
Meier beantwortete – wie seine Kollegen – alle Anfragen nur mit ja oder nein. Ein Gespräch dauerte durchschnittlich acht Sekunden, und geschlossene Fragen waren für den Anrufer Pflicht. Ja oder nein. Andernfalls wurde die Verbindung getrennt, das Gespräch aber berechnet.
Manchmal konnte Meier sich nicht sofort in die Stimme des Anrufers einfühlen, um zu lesen, und dann konnte es auch mal zwanzig Sekunden dauern, aber das war selten.
Er blickte zur Trennwand: Sein Kollege trug die Haare wie üblich ungekämmt, und mehr war von ihm nicht zu sehen.

Meier klopfte gegen die Barriere aus Milchglas.

»Wieder viel heute, was?«

»Das wissen Sie doch«, erwiderte der andere. An seinem Hinterkopf wippte eine Strähne strohblonden Haares.

Natürlich, dachte Meier.

Er wusste, dass ihm noch exakt zweihundertsiebenundfünfzig Anrufe bis zum Ende seiner Schicht bevorstanden, und er wusste nicht, woher er das wusste; trotzdem hätte er es nett gefunden, etwas Smalltalk zu betreiben. Nichts Großartiges, einfach nur Plauderei.

Der Kollege nebenan machte ihn neugierig; er antwortete stets sehr laut, fast euphorisch, obwohl die Statuten besagten, dass absolute Emotionslosigkeit geboten war. Er knallte regelmäßig seine Kaffeetasse auf den Tisch, dass es schepperte, nieste brachial und lachte gelegentlich sogar.

Kaffee: Nicht gut. Die Wirkung auf das Hirn war trügerisch. Wähnte man Koffein noch Ende des Jahrtausends als den Heilsbringer der Synapsen, wusste man nun, dass es der besonderen Tätigkeit des Hellsehens nicht gerade zuträglich war, aber Kollege Nebenan schien das schnuppe zu sein. Der würzige Duft wehte permanent herüber. Ein komischer Vogel, der nicht recht ins Team passte, wenn man davon absah, dass man das Team eigentlich gar nicht kannte.

»Ich werd dann mal wieder«, sagte Meier.

»Klar.«

Er spürte die Kopfschmerzen schon eine Sekunde, bevor sie aufflammten, um ihre Stampede durch die Hirnrinde ins Zentrum zu beginnen.

Meier schloss die Augen und kniff sich hart in die Nasenwurzel. Die Schmerzen waren erstaunlich. Ein dominantes, scharfes Flackern, das seine Sehschärfe benebelte und seinen Mund austrocknen ließ.

In letzter Zeit kamen sie immer häufiger.

War der Schmerz früher ein seltener Gast gewesen, der ungelegen zu Besuch kam, tobte er mittlerweile täglich durch seinen Kopf wie ein Hausbesetzer in klingenbewehrtem Kettenhemd.

»Gott!«

»Hm?« Der Kabinennachbar reckte sich fragend, und Meier

erhaschte zum ersten Mal etwas mehr vom Gesicht seines Kollegen.
»Nichts. Kopfschmerzen.«
Der andere nickte. Dann huschte der rote Schein seines stumm blinkenden Telefons über sein Gesicht, und er nahm ab und vergaß Meier.
Meier kämpfte sich durch weitere Telefonate; ja und nein, ja, ja, nein, nein, nein, ja, nein.
Erstaunlich viele Anrufer kannten die Antwort ohnehin, stellte er immer wieder fest, während er sich im Timbre ihrer Stimme festsaugte.
Noch zweiundneunzig Anrufe.
Er schaltete die Schleife ein, um die ankommenden Rufe auf die anderen Schichtdienstler umzuleiten. Natürlich war niemand erbaut davon, eine Anfrage zu beantworten, die buchstäblich nicht für ihn bestimmt war, aber Meier brauchte ziemlich dringend einen Spaziergang.
Er schloss den Gazevorhang seiner Kabine hinter sich, tappte auf seine Brust, erfühlte die Marlboros und verließ das Callcenter.
Meier hatte sich auch nach all den Jahren, die er unter dem Zentrum Berlins verbracht hatte, nicht an den Bunker gewöhnen können. Das menschliche Auge war nicht dafür konzipiert, eine so unfassbare Fülle an Grautönen zu verarbeiten.
Der Bunker war so hoch, dass es nicht möglich war, seine Decke zu erspähen. Hunderte von Neonröhren an den Wänden spendeten Licht, aber keine Wärme, und die fünf asphaltfarbenen Stahltore trugen keine Beschriftung. Das war auch nicht nötig, denn ins Freie führten sie ohnehin nicht.
Nur in die Quartiere, zur Krankenstation oder den Kalkgruben, der letzten Station im Leben eines Prägkognitiven.
Er spazierte durch den Bunker, der jetzt, gegen sechzehn Uhr, menschenleer war, und widerstand dem Drang, sich umzusehen. Was er gesehen hätte, wäre nur Begrenzung gewesen, nicht Geborgenheit, obwohl ihm genau das versprochen worden war.
»Sie werden abgeschirmt sein«, hatte der Rekrutierungswissenschaftler damals gesagt, »und nicht mehr diesen *Schwall* ertragen

müssen. Ein Leben voller Klarheit.«
Nein, dachte Meier. Dieser Schwall von ungefilterten Gedanken seiner Mitmenschen, die seinen Kopf füllten, bis er sich nach wenigen Minuten anfühlte wie ein überkochender Kessel, war nicht mehr zu befürchten, denn hier waren keine Mitmenschen mehr. Nur das endlose Grau von Betonquadern, die zu einem künstlich begrenzten Himmel empor reichten, der trotzdem nicht zu sehen war. Nur die Nischen industriellen Steins, die nicht von den Röhren ausgeleuchtet wurden und die letzten Bastionen absoluter Finsternis in diesem kalt illuminierten Kaufhaus der Wahrheit waren.
Er zog seine Zigarettenschachtel hervor und betrachtete sie.
Der Vorgang des Rauchens war nur das Tüpfelchen auf dem i. Er kaufte sie vor allem, um sich im Rot der Verpackung zu verlieren, einem grelles Rot, das lebendig erschien und ihm die Blumen aus der Zeit seines oberirdischen Lebens ersetzte.
Mit dem Rot des Lämpchens an seinem Telefon war das anders: Man erfreut sich auch nicht am Glitzern des polierten Stahls eines Skalpells, wenn es anschließend ins eigene Fleisch schneidet. Man hieß Nikotin gut, weil es zwar tötete, aber der Konzentration half.
Sein Kopf begann wieder zu schmerzen; eine leichte Übelkeit kündigte sie an, und dann, wusste er, würde es sich anfühlen als trüge er einen Helm, der wie eine eiserne Jungfrau funktionierte. Die rostigen Nägel würden sich in die Klarheit seiner Gedanken versenken und seismische Strömungen bohrende Qualen durch seinen Schädel pulsen lassen.
Seine Finger zitterten, als er sich eine Marlboro zwischen die Lippen steckte.
Er musste hier raus.
Er machte sich nichts aus der Welt oben, oder deren Bewohnern. Wer unablässig erfährt, was die eigene Frau, die eigenen Kinder tatsächlich von einem denken … Aber Leben war doch etwas anderes. Er hatte Tausende solcher Momente des Zweifels durchlebt, während die Zigarette qualmte und sein Blick im Grau versank. Nur in seinen Rauchpausen kam er sich selbst wie ein Mensch vor. Ihm lag viel daran, sich wie einer zu fühlen. Ein weiterer Zug, Rauch, der in seine Lungen einfiel, dort

spukte wie ein zärtliches Gespenst und dann mit seinem Atem im Bunker verschwand.
In diesem Moment kündigte er seinen Pakt mit der modernen Wissenschaft, die aus Gründen der Kosteneffizienz mit einer großen Telefongesellschaft arbeitete und deren Mitarbeiter in der Regel bis zu ihrem Tode vor den Telefonen hockten.
Kost, Logis und geistige Ruhe gegen ein Leben in einer schreienden, aber bunten Welt; er hatte sich soeben neu festgelegt, und die Schmerzen waren ein wichtiger Faktor gewesen.
Es war sozusagen eine reine Kopfentscheidung.
Meier fand sich in der Krankenstation ein. Einige an Beton gedübelte Chromschränke, viel steriles Plastik, ein Tomograph, Röntgeneinheiten, drei Stahlliegen im Zentrum des Raumes.
»Es sind diese Kopfschmerzen«, erwiderte Meier auf die Frage des Arztes, was ihm fehle, »sie machen mir Angst.«
»Ich werde mal schauen«, sagte der Arzt, ein Ziviler, der täglich nach unten gebracht wurde.
»Das wird nicht nötig sein«, flüsterte Meier, die Ahnungslosigkeit des Arztes gierig aufnehmend, und riss den schweren Schwenkarm der Röntgenstation heran.
Bei der Konfrontation Mensch gegen Maschine versagte der Schädel des Mediziners in großem Stil.
Als er den Doktor unter die mittlere Liege verfrachtet hatte, riss er die Verpackung eines sterilen Einwegskalpells auf, das er in einer stählernen Nierenschale gefunden hatte; die Kevlarschnüre, an deren Ende die Codekarten hingen, waren in sich verdreht und unzerreißbar. Sie zu durchtrennen war auch mit einem scharfen Messer Fleißarbeit, aber Meier war sehr motiviert.
Als er fertig war, krempelte er die Taschen des Toten um und fand eine Kreditkarte.
Er nahm sie an sich.
Als er zum Fahrstuhl trat, galt seine Hoffung der Langeweile des Sicherheitsmannes, einem bulligen Kerl, der sich trotzdem nicht gegen die Bezeichnung »Liftboy« wehrte, wenn man sie nicht gerade in seiner Anwesenheit benutzte.
Gegen die Eintönigkeit seines Jobs setzte er Pornos. Die Farbe prallen Fleisches gegen hunderttausend Quadratmeter starren,

grauen Betons – das klang selbst für Meier einleuchtend. Und deswegen hoffte er, der Liftboy würde nicht auf den viel zu weiten Arztkittel der Charité achten, und auch nicht darauf, dass ein täglicher Heimschläfer nicht die Gesichtsfarbe eines Prägkognitiven hatte, dessen Pigmente so unterbeschäftigt waren wie der Liftboy selbst und ihm den Hautton verdorbenen Käses gaben.

»N' Abend, Doc«, sagte der Liftboy, ohne aufzusehen. »Nach oben?«

Das Krächzen, das Meier von sich gab, war einem »Ja« ähnlich genug, aber seine Nervosität wurde von der Wahrnehmung absoluten Desinteresses in der Stimme des Liftboys nicht gemildert. Ein kurzes Tasten ergab jedoch, dass der Geist des Liftboys auf Autopilot geschaltet war. Nur ein waberndes »Mimis Supertitten sind ...« schwappte kurz hervor.

Im Innern der Kabine waren Sitze an den Wänden befestigt, und er klappte einen herunter. Eine Konsole in der Fahrstuhlwand reagierte auf den Chip der Codekarte, und eine digitale Glocke schlug kurz an.

Dann ruckte es, und der Aufzug begann seine Fahrt dem Licht entgegen.

Während Meier den sanften Sog der Auffahrt in seinen Eingeweiden spürte, dachte er über seine Schmerzen nach; sie hatten vor ziemlich genau sechs Monaten begonnen, erst mild und mit dem Beigeschmack einer Bagatelle, dann immer forscher. Vor vier Wochen war es das erste Mal unerträglich geworden – nicht lästig oder auch nur schwer zu ignorieren, sondern in der Tat unerträglich: ein brüllender Schneesturm voller Nägel.

Er weigerte sich, an das *eine* Wort zu denken, das mit starken, nicht abklingenden Schmerzen einherging. Auf keinen Fall würde er es aussprechen oder mehr als den Schemen dieses Wortes in seinen Gedanken dulden, niemals, nie und nimmer.

Keine Zugeständnisse an Begriffe, die zu mächtig waren. Zu dominant, um ein normales Leben zu ermöglichen.

Keine Abstriche ans Leben, keine Todesurteile, die nur aus fünf Buchstaben bestanden.

Er wünschte sich trotzdem, seine eigene Zukunft, sein eigenes Los heraustasten zu können, würde er jetzt einen Monolog an

die stählernen Wände der hinauf gleitenden Kabine schmettern. Er hatte den Arzt getötet und er fühlte sich nicht gut deswegen, aber er war auch sicher, dass der Arzt, hätte er auf dem Monitor seiner cleveren Maschinen etwas sehen können, ihn getötet hätte. Langsam und in bester Absicht, aber unaufhaltsam. Mit aggressiven Medikamenten, Strahlen und Injektionen.
Die Kabine ruckte erneut, rastete an einem unsichtbaren Punkt über seinem Kopf ein.
Dann öffnete sich die Tür und ungefilterte Luft strömte in seine Lungen.
Berlin war verkommen, seit er das letzte Mal hier gewesen war. Obwohl, korrigierte er sich: Er war ja immer hier gewesen. Nur nicht an der Oberfläche.
Als das Holztor, das im Hinterhof eines ehemaligen Supermarkts den Weg in den Untergrund verbarg, Meier ausgespuckt hatte, war es absolut still gewesen.
Nun, nachdem er auf die Straße gelangt war, prasselten die Stimmen murmelnder, schreiender und lachender Menschen auf ihn ein, und mit ihnen ihre Fragen. Berlin: Genauso grau wie der Bunker, waren die einzigen Farbtupfer brüllende Großdisplays an den Wänden der Häuser, die ultrapolyphone Klingeltöne zum Download, Guerilla-Porno-DVDs und Teaser amerikanischer Krawallfilme offerierten.
Berlin biss zu.
Sein Kopf reagierte mit einem Schmerzhurrikan, und Meier registrierte Blut, das aus seiner Nase auf das Kopfsteinpflaster tropfte, während mehr und noch mehr Fragen – einige klar formuliert, andere nur nebulöse Fragmente – durch sein Denken rasten. Meier taumelte durch die Stadt ohne Antworten.
Ob sie mich …?
Wird er …?
Haben wir …?
Wie wird …?
Warum …?
Wer …?
…?
Meier brach zusammen.
Er erwachte in einer Gasse.

Sein Kittel war durchnässt; der Regen trommelte auf eine Mülltonne links von ihm, und seine Kopfschmerzen nahmen den Takt der Tropfen beinahe augenblicklich auf.
Er hörte ein leises, hirnloses Wispern in seinem Kopf, keine Frage, aber ein definitives Eindringen in sein Bewusstsein.
Dann sah er die Ratte.
Sie hockte einfach da, ein kleiner, nasser Schatten mit rötlichen Augen, und betrachtete ihn.
»Nein. Ich bin noch nicht tot. Falls das eine Frage sein sollte«, knurrte Meier.
Er hatte davon gehört, dass bei manchen Prägkognitiven die Fähigkeiten mit zunehmenden Kontakten anstiegen, aber ob er diese Ratte tatsächlich gehört hatte, oder ob sein Kopf begann, ein krankes Eigenleben zu führen, blieb ihm rätselhaft.
Er raffte sich auf und verließ die Gasse, um die wirklich einzige, ultimative Wahrheit zu erfahren.
»Kann ich Ihr Telefon benutzen?«
Der Anblick des Mannes im Kittel war selbst für Kreuzberger Verhältnisse ungewöhnlich, befand die ausgezehrte Bardame im Stillen, nickte dann aber.
»Wenn Sie eine Karte haben.«
Meier fischte die Kreditkarte ans Licht, schob sie in den Schlitz des Fernsprechers und wählte.
Statt eines Freizeichens hörte er ein dumpfes Sausen, als der digitale Counter das Geld verbuchte und ihn dann durch die Schleife in den Bunker durchstellte.
Sein Kopf fühlte sich an, als wäre er von innen mit Aceton abgerieben worden; er wusste nicht, ob es von zu vielen »nein« oder »ja« in seinem Leben kam, aber er wusste auf jeden Fall, was er nicht hören wollte, wenn er gleich seine Frage stellte.
»Institut der ultimativen Wahrheit, *Bob Hope*.«
»Ist es ... Krebs?«
Während er auf die Antwort wartete, hörte er eine Tasse wuchtig auf eine Tischplatte schlagen.
Möglicherweise war Kaffee darin, aber von hier oben konnte man das nicht sagen.

Voliere

1

Der Regen prasselte gegen Steves Visier, während er spürte, dass der vom Hinterrad hoch geschleuderte Dreckwassercocktail die Schlacht gegen seine Wachsjacke gewann und ihn allmählich hinterrücks durchweichte.
»Scheiße«, blaffte er ins dumpfe Vakuum seines Helms.
Die Tasche mit den Briefen hatte er sich vor die Brust gezogen, und der Umstand, dass sein Chef eine erstklassige Entzündung einer ebenso erstklassigen Kurierniere in Kauf nahm, solange nur die Post trocken blieb, war für ein weiteres »Scheiße« gut.
Auf den Werbeprospekten des privaten Briefdienstes, bei dem Steve angeheuert hatte, waren Models zu sehen, die mit gebleichtem Lächeln in Barbies Vorgarten standen, eine milde Werbeagentursonne über allem, und leuchtend weiße Kuverts schwenkten; genau diese Werbenutten hockten vermutlich gerade auf Barbados und tranken einheimische Wischiwaschi-Drinks, während Steve von der Realität die Sicht genommen wurde.
Es wurde Zeit für ein drittes, herzhaftes »Scheiße, verdammt!«.
Sein nächster Anlaufpunkt war das Haus nahe des Dortmunder Stadtkerns; Prospekte, vollmundige Ankündigungen über Millionengewinne aus dem Abort der privaten Lotterieanbieter, und als immer wiederkehrende Krönung des Ganzen Versandhauskataloge, jeder so wuchtig wie eine Gehsteigplatte.
Mehr aber kotzte es Steve an, dass der Kerl, der das Haus bewohnte, genug Geld für abartige Fassadenfarbe, aber nicht für eine schlichte, anschraubbare Hausnummer zu haben schien, von einem Klingelschild ganz zu schweigen. Beim ersten Mal hatte er wie Ali Baba an den Türen der Straße geklingelt, bis er den nummernlosen Bau des Typen entdeckt hatte.

»Bist spät«, sagte der Mann, der den Umschlägen nach Antonius Scheiße-wer-soll-das-denn-aussprechen hieß, und Steve war kurz davor, ihn zu bitten, er möge seine Fresse nur noch zum

Essen, aber nicht zum Prospekte Bestellen in Betrieb zu nehmen.
»Es regnet etwas«, sagte er stattdessen und biss die Zähne zusammen.
Der Unaussprechliche lehnte sich vor, wenige Zentimeter nur, aber in Anbetracht seines seltsam ziegenartig riechenden Aftershaves um einiges zu weit, wie Steve fand.
Das bis zum letzten Knopf geschlossene, elfenbeinfarbene Hemd, die Hosenträger, das wie aufgemalt aussehende gescheitelte Haar ... – Steve war dem Mann nie begegnet, aber diese Insignien trostloser Bürgerlichkeit machten ihm klar, dass er trotz Regen, nassem Hintern und wenig Knete ganz gut dran war. Er war zumindest cool.
Trotzdem wäre es ihm lieber gewesen, er hätte die Post durch den verwitterten Briefschlitz schieben können. Wenn nur dieser Pottwal von einem Katalog nicht gewesen wäre.
»Ich sehe das schon«, sagte der Mann, und sein Blick glitt über Steves durchnässte Gestalt. »Nichts für Ungut. Komm rein. Ich gebe dir 'n Handtuch.«
»Ist nicht nötig«, erwiderte Steve und trat einen Schritt zurück. Er kannte die Storys seiner Kollegen auswendig: Schwule Typen, die einen erst rein baten und dann anfingen von Taschengeld und Versteck-die-Wurst zu schwafeln.
»Du bist völlig durchnässt«, erwiderte der Mann ruhig. »Du wirst dir den Tod holen.« Er lächelte dünn. »Es gibt schon dumme Redensarten.« Der Mann schüttelte versonnen den Kopf, und eine zarte Strähne pomadigen Haares fiel in seine Stirn.
Steve stellte sich vor, wie er ein verwaschenes, brettharthes Frotteetuch aus den Händen des Mannes in Empfang nahm, und spürte einen unbestimmten Widerwillen. Andererseits wirkte der Kerl eher wirsch, weniger schwul.
Ein schlaksiger Rentner, sicher nervig, ein brettharter Kleingeldabzähler an der Aldikasse – aber keiner, dessen täglich Brot sexuelle Offerten waren. Nee.
Steve dachte an die klamme Rollersitzbank und an die B1, die er gleich zu nehmen hätte: Nur er, Hunderte rücksichtsloser Pendlerautos und seine in Regenwasser eingelegten Nierchen.

Ein Handtuch, Vorkriegsmodell oder nicht, wäre gut. Scheiß drauf, selbst Schmirgelpapier wäre gut, Hauptsache trocken.
»Ich hab noch ne halbe Kanne Tee«, punktete der Mann erneut. Steve trat sich die Füße ab und ging mit ins Haus.

Im Innern war es diffus und warm; der Mann schien überdies ein Anhänger bayrischer oder österreichischer Wohnkultur zu sein.
Überall waren Zwiebelmuster und Blumengedöns auf Schränke und Regale gepinselt, das filigrane Geweih irgendeines Rotwilds hing über der Tür zum Wohnzimmer, die Teppiche im Flur waren zerschlissen, aber offenbar teuer. Über allem lag ein Flirren von Staub, sichtbar gemacht durch das Licht, das durch die angelehnten Fensterläden fiel. Es roch nach Putzmittel und Zigarettenrauch, und von irgendwoher wehte Unterhaltungsmusik – WDR-4-Spam fürs Ohr, der sich mit allzu flottem Hoppla-jetzt-komm-ich-Tempo um jede Seriosität brachte.
»Hagebutte«, sagte der Mann und reichte Steve eine angeschlagene Tasse, deren Aufschrift behauptete, sie stamme aus dem Erzgebirge. Über seiner Schulter hing ein Handtuch, und er legte es über die Lehne der Eckbank, auf der Steve Platz genommen hatte.
»Vielen Dank.«
Der Tee schmeckte weniger nach Hagebutte als nach Toilettenstein, aber er war heiß, und das Frotteetuch bot eine weitere Überraschung: heizungswarm, kuschelig, strahlend weiß.
»Leg die Jacke ab. Kannst sie einen Moment am Ofen trocknen. Bringt vielleicht nicht viel, aber man ist ja für jedes bisschen Wärme dankbar.«
Schön gesagt, dachte Steve und sah sich um. Interesse zu zeigen war sicher genau das, was Herr Kauderwelsch gut fand.
Das Haus, von außen nur ein leberwurstfarbener Sandsteinkasten vom Format einer Doppelhaushälfte, schien innen größer. Bedeutend größer.
Steve trank seinen Tee und kniff die Augen zusammen.
Er konnte die geschnitzten Geländer mehrerer, nach oben und unten führender Wendeltreppen im Dämmerlicht ausmachen, weitere Türen dahinter, und wenn er etwas den Kopf verrenk-

te, noch weitere. Und er sah Lautsprecherboxen über den Türen; ulkige kleine Kisten in Eichendekor. Die Flippers schienen hier durch jeden Raum jodeln zu dürfen.
Junge, Junge.
»Geräumig hier«, nickte Steve, und das schien ihn irgendwie anzuregen.
Er spürte sein Herz pochen.
»Ja. Wir haben nach hinten angebaut, und dann noch unterkellert. Hatte ne gute Substanz, das Haus. Nach hinten raus war ein Fitnessstudio, aber die haben den Löffel abgegeben. Gehört jetzt alles zum Grundstück. Aber man renoviert sich um den Verstand. Keine Ahnung, ob wir je fertig werden.«
Steve fragte sich, wo des Unaussprechlichen Frau wohl war, jene Dame, die nur mit »wir« gemeint sein konnte.
Welche Frau nahm ein derartiges Scheiß-Rasierwasser in Kauf, mein lieber Scholli, und überhaupt – wow! – war er mit einem mal aufgedreht. Hoho. Er spürte sein Herz schlagen, nicht zu schnell, aber irgendwie machtvoll, Pa-Tumb, Pa-Tumb, mein lieber Herr Gesangsverein. Was so ein bisschen Aufwärmen doch brachte, dachte Steve, da läuft der Kreislauf gleich wieder wie ein Ferrari.
»Fühlst du dich schon besser?«, fragte der Mann.
»Joup. Danke«, entgegnete Steve und setzte zu einem hysterischen Wiehern an, das er in letzter Sekunde abwürgen konnte.
Sein Gastgeber verschränkte die Arme und fixierte Steve; der fand es gar nicht mal unangenehm. Sonderbar.
»Ah, wart mal eben.«
Der Mann schlurfte in seinen Pantoffeln in ein anderes Zimmer, und Steve sah ihm nach.
Diese Schlappen waren ja die Hölle! Steve spürte, wie er ein bisschen die Fassung verlor.
Braune Kordpantoffeln mit Bommeln. Die Teile sahen aus wie zwei mies gehäkelte Dackel aus einer Muppet-Show für Volltrottel.
»Moment«, kam es aus dem Nebenraum. Steve wartete und ließ die Fußspitzen wippen, während er erneut den Blick schweifen ließ. Großes Haus, keine Frage. Scheiß viele Treppen.

Der Mann kam zurück; er hielt eine blaue Kunststoffbox von der Größe einer Zigarrenkiste.
Steve fragte sich, ob das die Quittung für den Tee und das Handtuch war. Musste er nun für den Kerl was zustellen? Es gab im Leben nichts umsonst. Andererseits: Er fühlte sich, als könnte er Bäume ausreißen. Wen juckte es, ob er für den Knacker was mitnehmen sollte? Steve kam sich vor wie der Sechs-Millionen-Dollar-Mann, und wenn er seinem Roller die Sporen gab …
»Ist das eigentlich ein Job fürs Leben? Postfahrer?«
Der Mann stellte die Frage ernst, und sein Blick war wach und aufmerksam. Es schien ihn wirklich zu interessieren.
»Einer muss es ja machen«, erwiderte Steve, dessen Herz inzwischen wummerte wie eine Dampfmaschine. »Ist nicht gerade der finanzielle Bringer, aber besser als andere Sachen. Ich hab 'n Freund, der arbeitet nachts an 'ner Tankstelle. Das ist wirklich übel! Definitiv ein Job für Zombies. – Und Sie? Was tun Sie so?«
Steve quatschte hektisch drauf los, entgegen seiner Art, Fremde auszufragen, aber es fühlte sich nicht übel an.
Der Mann nickte.
»Ich bin in Rente, sozusagen. War städtischer Angestellter. Seit dem großen Brand in der Westfalenhalle sitze ich zuhause. Vorruhestand. Aber wir haben genug zu tun.«
»Schön. Toll. Soll ich das für Sie mitnehmen?« Steve wies mit dem Kinn auf den blauen Behälter. »Wohin muss das Ding?«
Sein Gastgeber legte den Kopf schräg, und zum ersten Mal, seit er hereingebeten worden war, nahm Steve durch das mittlerweile unmöglich zu ignorierende Pochen seiner Pumpe wahr, dass Aussehen und Gesten des Mannes nicht die Bohne zusammenpassten.
Diese Scheiß-Pantoffeln, das Hemd, bis obenhin zu, die altmodischen, unbequem aussehenden Gummiflitschen von Hosenträgern – und vor allem dieses nass linksgescheitelte Allerweltsgesicht, das nun seinen Kopf onkelhaft schräg legte. Irgendwie war der Typ … unecht. So als wäre diese blasse Bürgernummer nur ein Späßchen. Unterm Strich wirkte der Typ deutlich fitter, als er sich gab.

»Nirgendwohin. Bleibt hier im Haus.«
Der Mann strahlte, und Steve spürte nun auch ein Klopfen in der Halsschlagader. Nie hatte er sich so auf Draht gefühlt; eine Stubenfliege surrte durchs Zimmer, und Steve nahm sie als unerträglich laut wahr. Er fixierte die Tapete, ihr braunes, feines Rautenmuster, und dachte: Zeiss! Meine Augen sind von Zeiss, Brennweite unendlich, mein Hirn läuft auf Windows XP 2007, Update von Gott, besten Dank, Mann. Meine Nerven sind Fell einer Wikingertrommel in Wallhall, sie klingen wie … FUCK!

»Das liegt am Tee«, sagte der Mann und stand auf.
»Bitte was? Am Tee? Was am Tee?«
»Wart mal eben fünf Minuten.«
»Ne ne ne ne ne!«, sagte Steve. »Was ist mit dem Tee, Mann?«
»Fünf Minuten.« Der Mann hob die Hand und latschte aus dem Zimmer, was für Steve wie eine tranige Zeitlupennummer daherkam.
Steve hob seinerseits die Hand, öffnete den Mund – und ließ ihn offen stehen. Seine Hand … flirrte.
Die feinen Verästelungen auf der Handfläche waren wie …
»Die Seidenstraße. Coole Handelsroute«, murmelte er versuchsweise.
Noch mal.
»Das Telefonnetz der Telekom.«
Noch mal.
»Spaghetti Diavolo ohne Schafskäse?«
Steve brüllte vor Lachen.
Er hatte mit einem Mal große Lust, mit der flachen Hand Löcher in die Wände zu dreschen.
Steve war sicher, dass es funktionieren würde. Steveman: Roter Umhang, blauer Strampler, darüber ne rote Unterhose, aber das Beste, das allerbeste – das fette S auf der Brust konnte so bleiben.
Ist es ein Vogel? Ein Flugzeug? Ein pladdernasser Typ auf 'nem Motorroller?
Nein! Supersteveman!
»Was hast du heute gegessen?«, fragte der Herr des Hauses,

und Steve blaffte augenblicklich zurück.
»Halbe Kanne Kaffee, Nutellabrötchen, Chef!«
Sekunde mal.

Selbst Steve, Teenage Mutant Hero Steve, eben noch ein popeliger Postpupser, jetzt Großwesir des Universums, fiel eine Kleinigkeit auf:
Der Mann war gar nicht zurückgekommen.
»Kaffee, verstehe«, kam es aus dem drolligen Lautsprecher über der Tür, »das erklärt einiges. Der Durchschnittsmensch konsumiert deutlich weniger als eine halbe Kanne, was etwa 500 Millilitern entspricht. Du scheinst aber kein Durchschnitt zu sein. Gut so. Dummerweise schlägt aber deswegen der Upper etwas radikaler an.«
»Upper? Upper Westside? Upper am Abend, da singt der Zigeuner?«
Steve kam richtig in Fahrt.
»Das Zeug nennt sich Pherapynohl oder auch, was mir bedeutend besser gefällt, Lemurenspeichel«, kam es aus der Box, »Drollig, nicht wahr? Eine Kombination extrem stimulierender Substanzen. Kokain, Ketamin, diverse Vitamine, Amphetamin. Schärft die Sinne, dämpft das subjektive Schmerzempfinden, macht hellwach. Aber man mixt es besser nicht mit Kaffee. Nicht mit einer halben Kanne, mein Freund. Aber ich habe vorgesorgt: die blaue Plastikdose. Mach sie auf.«
Steve krümmte sich vor Lachen. Wie geil war das denn?
»Junge?« Die Stimme nahm eine Spur an Schärfe zu. »Mach sie auf.«
Steves Finger waren wie flatterige Spatzen, als er die Dose aufschnalzen ließ.
Schokolade?
Steve blickte hinein, und was seine Nase ihm bereits Sekunden vorher mitgeteilt hatte, bestätigte sich.
Der blaue Behälter enthielt neben einer Folienpackung irgendwelcher Pillen und etwas eingewickeltem Schinken Bruchschokolade, die Sorte, die man früher stückweise am Kiosk kaufen konnte.
»Proviant«, sagte der Lautsprecher. Ein leises Knacken ertönte,

und Stille setzte ein – und dann hörte er die Schritte.

Die Kuckucksuhr ertönte. Der Holzvogel schnellte aus seinem Verschlag und bewegte pantomimisch den Schnabel dazu: Punkt zehn Uhr morgens.
Steve versuchte, diesen Umstand ganz in sich aufzunehmen; er brauchte etwas, das er dagegen halten konnte, dringend, denn etwas stand nun mitten im Wohnzimmer.
Steve mühte sich redlich um einen Abgleich mit der Gestalt im Zimmer; geschnitzter Vogel ... gut. Das ... was war das?
Es war beim fünften »Kuckuck« einmarschiert, und jetzt, beim zehnten, legte es seine Arme in militärischer Manier auf dem Rücken zusammen. Ein Gestank nach feuchten Lumpen erfüllte den Raum.
Alles Bürgerliche war ausgelöscht worden.
Die Gestalt war gefiedert, tatsächlich. Dichte, schwarze Federn überall. Der Kopf ein schwarzer Helm, dem ein Schnabel aus Stahl entwuchs, und statt eines Visiers nur Löcher, durch welche rollende, blutunterlaufene Augen mit stecknadelkopfgroßen Pupillen in eine Welt starrten, in der Steve nur zu Gast war.
Er glotzte den Krähenmann nur an, und ein zuckerwürfelgroßer Teil seines allmächtigen XP-Hirns registrierte dumpf, dass die Füße des Vogeldings in engen, glänzend schwarzen Gummistiefeln mit Profilsohle steckten.
»Falsch«, sagte der Mann durch den Lautsprecher, »das bin nicht ich. Es gibt dir eine volle Minute Vorsprung, Junge. Das ist fair. Du bist gedopt. Schneller, leistungsfähiger, kräftiger. Nutze das. Achte auf deinen Zuckerspiegel.«
Das Krähending verlagerte sein Gewicht, und Steve glaubte, Leder quietschen zu hören.
»Noch was: Türen, die abgeschlossen sind, dürfen nicht geöffnet werden. Das wäre nicht fair. Es wird in diesem Hause sportlich zugehen, oder du wirst bereuen, teilgenommen zu haben.«
Steve lachte kreischend auf. Was? Bereuen?
»Es geht nicht darum, zu gewinnen. Es geht um Fairness.«
Ein metallisches Schleifen erklang; Steve, der den Lautsprecher

betrachtet hatte, wandte sich um. Die Krähe hielt zwei Sicheln in den Lederfäusten, auf deren Schneiden sich das Licht eines Dortmunder Draußen brach, das Steve jetzt begehrte wie nichts anderes.
Hier lief was schief.
Er hörte den Regen an die Scheiben prasseln, er war stärker geworden; er lauschte auf die Panik in seinem Innern, dem Brüllen eines um ein vielfaches potenzierten Angstmolochs, das noch lauter war als jeder Regen und jede Lautsprecherdurchsage. Der Sack hatte ihn unter Drogen gesetzt und veranstaltete jetzt die Vogelhochzeit in seiner Scheißhütte.
Ein kurzer Versuch mit brüchiger Stimme:
»Das ist doch albern.«
Der Lautsprecher knackte.
Das Federvieh trat einen Schritt vor.

2

Die Wendeltreppe hoch, durch einen Flur, der nach Mottenkugeln stank. Bestickte Teppiche mit Jagdmotiven.
Sackgasse.
Lauf!, hatte sein Verstand krakeelt, *lauf, Arschloch*, und Steve war gelaufen. Er konnte nicht anders.
Dieser Schwachsinn hier war *eine* Sache, aber dass die Klinge dicht an seiner Wange vorbei gezischt war, eine ganz andere! Sein Herz pumpte, sein Verstand raste, und Steve hatte sich entschlossen, mitzurasen, um nicht buchstäblich sein Gesicht zu verlieren.
»Noch dreißig Sekunden, Junge.«
Eine weitere Durchsage, sehr nah, irgendwo im Dunkel.
Steve hörte sein Blut in den Ohren rauschen, drehte willkürlich einen Türknauf – offen!
Er fiel in das kleine Zimmer; die Vorhänge waren zugezogen, so dass das Bett im Zwielicht lag; ins Kopfteil war ein Herz gesägt. Steve war mit zwei Schritten beim Fenster, riss die Stoffbahnen beiseite und starrte hinaus.
Ein Ascheplatz. Und am Rand, mindestens fünfzig Meter entfernt, hohe Umzäunungen.

Er versuchte wahnhaft, die Scheibe einzuschlagen, aber vor dem Fenster waren Verstrebungen aus Hartholz, und dann, ging es Steve auf, waren mindestens fünfundzwanzig Sekunden vergangen.
Ein Kreischen aus dem Erdgeschoß, siegessicher und spitz.
Er stürzte auf den Gang, und während seine Beine in dem Bemühen, einen drei Meter breiten Flur mit nur einem Schritt zu durchqueren, auseinandergrätschten, ruckte sein Kopf Richtung Treppe, und seine Zeiss-Augen erhaschten einen Blick auf ein Stück Helm.
Auch die gegenüberliegende Tür war unverschlossen und brachte ihn in einen Raum, der einen so harten Kontrast zum vorherigen darstellte, dass Steve aufschrie. – Und dann kam auch schon das Würgen.
Nicht jetzt, flehte Steve sich an, *erst die verfluchte Tür.*

Er riss an dem Bauernschrank, ein mannshohes Holzmonster mit den allgegenwärtigen Malereien, und wuchtete ihn mit einer einzigen, brachialen Bewegung vor die Tür.
JA!
Dann lehnte er sich dagegen, stemmte die Füße in die nasse Wolle des Teppichs und schloss die Augen. Die Dunkelheit hinter seinen Lidern war nicht tröstlich; sie war mit den Bildern gefüllt, die er beim Eintreten gesehen hatte, nur eine Sekunde, aber damit eine zu lang.

Die Schwärme waren das Eine.
Myriaden schillernder Fliegen, die Wolken bildeten, während sie über den …
Ja. Das war das Andere.
Mehr als ein Mensch hat hier geblutet, sagte der Teppich; von einer Lache zu reden wäre lächerlich gewesen. Der gesamte Bodenbelag schmatzte, wenn man den Fuß aufsetzte, und das scheuchte die Schwärme auf, die nicht an Besuch gewöhnt waren, hier, in ihrem Universum nie versiegender Emsigkeit.
Ein Finger auf einer Anrichte mit verkrusteten Füssen; Haar an der Heizung, büschelweise; eine Kemenate zersichelten Lebens, die Stube der Verlierer, das Zimmer der Idioten, die …

Ein Rütteln an der Tür.
… so dämlich gewesen waren, hier hinein zu fliehen.
»Immerhin motiviert es, oder?«
Der Lautsprecher war über der Gardinenstange fest gedübelt.
»Motivation zum Ende hin ist Blödsinn. Ein Ansporn am Anfang macht mehr Sinn. Es klärt den Geist und stimmt die körperlichen Reserven ein. Am Ende ist man vielleicht zu fahrig, um noch so etwas wie Motivation zu empfinden. Also, Junge, wenn du hier Wurzeln schlagen willst, sage ich dir schon mal, dass das eine ganz schlechte Idee ist. Unternimm was.«
Knacken. Stille.
Holz krachte, aber es war nicht die Zimmertür.
Steve sah an sich herab und registrierte, dass er so stark mit den Handflächen gegen den Schrank gepresst hatte, dass die Tür aus den Scharnieren brach. Ihm fiel auf, dass er seit einigen Minuten nicht mehr auf das Wummern seines Herzens geachtet hatte, aber es war noch immer da. Er wollte, dass es weiter schlug, aber als er die Fingernagelspuren in der Tapete sah, änderte seine Pumpe kurzfristig ihre Pläne und stoppte.
Ein Sausen in den Ohren, das Würgen.
Steve erbrach sich, und als sein Mageninhalt auf den Teppich klatschte, Nass auf Nass, erbrach er sich erneut, und das machte ihn mit dem nächsten Klatschen zu einem Perpetuum Mobile des Kotzens.
Diese Nagelspuren …
Womit musste ein Mensch konfrontiert werden, um den Versuch zu unternehmen, sich mit den Händen durch eine Zimmerwand zu pflügen?
Sein Verstand war auf Zack wie nie; *den muffigen Geruch schwarzer Federn in der Nase, wenn dir ein kaltes Lachen aus geschliffenem Stahl ins Genick rast – das dürfte doch ausreichen, oder, Steveman, Kumpel?*

Halt!
Da, wo eine fremde Hand das Gefecht gegen den Putz verloren hatte, schimmerte die Tapete anders. Es war selbst durch die herab hängenden Fetzen zu sehen. Steve konzentrierte sich auf diesen Abschnitt der Wand, versuchte den Geschmack nach Galle und Tee auszublenden. Da war was.

Er könnte mit einem Satz dort sein, quatsch-quatsch über den Teppich, aber wenn da nichts war, keine dünne Stelle in der Wand, dann hätte er den Schrank hinter sich allein gelassen, und dann käme das Federding herein, ganz sicher.
Dann würden noch mehr Fliegen noch mehr Eier legen, weitere Fliegen hervorbringen, noch mehr …
Der Sieg des Körpers über den Geist war in diesem Falle eher eine Partnerschaft zwischen beiden; eine Wahrscheinlichkeit der Flucht, wenn auch im Null-Komma-Bereich, genügte den adrenalingefluteten Muskeln: Der Teppich quatschte nur einmal; Steve flog eine halbe Sekunde, knallte gegen die Wand …
… und mit ihr in einen neuen Raum.

Rigips, papierdünn. Die kratzenden Hände konnten nicht mehr viel Kraft gehabt haben.
Steve brüllte triumphierend – dann hörte er den Schrank im Schlachtraum fallen, mit einem satten Geräusch auf den Teppich schlagen – und den pfeifenden Atem seines Jägers.
Auf die Beine!
Ein hektischer Blick zeigte ihm einen kahlen Raum, die Wände komplett mit Gipsplatten verkleidet, und drei Türen, sämtlich brandneu. Er sprintete rüber. Die erste Tür war abgeschlossen. Als er die Klinge der zweiten ergriff, fiel ein großer Schatten in den Raum. Abgeschlossen.
Wäre die dritte nicht verriegelt gewesen: sieben Zentimeter.
Aber Steve katapultierte sich praktisch in ein neues Zimmer, und die Sichel verfehlte seine Leber nur um eben diese sieben Zentimeter, erzeugte dabei ein scharfes Zischen und drang tief in die Türfüllung ein.
Er knallte die Tür hinter sich zu, und dabei trafen sich ihre Blicke. Die Augen des Vogeldings tränten und rollten in den Höhlen. In der halben Sekunde, die er in diese Augen starrte, sah er eine alles umfassende, bestürzende Leere.
Steve wurde erneut von einer sauren Welle der Panik erfasst. So sehr ihn dieses Zeug im Tee auch gepusht hatte, so extrem steigerte es jetzt seine Todesangst. Hatte er sich noch auf der Eckbank göttlich gefühlt, so als könne er jede Frage beantworten, noch bevor sie gestellt wurde, durchrasten ihn nun Visio-

nen seines eigenen Todes. Allein diese tief im Holz steckende Klinge brachte ihn um den Verstand. Er zwang sich, kontrolliert zu atmen, lauschte auf sein randalierendes Herz und verschwendete kostbare Sekunden.

Er zerrte an der Klinke. Eher würde das Ding abbrechen, als dass der Vogelmann die Tür von der anderen Seite öffnen konnte, das spürte er, und sah sich hektisch um.

Ein neues Zimmer.

Aquarien bis unter die Decke, auf Tischen, Regalen, aufgebockt. Alle Becken enthielten Aale, die sich in trägen Achten durch ihre schmucklosen Glashäuser schlängelten.

»Du hast es ins Entspannungszimmer geschafft, Steve«, ließ die Eichenbox unter der Decke verlauten.

Steve verstärkte seine Bemühungen an der Klinke, während er sich rasend vor Angst fragte, woher dieses perverse Arschloch seinen Namen kannte.

»Ich kann mir denken, was du dich fragst. Du hast deine Jacke über den Stuhl gehängt. Handy und Führerschein waren drin. Du bist übrigens der zweite mit einem englischen Vornamen.«

Steve wurde von einer Welle der Hoffnungslosigkeit überrollt: Das Handy. Er hatte nicht mal dran gedacht.

»Vor einem Jahr hatte ich einen Dave hier. Schlug sich nicht schlecht, obwohl der Tee überhaupt nicht wirkte«, fuhr die Lautsprecherstimme fort, »aber jetzt mal ehrlich – Steve, Dave. Welcher Blödmann denkt sich solche Namen aus? Wir sind in Dortmund, Herrgott. Iss etwas Schokolade. Es gilt, deinen Zuckerspiegel zu halten.«

Dann knarzte die Box, und er war fort.

»WÜRDE ICH JA«, schrie Steve, »ABER ICH HAB GERADE KEINE HAND FREI!«

Er hatte keine Ahnung, ob der Federkerl an der anderen Seite zerrte oder längst verschwunden war, um etwas anderes zu probieren, aber er hatte vor, die Klinke festzuhalten, bis er einschlief oder ohnmächtig wurde oder starb.

3

Seit mindestens einer Stunde herrschte nun Ruhe: Keine zyni-

schen Durchsagen, keine Versuche des Eindringens. Steve hing inzwischen mehr an der Türklinke, als dass er zog, lauschte dem Blubbern der Aquarienpumpen und weinte. Die Tränen waren einfach so gekommen und sie hatten etwas Reinigendes. Es störte ihn nicht, es schien die Aale nicht zu stören – und sie hielten ihn davon ab, über den Tod nachzudenken. Trauer war irgendwie anders gelagert als Angst, sie machte ihn ruhiger, auch wenn die Tränen seinen unbestechlichen Zeissblick verschleiert hatten.
Er hängte sich noch etwas mehr rein, volles Körpergewicht, und ließ dabei den Kopf kreisen.
Weitere zehn Minuten später verspürte er Übelkeit, vielleicht hervor gerufen durch den Upper, möglicherweise durch was anderes. Der Geschmack seines Mageninhalts … Allein daran zu denken war so schlimm wie der Geschmack an sich. Steve würgte verhalten.
Dann, ganz langsam, löste er eine Hand von der Klinke, verstärkte aber den Zug der anderen.
Wie in Zeitlupe griff er nach der Tupperdose in seinem Hosenbund; Wahnsinn, dass er überhaupt nach ihr gegriffen hatte, als es, nun … als *es* losgegangen war. Steve weinte wieder etwas mehr, aber er schaffte es trotzdem, die Dose aufschnalzen zu lassen. Er tauchte mit dem Gesicht in den Behälter und brachte es fertig, mit den Zähnen etwas Schinken zu erwischen. Er schmeckte grandios, und er spürte eine unbestimmte, ekelhafte Dankbarkeit. Der Gedanke, das Fleisch könnte ebenso mit Drogen versetzt sein wie der Tee, beschäftigte ihn nicht weiter. Es konnte kaum schlimmer werden.
Steve gestand sich ein, nicht ganz bei sich zu sein.
»Ach Kacke!«
Die Dose eierte kurz in seiner Handfläche, als diese sich unmerklich verlagerte hatte, und stürzte dann zu Boden.
Er bückte sich hastig, hob sie auf und nahm den restlichen Schinken heraus. Der erste Bissen hatte ihn geradezu heißhungrig gemacht, und er schlang die Reste herunter. Es war, als hätte er gekifft – er kam, wie man in seinen Kreisen gern sagte, »auf den Abfresser«, und das konnte am Tee liegen oder an irgendeinem Urinstinkt, der die Nahrungsaufnahme dem dro-

henden Tod entgegensetzte; er wusste es nicht, es war ihm auch absolut schnuppe. Steve fischte fiebrig nach der Schokolade, griff mit beiden Händen in die Box, stopfte sich den Mund voll (es schmeckte leicht nach Kokos – der Geschmack nach Kokosnüssen im Zimmer der sich windenden Aale machte ihn seltsam euphorisch), und dann kam ihm die Erleuchtung, die allerdings eher einer Verdunklung glich, denn sie senkte ein schwarzes Tuch der Todesangst über ihn:
Er hatte die Klinke losgelassen.
Zwei Sekunden, die ein Zeitalter maßen, schwebten seine Hände zwischen Dose und Tür.
Sein Blick saugte sich an der Klinke fest: Starr und chromblitzend und unbeweglich verhielt sie sich wie ein schlichter Türöffner; keine rasende Abwärtsbewegung, die den Schlächter brachte.
Kein gefiederter Psychopath kam wie der Schneider mit der Schere aus dem Daumenlutscher durch die Tür, kein Lautsprecher begann zu höhnen.
Nichts. Unfassbarerweise nichts.
Aber Steve spürte, dass für diese Situation das Etikett »Trügerische Ruhe« erfunden worden war. Er war nicht dumm.
Nie und nimmer war es Zweck dieses Albtraums, ihn für immer unbehelligt im Raum der Aale zu belassen. Er war gedopt, er war müde, er hatte Angst zu sterben, und wenn er an sich herunter sah, konnte er einen nassen Fleck in seinem Schritt ausmachen – ein Punkt, mit dem er sich später hatte beschäftigen wollen, wenn Scham wieder irgendeine Geige spielte. Ja. All das traf zu, aber er war nicht dumm.
Die Taubheit, die sich über ihn senkte, war gefährlich, das wusste er. Sein Hirn, überdreht wie ein kaputter Tacho, wollte Ruhe vermelden, das Adrenalin drosseln, die große Pause einläuten, aber Steve wusste, dass jede Sekunde, die er mit schokoladebeschmierten Fingern verstreichen ließ, den Vogelmann und seine Sicheln näher brachte.
Er wusste aber ebenfalls, dass wenn er die Klinke wieder ergreifen würde, er sie vermutlich nie wieder los ließ.
Er würde an der Tür ziehend einschlafen. Und das klang nach der angenehmsten Variante. Wahrscheinlicher war, dass sein

Herz aussetzte, wenn er in vielen Stunden, nach Einbruch der Nacht, auf ein Schaben von Klingen auf der anderen Seite der Tür horchte; es fühlte sich jetzt schon an, als machte es bald schlapp. Noch wahrscheinlicher, keifte die Logik, diese Nutte, würden seine Finger taub, und dann könnte sogar ein Kind die Klinke drücken, herein kommen und ...
Er sah nach oben, und seine Nackenwirbel knirschten.
Gab es einen Himmel?
Oder war der Tod die ultimative Ereignislosigkeit – gepflegtes Verrotten ohne irgendwas?
Würde es wehtun?
Während er hinauf schaute, um durch den Deckenputz Ausschau nach dem Paradies zu halten, fiel ihm die Klappe ins Auge. Sie war groß, mindestens wie eine Tischplatte, aus groben Bohlen gezimmert, und sie führte möglicherweise in ein höheres Geschoß.
Nein.
Doch.
Sie war da.
JAAAAAAA, schrie sein Verstand, *RAUF DA, SO MACHEN WIR ES!*
Eine Minute ohne Klinke – in dieser Zeit hätte er längst oben sein können!
Aber:
Das erforderte Mut. Mehr als Steve zur Verfügung stand. Wäre sein Gehirn ein Computer – mittlerweile kamen ihm seine XP-Anwandlungen wie ein stumpfsinniges Implantat vor – befand sich die Datei »Tollkühnheit« gerade auf einem Laufwerk, für das er keine Administratorrechte hatte. Steve konnte lediglich auf Tausende kleiner Blut- und Panikordner zugreifen, und er tat es unentwegt.
Seine Hände griffen die Klinke, verschmierten Schokolade, zerrten und molken.
Sein Atem kam ihm heiß vor, seine Augen unnatürlich trocken, obwohl er geweint hatte.
Steve zwang sich nachzudenken.
Keine Leiter.
Er müsste die Aquarien erklimmen. Sie standen günstig, waren

aber aus Glas, natürlich.
Steve, eher hager als schlank, wog etwa hundertvierzig Pfund.
Er schätzte die Distanz zum Becken, das schräg unter der Klappe stand und damit in Frage kam, auf knapp zwei Meter.
Er würde sich aufstützen müssen, um sich hochzustemmen.
Glas, aufstützen. Klang nicht gut.
Aber zu sehen, wie sich ein stählerner Halbmond in seine Eingeweide versenkte, klang auch nicht gut, nein, nein.
Wenn das Glas brach, war er tot: Der Lärm, das Wasser. Was auch immer das Vogelmonster oder der Psycho am Mikro planten (Aushungern, in den Wahnsinn treiben), eine Sturzflut würde ihre Pläne ändern. Seine auch.
Wieder übernahm sein Überlebenswille das Ruder, schaltete Relais in seinem Kopf, von denen er nichts wusste, schickte Strom durch seine Muskulatur.
Steve …

… ließ die Klinke los, langsam, träumerisch, und seine Hände schwebten über ihr, als wäre er im Begriff, einen Zaubertrick vorzuführen.
Sein Herz pumpte und pochte wie wahnsinnig, aber es kam ihm nicht mehr unnatürlich vor: Er starb schließlich fast vor Angst, und das Adrenalin machte ihn etwas benommen; sein Körper ruckte kurz spastisch, ein unbewusstes Aufbäumen, und dann setzte Steve zum längsten und bittersten Marsch seines Lebens an, volle zwei Meter über gekehrtem Estrich.
Ein Schritt.
Zwei Schritte.
Der Aal nahm keine Notiz von ihm.
Steve fragte sich, ob das Glas von innen verspiegelt war, wies sich aber sofort zurecht: Dieser Gedanke war überflüssiger Scheißdreck. Wichtig war nicht, ob es verspiegelt war, sondern die Dicke der Platten.
Einen Moment lang knetete er seine Hände, um das Gefühl der Taubheit zu vertreiben.
Er legte sie auf die Abdeckung des Glaskastens und presste leicht. Kein Geräusch, kein Nachgeben des Materials, der Aal ging unbeirrt seinem Tagesgeschäft nach: Achten.

Sein Körper wollte nicht; Steve spürte den Widerwillen, abzufedern in jeder Faser.
Hopp.
Komm schon, du erbärmliches Arschloch.
Hopp.
Ein Zittern durchlief ihn.
Ein Satz, erstaunlich geschmeidig, völlig unerwartet, und Steve kniete auf der Abdeckung des Aquariums.
Das Zittern geriet außer Kontrolle, und fast wäre er wieder nach hinten gestürzt.
Steve perlte ein dünnes Wimmern von den Lippen. Er schloss die Augen und betete.
Er sprach nicht zu Gott; vielmehr wandte er sich an den Materialprüfer, der die Endkontrolle für Aquariendeckel durchführte. Steve sah das Gesicht des Mannes, ein faltiges Gemälde der Weisheit und Sachkenntnis.
»Da könnte man n Amboss drauf abstellen, kein Thema. Gute deutsche Wertarbeit. Nächstes Teil.«
Seine Knie knackten, als Steve sich aufrichtete. Er tat es sehr, sehr sachte.
Die Abdeckung knirschte leise.
Sein Arm schien sich zu dehnen, berührte das ungehobelte Holz der Klappe.
Die Platte gab nach oben nach und entblößte einen schmalen Spalt Finsternis, als Steve alle Kraft in seinen Fingern bündelte, die schon soviel mitgemacht hatten, und zu pressen begann.
Vier Zentimeter?
Genug für eine Hand.
Die Abdeckung unter ihm protestierte knackend.
Seine Handflächen drückten, Zentimeter um Zentimeter, und es ging leichter als Steve sich erträumt hatte; an der Klappe schien ein entlastender Federmechanismus zu sein, der das Öffnen begünstigte.
Sie schwang nach oben, und tatsächlich – ein leises, metallenes Mahlen war zu hören. Federn.
Steve sah grobe Balken in der Dunkelheit, blanke Schindeln: Der Dachboden!
Nur noch so ein kurzes Stück – dann war er an einem Ort, den

er verteidigen konnte, wenn es keine anderen Türen gab, aber damit wollte er sich noch nicht befassen. Als er absprang, um sich an der Kante hochzuziehen, brach der Deckel des Aquariums. Offenbar war dieser letzte Absprung zuviel gewesen.
Die Abdeckung explodierte schier, bildete schwarze Scherben, und nun, über dem Becken baumelnd, sah Steve den Aal wieder, und der Aal rastete aus, als die gezackten Kunststoffteile in seine Welt eindrangen.
»Das Zimmer im Dachstuhl, richtig?«
Die Stimme aus dem Lautsprecher klang, als lächele sie.
Klimmzüge, Alter, wie früher in der Schule.
Steve hebelte sich zentimeterweise nach oben, wobei er versuchte, das Geschwätz des Mannes zu verbannen.
»Du bist nicht übel, Steve, wirklich. Sehr motiviert. Ich nehme an, du hast gegessen? Besser wäre es. Wenn du Durst hast – und du bekommst welchen – gibt es hier in der Voliere genug Wasserstellen. Du befindest dich gerade bei einer. Das Entspannungszimmer enthält viertausend Liter Wasser, wenn dich der Beigeschmack nicht stört…«
Steves Kinn war nun fast am Rand der Klappe; seine Oberarme schienen zu brennen. Voliere, dachte er, wie passend. Willkommen im Vogelhaus.
»… und ich sage dir das, weil Fairness eine wichtige Sache ist. Damals, als diese Idioten die Westfalenhalle abfackelten, hatte ich nichts damit zu tun. Sie haben mich trotzdem gefeuert, weil sonst keiner zur Verfügung stand. Der Chef der Hallen, Richthoven, dieser Kretin, war während des Brandes umgekommen. So viele Tote, die keine Chance hatten, und kein Sündenbock. Sie nahmen mich. Bot sich ja an: Ich war alt, ich war noch am Leben. WAR DAS ETWA FAIR?«
Der Mann schrie jetzt, und eine schmerzhafte Rückkopplung erfüllte das Reich der Aale.
Steve war das egal; sein Kinn ruhte auf dem Rand der Luke, und er spähte ins Halbdunkel; da war was…
»Deswegen bekommst du alle Chancen, Steve. Das Leben an sich ist sinnlos. Aber du hast alles in der Hand. Je kreativer du bist, umso würdiger wird es. Du bekommst die Chancen, die ich nie hatte.«

Steves Augen gewöhnten sich an die Dunkelheit, während seine Zähne durch den Druck seiner Kiefer zu schmerzen begannen. Er musste jetzt wirklich hoch.
»Der Dachboden ist übrigens eine Sackgasse. Siehst du, wie fair ich bin?«
Steve sah.
In der Düsternis des Dachzimmers hockte eine Gestalt.
Sie war trocken, ihr Gesicht zerknittert wie eine weggeworfene Sankt Martins-Laterne.
Vor ihr stand eine Milchflasche, und auf der trübgelben Flüssigkeit darin schwamm Schimmel.
Sackgasse.
Zuletzt erhaschte Steve einen Blick auf den geöffneten Hosenschlitz des kauernden Toten und erkannte, dass hier ein weiteres Perpetuum Mobile der Körperflüssigkeiten zu betrachten war.
Dann fiel er.
Eine schreckliche Sekunde lang hing er in der Luft, das Bild des Leichnams auf der Netzhaut.
Als er dann ins Aquarium krachte, dachte er gar nichts, aber ein verschütteter Teil seines Glaubens kündigte dem Materialprüfer fristlos, und dann kam der Schmerz.
Als das Blut ins geborstene Becken strömte, erstarrte der Aal kurz.
Dann wurden seine Bewegungen hektischer.

Sonnenlicht wie Laserstrahlen.
Schmerzen.
Schlaf.
Schmerzen.
Stimmen.

4

Steve öffnete die Augen.
Kopfschmerzen.
Trockene Lippen.
»Na wunderbar. Da sind Sie.«

Die Frau war attraktiv, mehr noch: Engelsgleich.
Steve kniff die Augen zusammen, öffnete sie wieder.
»Wie geht es Ihnen heute? Besser?«
Sie trug einen weißen Kittel, der noch die Falten der Verpackung aufwies oder aus der Wäscherei des Himmels kam.
Steve konnte nur krächzen, und die Frau verstand augenblicklich; ein Trinkbecher glitt in Steves Gesichtsfeld. Er schnackte mit pelziger Zunge an den Halm und trank.
Wasser, kühl und ruhig, floss seine Kehle hinunter, und dann erinnerte sich Steve.
Die Frau im Kittel deutete auch diesmal alles richtig.
»Es geht Ihnen wieder besser. Machen Sie sich keine Sorgen.«
Oh mein Gott, dachte Steve, aber es fiel ihm schwer, seine Gedanken beisammen zu halten – sie schienen aus seinem Kopf zu glitschen wie nasse Spaghetti.
»Es ist alles gut. Sie werden wieder laufen können«, lächelte sie, aber dann zog sie kurz die Stirn in Falten.
»Auch, wenn es zuerst nicht so aussah.«
Steve richtete sich halb auf, und ein übler Stich jagte vom Rückgrat in seinen Nacken.
»Ihr Bein sah nicht gut aus. Einige Arterien waren verletzt, aber die OP hat es wieder gerichtet.«
OP?
Operation?
Warum …
Das Aquarium. Der Aal. Der Vogelmann.
Steve biss sich auf die Faust. Fühlte sich fremd an. Alles fühlte sich fremd an.
Er blickte sich um.
»An was erinnern Sie sich?«, fragte die hübsche Schwester. Sie stand nah am Bett, aber nicht nah genug, dass Steve ihr Namensschild lesen konnte. Sie hatte bei der Frage die Lippen geschürzt. Steve fand verschwommen, dass das süß war, und er verliebte sich ein bisschen in sie.
Er war sich allerdings unschlüssig, ob er mit der Geschichte über perverse Pantinenträger und Sicheln rausrücken sollte.
Steve schlug die dünne, reinweiße Decke zurück und stellt fest, dass er ein sonderbares kittelartiges Ding trug, das knapp über

seinen Oberschenkel aufhörte.
»Sie können jetzt nicht aufstehen«, sagte sie, aber Steve hörte es nur durch einen Schleier des Entsetzens.
Die Narbe war Ehrfurcht gebietend in ihrer Hässlichkeit.
Steve glotzte auf die grobe, wulstige Naht, die sich von seiner Schamgegend bis zum Schienbein zog.
Sie war gut verheilt, aber mit abscheulich großen Stichen vernäht worden, soviel konnte selbst er erkennen, und das …
Gut verheilt?
»Sie sind seit acht Wochen hier. Sie lagen im künstlichen Koma. Der Doktor war der Auffassung, dass es die einzige Möglichkeit war, das Bein ruhig zu halten. Sie haben in den ersten Tagen fantasiert.«
Ihre Stimme war mitfühlend, und wieder schürzte sie die Lippen.
Süß, noch immer, aber Steve dachte nur: Acht Wochen?
»Meine Mutter?«, murmelte er und spürte ein Sausen im Kopf.
Wie kam er jetzt auf seine Mutter? Gott.
»Sie war schon oft hier. Bringt Ihnen immer Brote, aber die haben wir weggelegt.«
Sie grinste mädchenhaft und produzierte erneut einen kleinen Kussmund.
Der Gedanke an seine Mom wärmte ihn auf eine sonderbar wehmütige Art; Mutti, dachte er, und fand, an sie zu denken war wie ein Frotteebademantel, kuschelig und warm.
Die Assoziation mit dem Bademantel brachte eine weitaus unerfreulichere, und Steve stöhnte auf.
»Das ist völlig normal«, sagte die Schwester und beugte sich vor.
Schwester Ivana, las Steve.
Sie duftete nach Rosenwasser.
»Machen Sie sich keine Sorgen. Eine längere Ruhephase lässt Ihre Gedanken Purzelbäume schlagen. Das kommt wieder ins Lot. Es braucht einfach ein bisschen Zeit. Aufregung ist jetzt Gift für Sie.« Sie schürzte abermals ihre Lippen, und diesmal, fand Steve, wirkte es beinahe zwanghaft.
»Wann war meine Mutter hier? Heute?«
Steve war eine Kleinigkeit eingefallen; sein Kopf fühlte sich

noch immer an, als sei er mit alkoholgetränkter Watte gefüllt, aber allmählich begann er wieder zu arbeiten. Das beruhigte Steve allerdings nicht im Mindesten.

»Der Doktor sieht später nach Ihnen. Jetzt schlafen Sie erstmal ein wenig.«

»Wann«, beharrte Steve, wobei er sich redlich mühte, beiläufig zu klingen, »war meine Mutter da? Sagte sie, wann sie wiederkommt?«

»Morgen sicher.« Kussmund.

Sie stand einfach nur da.

»Ich bin ziemlich müde«, sagte er und spannte unter dem Laken die Muskeln des verletzten Beins an – des beinahe abgeheilten Beins. Es zog etwas, war aber längst nicht so schlimm, wie er erwartet hatte.

Er ließ den Kopf kreisen, und ein kleiner Schmerzblitz durchzuckte ihn.

Sein Blick schweifte durch den Raum; Steve achtete darauf, nur die Augen, nicht aber den Kopf zu bewegen.

Ein Druck von Monet an der Wand.

Links in der Ecke ein stählerner Galgen, von dem ein Beutel mit klarer Flüssigkeit baumelte.

Der Beistelltisch neben seinem Bett war typisch Krankenhaus: Beiges Plastik, Schubladen, eine Schnabeltasse, eine schmucklose Vase mit frischen Schnittblumen.

Die Angst kam zurück; hatte sie sich schon die ganze Zeit in seinem Verstand gelümmelt wie ein Penner, der stets da war, den man aber einfach so hinnahm, weil man sich nicht mit jedem Scheiß beschäftigen konnte, war sie nun wach und kräftig – mehr als das: Es lag nicht am Ambiente, diesem beunruhigenden Hospitalsgeruch, denn der herrschte gar nicht vor. Es lag nicht an der Narbe, diesem blass-wulstigen, abstoßenden Fluss auf der Landkarte seines Körpers.

»Klingeln Sie, wenn etwas ist«, sagte Schwester Ivana, verzog ein letztes Mal drollig die Lippen und ging zur Tür.

Steve unterdrückte den Schrei.

Stattdessen entwich ihm ein Winseln, und als Schwester Ivana sich umdrehte, quietschten ihre schwarzen Gummistiefel.

»Kopfschmerzen«, strahlte Steve, während seine Beine begon-

nen hatten, unkontrolliert zu zittern.
Als sie gegangen war, wartete Steve vier Minuten; er beobachtete die Zeiger der schlichten Uhr an der Tür und zählte mit, aber ab und an glitt sein Blick zwanghaft zum Farbeimer in der Ecke.
Der Deckel wies Spuren ausgehärteter weißer Abtönfarbe auf.
Steve schwang sich aus dem Bett und wäre beinnahe hingefallen – seine Beine waren Pudding.
Er wartete weitere Minuten, während er seine Muskulatur knetete; er wimmerte dabei, merkte es aber nicht.
Dann öffnete er die Tür, sah hinaus und nickte.
Natürlich.
Steve fiel es nicht leicht, aber er setzte seine nackten Füße voreinander, zwei Schritte, die ihn vom glänzenden Linoleum seines Krankenzimmers auf gefegten Estrich und zurück in den Raum der Aale brachten.

»In diesem Fall bist du selbst schuld«, sagte die Stimme aus dem Lautsprecher, und Steve erkannte, dass es Schwester Ivana war, »als du dich verletzt hast, haben wir alles getan, um dich wieder fit zu bekommen. Eine Frage der Fairness, Steve. Es wäre leicht gewesen, aber wir wählten den schweren Weg und pflegten dich gesund, damit die Sache ausgewogen bleibt. Warum verlässt du in deinem Zustand das Bett?«
Steve begann leise zu weinen.
»Meine Mutter ist seit acht Jahren tot. Das wusstet ihr nicht, stimmt's?«
Sein tränenverschleierter Blick blieb an einer Karte an der Wand hängen.
Sie musste neu angebracht worden sein; Steve erinnerte sich nicht daran, sie damals gesehen zu haben.
Das gesamte Haus war darauf zu sehen, und der Zeichner besaß definitiv mehr Kenntnisse im Fertigen von Karten als von Wundversorgung.
Viele, viele Zimmer, in mehreren Etagen, Gängen, Sackgassen.
Er konnte den Ascheplatz als schraffiertes Viereck ausmachen.
Steve war damals ganz am Anfang gewesen.
»Das mit deiner Mutter war dumm, ja. Aber niemand ist per-

fekt. Das macht es schließlich so menschlich.«
Die Tür des Zimmers flog auf, und der Vogelmann trat ein.
»Mama«, flüsterte Steve.

Er konnte die Sicheln nicht ansehen – der Anblick war unerträglich – deswegen konzentrierte er sich ganz auf die braunen Kordpantoffeln mit den dämlichen Bommeln.

In der Kurve

Ich sehe sie vorbeirasen, angefeuert durch dröhnendes Hupen.
Sie sind nichts als Gesichter mit offenen Mündern und wehenden Haaren, ihre Züge verwischt, als würde man mit feuchtem Daumen über eine Bleistiftzeichnung reiben.
Ich kann nicht wegsehen, es wäre sinnlos. Hier gibt es nichts zu betrachten als Gesichter.
Ich sehe Jean Paul Belmondo und René Weller, zwei agile Europäer in ausgelutschten Farben, ihre Zähne nichts als weiße Balken, die Muskeln dilletantisch geädert – frühe Airbrush-Werke eines Unbekannten – und vorbeihuschende Gesichter: Männer, Frauen, Kinder.
Und diese Musik.
Sie spielen heute sehr oft Techno. Eine mathematische Ansammlung elektronischer Geräusche, und sie tun es wieder und wieder.
Ich bewege mich auf sieben Metern Stahl durchs Dunkel, höre die Musik und schreie, aber niemand hört mich.
Erst wenn sie zugeben, was passiert ist, kann ich nach Hause.
Aber das werden sie nicht tun.
Ich bin ein Gefangener der Zwischenzeit.

Ich trage eine Vanniliahose, am Schlag ganz eng, und ein Hemd in Westernmanier, seitlich geknöpft.
Meine Frisur ist stachelig, blondiert und unter achtzehn Jahre altem Gel erstarrt.
Am Morgen des Tages, an dem es passierte, wollte ich sein wie Limahl, aber am Abend dieses Tages wollte ich nur noch ins Licht.
Ich erinnere mich gut an diesen Tag; selbstverständlich tue ich das. Woran sonst?
Ich bestieg dieses Monstrum mit einer Tüte gebrannter Mandeln, aber ohne jedes gemischte Gefühl herannahenden Unheils.
Siebzig Stundenkilometer in einer stählernen Schlange, die sich selbst in den Schwanz beißt; mein Tod kostete zwei Mark, obschon ich noch immer dafür bezahle.

Sie spielten »Send Me An Angel«, als mein Genick brach. Ich erinnere mich an einen starken Sog, der sich von meinem Rückgrat in meinen Kopf fortpflanzte. Ein scharfes Knacken, das mein Gehör eine halbe Sekunde, bevor die Dunkelheit mich schluckte, erreichte.
Der Bügel, der mich eigentlich in den Sitz pressen sollte, hatte sich gelöst, klappte mit mir nach vorn, dann zurück – und mein Hals schlug wuchtig gegen die Lehne, ein halbherzig mit Schaumgummi bezogenes Blech. Sie pflegen dieses Ding nicht, der Betreiber ist ein grober Nomade, dem sämtliche Feinheiten für Fahrgeschäfte abgehen. Aber er liest, immerhin. Kontoauszüge vor allem. Ich beobachte ihn gelegentlich dabei.
Das Verdeck der Raupe, wie dieses Fahrgeschäft sich nennt, obwohl Zentrifuge besser passt, öffnete sich wie die ledrigen Blüten einer gigantischen Pflanze, aber kaum jemand nahm Notiz von meinem toten Körper, der wie eine Marionette mit durchtrennten Fäden auf den Kunstlederpolstern lag.
Die Raupe rollte aus und meine sterbliche Hülle kam im Dunkel der Kurve zum Stillstand. Die Ecke der bösen Buben, die in der Finsternis rauchen und mit ihren Mädchen knutschen, der düstere Winkel der mitreisenden Entwurzelten in ihren dreckigen Jeans, die gelegentlich auf dem Trittbrett die Fahrt begleiteten, scheinbar der Schwerkraft trotzend, und dort absprangen.
Ich sah, dass mich zwei Männer in Orange bargen. Sie schleppten mich auf einer Trage und schienen keine Eile zu haben.
Die Raupe pausierte volle sechs Stunden, während Männer in Lederjacken meinen Todesort vermaßen, unbeteiligte Gesichter zur Schau trugen und rauchten.
Ein Unfall, sagten sie. »Der Junge muss den Bügel geöffnet haben. Idiot.« Einer lachte gequält.

Gerade rollte sie wieder aus. Ich sah mein graues Gesicht in der verspiegelten Brille eines lässigen Jungen, oder was er für lässig hält. Das ist alles, was von mir übrig ist: Die Reflexion eines Typen, der eine Zukunft hatte, bis er zum Schatten des Winkels wurde.
Ich bin kalte Luft knapp über dem Gefrierpunkt.

Die speckigen Leute, die ständig auf- und abspringen, sehen mich genauso wenig, aber sie scheinen etwas zu spüren.
Würde nur einer von ihnen stürzen, wäre ich nicht mehr allein.
Ich bin mittlerweile nicht mehr wählerisch, was Gesellschaft angeht.
Die Ratten huschen übers Blech, verursachen aber kein Geräusch dabei: Sie sind Schemen wie ich, wurden zerquetscht, als ein Bodenblech absackte, zermahlen zwischen den Waggons in einer schmutzigen Stadt. Wir ignorieren uns, so gut es geht.
Die Menschen halten sich fern von der schwarzen Passage, in der ich wandle.
Die Kurve im Schatten der Raupe ist mein Vakuum, die dichteste Dunkelheit, die man sich vorstellen kann, und jeder, der sie betrat, verschwand so schnell er konnte, hoffend, nicht allzu ängstlich zu wirken.

Trotzdem bin ich guter Dinge.
Ich habe etwas an Wagen 17 entdeckt.
Gesichter interessieren mich nicht mehr. Nicht, seit ich den feinen Riss in der Halterung des Bügels an der 17 gesehen habe. Er ist kaum breiter als eine Kugelschreibermine, aber immer, wenn der Waggon in meinem Winkel hält, starre ich den Riss an … und sehe Rost in der stählernen Wunde.
Ich altere nicht – Metall schon.
Wie lange mag es dauern?
Ein Jahr?
Zehn?
Der Wagen mit der 17 hält oft in meiner Finsternis, als wüsste er, dass er eines Tages meine Einsamkeit beenden wird, wenn niemand den Riss bemerkt.
Ich glaube daran. Zeit ist nicht mein Problem. Nicht mehr.
Vielleicht gibt er mir ein Mädchen?
Das wäre schön.
Ich werde warten.
Die nächste Fahrt geht wieder rückwärts.

Bunker-Blues

Trotz seiner Neigung zu Filmen wie »Training Day« widerstand Niedermann der Versuchung, seine Dienstpistole in Desperadomanier waagerecht zu halten, während er zielte.
Aber verbal machte er nicht die geringsten Zugeständnisse an das Handbuch für Kriminalbeamte.
»Hör mal, Sportsfreund«, sagte er ruhig zu dem Kerl, der sich mit einem Revolver in der Damentoilette verschanzt hatte, »wir machen das jetzt so: Du kommst raus, und alles ist im Lack.«
Er produzierte eine Pause, die Zentner wog.
»Es wäre mir natürlich lieber, wenn du drin bleibst. Klar, oder?«
Er wusste, dass die Waffe in der Hand des Diebes hinter der Resopaltür nur eine Gasknarre war – er hatte es auf den ersten Blick am vertikalen Stift im Lauf erkannt –, aber das tat seinem Enthusiasmus keinen Abbruch.
Er pochte mit der Schuhspitze gegen die Tür.
»Klar, warum ich das besser fände?«
Statt einer Antwort war nur das Hecheln eines Mannes zu hören, der einige hundert Meter vor einem Streifenwagen durch diese Dortmunder Regennacht gerannt war.
»Weil«, sagte Niedermann versonnen, »ich dir dann ins Bein schießen werde. Wusstest du, dass der Oberschenkel die meisten Blutreserven enthält? Wenn du Pech hast, bekommst du einen erstklassigen Wundschock und reist auf diesen hässlichen Fliesen ins Walhalla der Diebe ab. Und das Beste daran: Ich habe vorschriftsmäßig gehandelt. Na? Wie klingt das für dich?«
»Findest du nicht, du bringst das ein bisschen zu krass?«, fragte Böhler.
Böhler: Er fuhr den Wagen, er bediente den Funk, er bestellte am Drive-In-Schalter. Er war frisch wie der Morgentau, gerade vier Monate beim Verein, seine Braue zeigte noch die feinen Löcher eines entfernten Piercings.
»Danke, Böhler.« Niedermann bedachte ihn mit einem schrägen Blick und räusperte sich. »Lieber Verdächtiger, verlassen Sie bitte mit erhobenen Händen das Pissoir, damit wir erkennungsdienstliche Maßnahmen einleiten können.«

Böhler zog ein Gesicht, als hätte er Sodbrennen.
»Komm raus jetzt«, fuhr Niedermann fort, »Ich weiß ja, dass du nur einen Pumpzerstäuber hast und keine Waffe, mit der wir das hier wie Männer klären könnten. – Ich zähle jetzt bis fünf.«

Sie hatten einen Funkspruch erhalten, dass es einen Einbruch bei einem Juwelier in einem ziemlich miesen Viertel gegeben habe, der Verdächtige aber offensichtlich zu Fuß und außerdem recht langsam unterwegs sei.
Vier Minuten. Länger hatten sie nicht gebraucht, obwohl sie das Viertel einmal schnell durchkreuzt hatten, um den Einbrecher auf seiner Fluchtroute abzupassen. Sie hatten nicht damit gerechnet, ihn zu finden. Der Verdächtige hätte einfach nur ein Treppenhaus betreten müssen, schon wäre er weg gewesen. Die meisten Häuser in dieser Gegend hatten Hinterhöfe voller Sperrmüll, vor allem aber flache Mauern, die zu weiteren Hinterhöfen führten.
Ihr Mann war einfach die Straße entlang spaziert, vor sich hin singend, bis Niedermann die Pistole aus dem Fenster gehalten und »Na? So spät noch unterwegs?« gerufen hatte.
Der Mann – er hatte einen kleinen Beutel vor sein Gesicht gehalten und hineingestarrt, als fände eine abstruse Variante weihnachtlicher Bescherung statt – hatte aufgeblickt, in seine Tasche gegriffen und eine Waffe gezogen. Eine Sekunde lang hatte er auf Niedermann gezielt, aber als er das Klicken der Sicherung von dessen Waffe gehört hatte, hatte er zu rennen begonnen. Und er rannte schnell! Sein einziger Fehler war gewesen, in einen chinesischen Imbiss zu flüchten.

Die Tür öffnete sich bei zwei.
Böhler beulte mit der Zunge seine Wange aus, ein untrügliches Zeichen, dass er unter Stress stand.
»So ist es brav, Sportsfreund«, lächelte Niedermann.
Der Mann trug Schichten graubrauner Wolle, ehedem vielleicht zwei oder drei Mäntel oder Jacken, jetzt Lumpen, welche die Farbe der Straße und des Regens angenommen hatten und in Auflösung begriffen waren.
Sein Gesicht wies mehr als nur oberflächlichen Schmutz auf:

Die Ablagerungen langer Nächte im Freien einer Industriestadt hatten seine Poren mit Schwärze verstopft, und über einem wilden Gewächs schmutziggrauer Barthaare fixierten wässrige Augen den Lauf von Niedermanns Pistole, das stählerne Symbol dafür, dass das Spiel beendet war.

»Was hast du dir eigentlich dabei gedacht?«, fragte Niedermann, ohne seine komfortable Sitzhaltung zu verändern oder auch nur den Kopf zu drehen. Außer dem regelmäßigen Flappen der Scheibenwischer und rauschender, leiser Stimmen aus dem Funkgerät hatte es in den letzen Minuten ihrer Fahrt keine Geräusche gegeben.
Grund hierfür war die Nasenbeinfraktur des Lumpenmannes, die er sich, würde man zukünftige Berichte zitieren, bei »heftiger Gegenwehr während der Festnahme« zugezogen hatte.
Inoffiziell war es ein von einem ironischen »Ups« aus Niedermanns Kehle begleiteter Hieb mit der Taschenlampe gewesen, aber was das anging, war Böhler fortgeschritten; er hatte die Fabel von den Krähen, die sich gegenseitig kein Auge aushackten, auswendig gelernt, auch wenn Niedermann ihn noch immer eher als die einzige Friedenstaube in einer Stadt mit tausend kleinen Kriegen sah.
Böhler schwieg und schaute nach vorn. Und Niedermann hatte keine Lust, die Loyalität seines Kollegen mit kumpeliger Konversation zu prüfen.
»Sie machen einen Fehler«, sagte der Mann auf dem Rücksitz, dessen Stimme man anmerkte, dass er zurzeit keine Luft durch die Nase holen konnte.
»Ach?«, erwiderte Niedermann, »Welcher Art denn, Sportsfreund?«
Als der Verhaftete antwortete, zeigten sich feine Risse in dem halb geronnenen Blut auf seinen Lippen. »Ich habe etwas zu erledigen. Und wenn Sie mich daran hindern, passiert etwas Furchtbares.«
Böhler lauschte, sagte aber nichts.
Niedermann schlug eine dröhnende Lache an. »So? Was denn?«
»Was wissen Sie über die Hölle?«, fragte der Penner.
Niedermann fixierte den Mann im Rückspiegel.

»Einiges. Fünfundzwanzig Euro Eintritt, Fraß, dass es Gott erbarme und tausend Seelen auf der Suche nach Erlösung und hirnloser Zerstreuung. Moment: Ich glaub, das war der Moviepark in Bottrop.«
»Die Hölle hat einen Eingang. Dieser Eingang öffnet sich alle sechshundertsechsundsechzig Jahre. Dieser Tag ist morgen. Präziser, ab Null Uhr eins. Das sagt wohl alles! Wir müssen handeln!«
Der Kerl war geisteskrank, entschied Niedermann, und das freute ihn. Ein weiterer Punktabzug auf der Glaubwürdigkeitsskala dieses Vogels. Er gab sich jedoch ein bisschen verstimmt, dass der Penner seine Auffassung über die Hölle ignoriert hatte.
»Zeig mal den Beutel her.«
Über dem ganzen Rambazamba und der Sache mit der MagLite hatte Niedermann völlig vergessen, die Beute sicherzustellen.
»Die Augen des Uneingeweihten sollten den Opal nicht betrachten«, erwiderte der Penner ruhig.
»Kein Thema. Du hast zehn Sekunden Zeit, mich …«, er warf einen Blick zu Böhler hinüber, »*uns* einzuweihen. Leg los.«
»Das wäre nicht gut.«
»Das hier«, Niedermann hob die mattschwarze Stablampe, »wäre auch nicht gut.«
Der Mann auf der Rückbank zuckte zusammen und gab dem Beamten seinen Beutel. Ein Sack aus schwarzem Samt, darin ein schäbiges Ding von der Größe eines Hühnereis. Es sah in Niedermanns Augen nicht gerade wie ein Edelstein aus.
»Der Opal ist völlig wertlos ohne die Fassung.«
»Logisch. Deswegen lag er ja auch beim Juwelier, hm?«
»Der Opal muss in eine Fassung eingesetzt werden. Diese Fassung befindet sich unter der Stadt. Wir müssen dort hin!«
Niedermann nickte wie ein Mann, der in Ruhe über einige Fakten nachdenkt. »Wohin denn genau?«
Er warf seinem Partner einen tiefen Blick zu. Böhler nickte unmerklich und verzog den Mund.
Plemplem.
»In die Bunker. Aber ohne mich finden Sie das ohnehin nicht.«
»Schön. Dann machen wir uns mal auf den Weg.«

»Sekunde mal«, schaltete Böhler sich ein, »sollten wir nicht …«
»Nein. Sollten wir nicht!«, unterbrach ihn sein Kollege, »Was wir sollten, ist diesen Ort aufsuchen.« Er wandte sich an den Mann. »Du lebst dort unten, nicht wahr?«
Der verwahrloste Kerl nickte langsam, und Niedermann stimmte grinsend ein.
»Hab ich mir gedacht.« Er hielt die Gaspistole, die sie bei ihrem Lumpenmann sichergestellt hatten, in die Höhe. »Auf der Straße hättest du das Ding nämlich nicht lange gehabt.«
»Trotzdem bin ich der Auffassung …«, setzte Böhler erneut an, um einen neutralen Tonfall bemüht.
»Nicht Auffassung, Kollege! Fassung! Wir fahren zur Fassung!«
Und zum Quartier dieses Penners, das sicher voller schöner glänzender Sachen ist, fügte er in Gedanken hinzu. Das hier konnte nicht schief gehen. Je mehr geklautes Zeug sie im Lager des Kerls fanden, umso besser.
»Du, sag mal was Genaues. Wohin jetzt?«

Das Kopfsteinpflaster vor dem Theater glänzte nass unter einem Leuchtschild, das *Der Widerspenstigen Zähmung* in Aussicht stellte – wenn man nicht gerade nachts um Elf mit einem Streifenwagen vorfuhr.
»Wo ist der Einstieg? Zeig uns den mal.« Niedermann hielt dem Zerlumpten die Wagentür auf.
»Sicher eine gute Idee«, murmelte der Mann und ging vor.
»Aber ja. Das ist eine erstklassige Idee!« Niedermann zog den Reißverschluss seiner Lederjacke hoch. »Wir stellen deinen Wohnort fest und verhindern, dass das Tor zur Hölle geöffnet wird. Mehr kann man an einem Donnerstag wohl kaum erreichen.«
Jetzt musste auch Böhler grinsen.
Der Eingang für die Angestellten des Theaters lag auf der Rückseite und wurde von dichten Sträuchern eingerahmt; die Schneise im Laub war kaum zu erkennen, sofern man nicht wusste, dass sie da war.
Niedermann knipste seine Lampe an.
»Nach dir«, sagte er, den Mann nach vorn schubsend.
Der Dieb ging in die Hocke, was ihm in Böhlers Augen das

Aussehen einer großen Eule verlieh. Er hob ein Gitter aus dem Boden, das einen scharrenden Laut von sich gab und einige Sekunden später auf dem nassen Rasen landete.
Niedermann leuchtete in den Schacht, aus dem ein Geruch nach Moder und nasser Pappe stieg. Eine verrostete Leiter führte nach unten und endete auf rissigem Beton, der im Lichtkegel wie die Haut einer sehr alten Frau aussah.
»Wer hat denn Flurwoche?«, fragte Niedermann, aber Böhler lachte nicht. Er mochte keine Räume ohne Fenster oder Leitern ins Dunkel.
Der Lumpenmann begann, die Sprossen hinab zu klettern. »Nicht abhauen, Sportsfreund!«
Die Leiter quietschte, aber sie hielt sowohl Böhler als auch den für seine 42 Jahre etwas zu korpulenten Klaus Niedermann, der sich die Jacke mit dem Rost des Gestänges beschmutzte. Sich dreckig zu machen hatte ihn allerdings noch nie gestört. Nicht, wenn am Ende des Regenbogens ein Kessel Gold wartete.

»Wie groß ist das hier?«, fragte Böhler und erschauerte leicht über das Echo seiner Stimme. »Und gibt's hier Ratten?«
Der Lumpenmann war nur ein Schatten in der Dunkelheit, als er antwortete. »Es gibt. Viele davon. Deswegen sind feste Schuhe angeraten. Aber im Allgemeinen flüchten sie, vor allem bei Licht.«
»Die Bunker entsprechen in ihrer Ausdehnung fast dem gesamten Stadtzentrum«, fuhr er fort, »und unterteilen sich in sehr viele kleine Räume. Es gibt auch große – fast Hallen –, aber die sind meistens mit Stahltüren gesichert, die schwere Hebel haben. Keine Schlösser, und manche sind zugeschweißt.«
Die beiden Fahnder staunten nicht schlecht, auch wenn man es Böhler deutlicher ansah als Niedermann, dem eine glimmende Zigarette im Gesicht steckte.
Der Kerl redete wie ein Fremdenführer, dachte Niedermann: Es war sein Areal hier unten, aber der Unterschied zwischen den abgehackten, schlichten Sätzen während der Fahrt und diesem Vortrag im Dunkel des Bunkers war auffällig.
»Hier«, sagte der Lumpenmann schlicht und holte ein zerknittertes Blatt aus der Innentasche seines Mantels.

»Führ uns einfach zu deinem Schlafplatz, Sportsfreund.«
Niedermann hob ungeduldig die Hand. Er wollte endlich die Behausung seines Diebes besichtigen; jede Wette, der hortete eine Menge Zeug, das man beschlagnahmen konnte. Niedermann wusste, wie es ging.
Es hatte bei Dealern funktioniert und bei Kinder-Nazis. Man beschlagnahmte Waffen, Koks und Bargeld. Bares und Drogen, die so gut waren wie Bargeld, landeten in der Asservatenkammer des Präsidiums – aber nicht nach den Vorschriften der Polizei, sondern denen der Gebrüder Grimm: Die Guten ins Töpfchen, die Schlechten ins Kröpfchen. Niedermann lächelte in sich hinein.
»Diese Karte ist wichtig. Ich habe sie selbst angefertigt«, verteidigte sich der Bewohner des Bunkers. »Die baulichen Gegebenheiten hier sind … unübersichtlich.«
»Ist klar«, schaltete sich Böhler ein, »reicht jetzt.«
Er riss dem Lumpenmann die Karte aus der Hand und stellte überrascht fest, dass er einen Bogen Backpapier vor sich hatte. Der komplette Bunker war wie feines Äderwerk mit Kugelschreiber eingezeichnet.
Böhler warf einen langen Blick darauf.
»Gehen wir«, sagte er dann und drehte ironisch die Hand. »Nach Ihnen, bitte.«
Die Männer drangen in den Bauch der Stadt vor, der für Böhler allerdings wie der Darm der Stadt roch.

Gang folgte auf Gang, Kreuzung auf Kreuzung, Raum auf Raum.
Sie marschierten durch dunkle Kammern, in denen es nach jahrzehntealter Nässe roch. In den Winkeln vieler Räume arbeiteten farblose Spinnen an Fallen, die zur Jagd auf ebenso blasse Beute warteten; sie durchquerten tunnelartige Betonschläuche, in denen der Kot der Nager – die nie zu sehen, aber permanent zu hören waren – in den Augen brannte.
»Hier links«, sagte der Lumpenmann, dessen Rücken von Böhler beleuchtet wurde, und drehte sich um. Sein Gesicht war selbst in diesem Gedärm aus Stahl und Stein und trotz des Schorfs in seinem Gesicht nur als selig zu bezeichnen. Nieder-

mann spürte einen Anflug von Ekel.
Nach weiteren zehn Minuten sagte der Zerlumpte:
»Wir sind in der Nähe. Nicht mehr all zu weit.«

»Hier? Warum pennst du hier? Du könntest dir was am Eingang suchen. Das ist ja wohl nur noch übel.« Böhler schüttelte sich.
Der Kopf des Lumpenkerls schien im Lichtkegel der Stablampe zu schweben.
»Ich schlafe ja auch im vorderen Bereich. Sektor B 2, um präzise zu sein.«
Böhlers glatt rasierte Kinnlade rutschte nach unten. Sie waren die ganze Zeit in die Irre geführt worden.
»Wir müssen den Opal einsetzen, meine Herren. Sie erinnern sich? Es ist jetzt …« Er blickte nervös auf seine Armbanduhr, »23 Uhr 38. Es wird wirklich Zeit!«
Niedermanns Augen quollen über. Was da unter dem zerschlissenen Ärmels des Mantels hervorgeschaut hatte, als der Lumpentyp sein Gelenk gedreht hatte, war eine *Omega Seamaster* gewesen; er hatte es selbst im anstrengenden Zwielicht der Katakomben erkennen können. Geschätzte zweitausend Euro am Arm dieses Penners!
Nachdem sich seine Sinnesorgane wieder eingepegelt hatten, blühte vor Niedermann folgendes kleine Ärgernis auf: Sie marschierten hier durch fünfzig Jahre alte Rattenscheiße, weil der Uhrenfreund wie selbstverständlich auf dem Weg zu einem Rendezvous mit einer »Fassung« war, die seinen wirren Ausführungen nach das Tor dicht hielt. Sein Lager jedoch lag am Eingang, geschätzte fünfzig Abzweigungen hinter ihnen, abgelatscht in einem unentwirrbaren Knäuel aus Dunkelheit, Beton und Dreck.
Da musste jetzt mal was passieren, fand Niedermann, während er spürte, wie sich die flammendroten Knospen seiner Wut öffneten.
Er riss seine Waffe aus dem Sicherheitsholster.
Knospen? Seine Wut war eine verdammte, lichterloh brennende Yucca-Palme.
»HÖR MAL! Ich hätte jetzt gerne sofort dein Scheiß-Versteck

gesehen. JETZT!«

Der Lumpenmann, der den maßlosen Zorn des Polizisten ebenso wahrnehmen konnte wie das Ballistol-Waffenöl auf dem Lauf der Dienstpistole vor seinem Gesicht, schaute nochmals auf die Uhr.

»Noch acht Minuten.«

»Falsch«, entgegnete Niedermann, ohne auf den Arm Böhlers zu achten, der auf seiner Schulter ruhte, »noch dreißig Sekunden, Sportsfreund. Dann mache ich dir ein prima Loch in deinen Schädel und du kannst den Opal verwenden, um mit dem Sensenmann um Sonderkonditionen zu knickern. Wo ist dein Versteck? Und wo ist deine Beute?«

Der Dieb lächelte dünn.

»Welche Beute? Ich besitze das, was ich am Leibe trage, und eine Matratze.«

»Und eine ziemlich ordentliche Uhr. Und die Fähigkeit, mir den letzten Nerv zu töten, womit wir wieder beim Thema wären. Wo?«

Der Lumpenmann hob die Hände. »Wenn wir jetzt umdrehen, schaffen wir es nicht rechtzeitig. Ein Vorschlag: Lassen Sie uns den Stein einsetzen, das dauert nicht lange, und dann können Sie tun, was Sie für richtig halten.«

»Ich tue schon die ganze Zeit, was ich für richtig halte«, entgegnete Niedermann, senkte aber die Waffe.

Dann seufzte er gespielt, aber das tat er nur für Böhler, der schon einige Minuten hektisch in seinen Nacken atmete. *Frischlinge!* Er konnte den Lumpenmann nicht laufen lassen, aber er konnte ihn auch schlecht abknallen. Dieser Bericht würde sich entschieden zu seltsam lesen.

»Gut. Wo ist die Fassung?«

Ihre Schritte wurden schneller; sieben vor Zwölf.

Noch mehr verdreckte Passagen, niedrige Räume und Durchgänge wie steinerne Rohre; ihr Atem kam schnell und prallte auf Luft, die während des letzen Weltkriegs frisch, inzwischen aber ein ungenießbares Gespenst aus Nässe und Fäulnis war.

Böhler sprach in diesen Minuten gar nicht mehr.

Niedermann fluchte gelegentlich leise, hatte seine Waffe aber

weggesteckt.
Sie sprangen über Pfützen und schlängelten sich durch das zerschlagene Holz durchweichter Büromöbel. Links. Rechts.
Dann, eine weitere Biegung später, ein Glimmen im Dunkel, das zum Rechteck eines Durchgangs wurde.
Da.

»Leck mich einer am Arsch«, sagte Niedermann.
Dieser Raum war nicht niedrig wie die anderen. Er war auch nicht schmutzig, sondern besenrein.
Er hatte die Ausmaße einer kleinen Halle, und Niedermann fragte sich, wozu so ein Raum in Kriegszeiten gebraucht wurde.
Als Lazarett? Als Kino?
»Hier wurden die Toten aufgebahrt«, beantwortete der Lumpenmann die stumme Frage.
»Moment«, sagte Niedermann, dessen Hand unbewusst wieder zur Waffe gewandert war. »Was wird hier gespielt?«
An diesem Gewölbe war nichts, das sich wie ein Puzzleteilchen in Niedermanns reichen Erfahrungsschatz hätte einfügen lassen. Der Raum war einigermaßen hell, aber es war keine Lichtquelle auszumachen. Der Durchgang, durch den sie getreten waren – der eigentlich nicht auf einen Raum dieser Größe schließen ließ –, war eher kleiner als alle anderen gewesen, aber *das da* an der vermutlich fünfzehn Meter entfernten Wand war im Prinzip gar keine Tür: Es war eine Wand für sich.
Ein Portal, groß wie ein Scheunentor.
Der Penner hatte nicht gelogen, wie es aussah.
Niedermann konnte diesen Gedanken nicht weiter spinnen. Würde er das tun, könnte sein Intellekt zu dem Ergebnis kommen, dass auch die Geschichte mit dem Opal und der ganze Rest stimmte, und das wäre schlecht, weil es unmöglich war. Unmöglich, weil die Hölle für ihn ein Junkie mit einem Messer war oder ein Anruf seiner Bank, ein Jucken am Unterleib, wenn er wieder Naturalrabatte im Bordell eingefordert hatte, oder ein Tütchen Koks, das unbeaufsichtigt im Mannschaftsraum in seiner Jacke steckte, wartend, von einem Kollegen entdeckt zu werden.
Das war die Hölle, das konnte sie sein – aber nicht ein fiktiver

Ort hinter einem riesigen Tor unter der Stadt.
»Es ist jetzt keine Zeit für Erklärungen. Geben Sie mir bitte den Beutel.«
Niedermanns innere Waage pendelte kurz zwischen Neugier und einer dumpfen Furcht, dann kippte sie sanft und sein Interesse an dieser absurden Untergrund-Operette gewann. Er übergab dem Lumpenmann den schwarzen Samtsack.
»Danke.« Ein Anflug leiser Ironie hatte sich in die Stimme ihres Führers geschlichen, und das irritierte Niedermann.
»Was ist das hier für ein Bunker?«, hakte er nach.
»Noch eine Sekunde.«
Der Lumpenmann fischte den Opal aus dem Beutel.
»Endlich!«
Er marschierte zügig zum Tor hinüber und die Beamten folgten ihm. Böhler empfand es, als würde er durch knietiefes Wasser waten. Ein unsichtbarer Widerstand erschwerte ihm das Fortkommen, aber ein Blick auf Niedermann zeigte ihm, dass dieser sich schnell und geschmeidig bewegte.

Das Tor schien aus Metall zu sein, und es war schmutzigschwarz; Ruß, erkannte Niedermann, zentimeterdick.
In der Mitte saß die Fassung, einem stählernen Eierbecher nicht unähnlich. Darüber hinaus waren weder Fugen noch Spalten zu erkennen, nur eine schwarze Fläche von der Decke bis zum Boden. Direkt vor dem Tor stehend wirkte der Lumpenmann in seinen graubraunen Fetzen wie ein Farbklecks.
Das Klicken des Schlagbolzens, den Niedermanns Daumen nach hinten gezogen hatte, hallte durch das Gewölbe.
»Mir reicht es. Ich werde diesem Käse nicht weiter beiwohnen. Das ist doch alles Hokuspokus hier. Ich möchte auf der Stelle hier raus! Scheiß auf dein Lager, scheiß auf das Tor. Her mit der Karte, Böhler.« Dann fügte Niedermann absurderweise hinzu: »In sechs Stunden ist Dienstschluss.«
Böhlers Hand zitterte, als er auf die Karte starrte, denn während er das Schaben vernahm, als der Lumpenmann den Opal in die Fassung einsetzte, veränderten sich die feinen Linien auf dem Papier; es war, als würde man einem Schiebepuzzle zusehen, das von unsichtbaren Fingern bewegt wurde. Neue Linien

entstanden, andere verblassten, und nun konnte er auch sehen, wo sie waren: im Kern der Anlage. Der große Raum, in dem sie standen, war nicht zu übersehen, und das Tor bildete die einzige schwarze Linie auf diesem Wirrwarr aus blauer Tinte.
Und jenseits des voll gezeichneten Backpapiers, in der Realität des düsteren Bunkers und all seiner Gänge, begann das Tor zu erbeben.

Der Schuss klang wie ein Peitschenhieb.
Das Projektil prallte vom Tor ab und trat einen jaulenden Flug durch das Gewölbe an, traf aber niemandem.
Niedermanns Nerven waren wie die weiß glühenden Saiten eines Klaviers, auf dem sein logisches Denken eine irrsinnige Kakophonie mit Tränen treibenden Läufen spielte.
»Weg vom Tor!«, schrie er Speichel spritzend.
Der Lumpenmann drehte sich langsam um.
»Warum so aufgeregt?«, fragte er ruhig.
Böhler stand einfach nur so da, während seine Hand die Karte knisternd knetete; auch sein Speichel floss, allerdings sein Kinn herab. Er schien es nicht zu bemerken.
»Weil das alles Blödsinn ist! Dieses Tor zur Hölle gibt es nicht! Also werden Sie es auch nicht verschließen können!«
»Ach«, erwiderte der Mann, »wer redet denn davon?«

Niedermann legte den Kopf schräg, eine unbewusste Geste, die seit seiner Kindheit verschüttet gewesen war, und starrte den Lumpenmann an.
»Wie ... bitte?«
»Ich habe nie gesagt, dass ich das Tor verschließen möchte. Jemandem mit Ihrer Fähigkeit, Fragen zu stellen und Sachverhalte zu klären, sollte das aufgefallen sein.«
Hinter Niedermann pitschte Böhlers Speichel auf den gefegten Beton.
»Weil«, sagte der Lumpenmann, »ich es nämlich öffnen werde. Und dann gehe ich hinein.«
Eine Pause entstand, in der der Lumpenmann seinerseits den Kopf schräg legte.
»Sehen Sie: Kein einziger Teufel wird seine Hufe – oder was

auch immer – auf diesen Boden hier setzen. Kann ich mir nicht vorstellen. Sie etwa?«
Niedermann schüttelte den Kopf, aber es sah eher aus, als wollte er etwas abschütteln.
»Eben«, bestätigte der Mann. »Es geht hier nicht um Gehörnte oder Kochtöpfe, in denen arme Sünder braten.« Sein schmutziger Daumen rieb sein Kinn. »Glaube ich zumindest. Alle Fakten sprechen dagegen.«
»Sondern?«, hauchte Niedermann, unfähig zu schießen, unfähig die Waffe wegzustecken, unfähig, klar zu denken.
»Schauen Sie mal: Ich bin kein Penner. Und ich bin kein Dieb.«
Das Tor erbebte nun stärker; Niedermann spürte die Erschütterungen tief in seiner Brust.
»Das Buch sagt: Finde den tiefsten Punkt, gehe in Sack und Asche, bringe Opfer, wähle dein Patenkind – und dir wird geöffnet werden. Nun, in aramäisch liest sich das eine Nuance gestelzter, aber darauf läuft es hinaus.«
Böhler gab ein hirnloses Jaulen von sich.
»Das geht vorbei«, sagte der Lumpenmann zu Böhler, der ihn aber nicht zu hören schien. »Laut dem Buch ist die Seele wie ein Strumpf. Dehnbar, aber nur bis zu einem gewissen Grad. Kommt ein zu großer Fuß, beult er sich über Gebühr, und hier versucht gerade der Fuß eines Riesen in eine Kindersocke zu schlüpfen, fürchte ich.«
Niedermann hatte begonnen, mit den Zähnen zu knirschen. Sein Hirn arbeitete zäh, als würden alle Impulse durch dunkle Watte gefiltert, die seinen Kopf auszufüllen schien.
Aber er hielt seine Waffe tapfer hoch.
Den Lumpenmann schien das nicht zu stören. Er begann zu referieren, und die Aufnahmefähigkeit seines Publikums schien ihm ebenfalls völlig gleichgültig zu sein.
»Der tiefste Punkt, das ist hier. Sicher, ich hätte es im Bergbau versuchen können, unter Tage, aber dann hätte ich Punkt zwei nicht geschafft: Die Opfer. Das entsprach zwar nicht meinen Neigungen, aber ich finde, der Preis war einigermaßen angemessen.«
Er drehte die Handflächen entschuldigend nach außen.
»Es waren ohnehin nur Penner. Da musste ich dann wirklich

hart sein. Und es waren nur zwei, die ich hier herunterschaffte. Beim zweiten erschien dann auch schon das Tor auf der Karte. Ich sage das nicht gern, aber das war der leichteste Teil, und ich fühle mich schlecht deswegen, aber die Wissenschaft fordert nun mal Opfer. Und wenn die beiden keine waren, weiß ich es auch nicht. Ohne die Ratten würden Sie noch was riechen.«
Er lächelte freudlos.
»Hiermit … verhafte ich Sie … wegen Mordes!«, bellte Niedermann heiser.
Seine kriminalistischen Reflexe sprangen hervor wie ein Kastenteufel, nach wie vor funktionierend, weil auswendig gelernt, wenn auch sein geistiges Fassungsvermögen erreicht war.
»Blödsinn«, wischte der Lumpenmann Niedermanns Ausruf fort. »Haben Sie in der Schule nie einen Frosch geöffnet, um sich die Innereien anzusehen? Glauben Sie mir, das ist das gleiche. In meinem Falle liegt es natürlich einige Potenzen höher, aber dafür wird auch das Resultat entsprechend ausfallen.«
»Mordes!«, kreischte Niedermann, der nun von den dröhnenden Vibrationen des Tores erfasst wurde und leicht zu wippen begann.
»Wo waren wir? Ah: Sack und Asche, mein Guter. Punkt drei. Das Zeug hier hatte ich von einer meiner Opfergaben.«
Der Lumpenmann warf seine Kleidungsschichten von sich; ein schwarzer Neopren-Anzug kam zum Vorschein, an dessen Gürtel einige Taschen baumelten.
Niedermann sah mit dumpfem Blick, dass eine Taschenlampe am Gürtel hing, kleiner als seine, aber vermutlich ebenso leistungsfähig.
»Ich habe meine Demut vor dem Thron lange genug gezeigt«, sinnierte der neugeborene Gummimann, »das Zeug stank nämlich erbärmlich.«
Dann griff er sich an den Gürtel, hakte ein mattschwarzes Gerät von der Größe eines Kartenspiels aus und sprach hinein. Hinter ihm begann das Tor sich lautlos zu öffnen und ein schwarzer Nebel strömte ins Gewölbe.
»Hier Doktor Weiss, Universität Dortmund. Sämtliche Auflagen des Buches wurden erfolgreich abgearbeitet.«
Er drehte sich um und warf einen kurzen Blick auf den ständig

größer werdenden Spalt.

»Das Portal ist nun offen. Es ist …«, er warf einen weiteren Blick auf seine Uhr, »sechs nach null Uhr am Morgen des dreiundzwanzigsten Dezember 2005. Die Vorräte reichen für einen Tag, das Wasser für vier. Es werden fünfundzwanzig Mignon-Zellen mitgeführt, ein Gesangbuch, Ohrenstopfen und ein Messer.«

Er blickte Niedermann an und betätigte den Pausenknopf.

»Was ich zu erwähnen vergaß«, sagte er, »ist, warum ich kein Dieb bin. Den Opal habe ich nicht aus dem Juwelierladen gestohlen. Im Gegenteil, ich habe ihn selbst angefertigt. Das Ding ist aus Holz. Es geht dem Portal und seinen Mächten nur darum, die Ernsthaftigkeit zu testen. Ich musste den Opal fünf Mal runter bringen, um ihn anzupassen; es handelt sich um einen schlichten Mechanismus, der das Tor öffnet. Der Zeitpunkt ist selbstverständlich wichtiger. Verdammt, ich hätte das Tor mit einem Kugelschreiber öffnen können! Für einen wirklich Reisewilligen ist das Tor leichter zu entriegeln als die eigene Garage.«

Er schritt auf Niedermann zu und sein Anzug verursachte leise, schabende Geräusche.

»Schwierig ist nur der letzte Punkt.«

Er nahm Niedermann sanft die Pistole aus der Hand.

»Denn ich muss von jemandem begleitet werden. Das Buch nennt diese Person Patenkind, aber letztlich ist sie nichts weiter als Fliegenpapier. Das Patenkind zieht die Störenfriede an und man selbst bleibt gewissermaßen unbehelligt, wenn man zum Thronsaal reist. Es ist ein festes Gesetz, daran gibt es nichts zu rütteln. Tut mir leid. Übrigens bin ich mir der Theorie, was die Sache mit dem Durchschlüpfen diverser … na ja, Sie wissen schon. Ich bin nicht hundertprozentig sicher. Ich bitte um Verzeihung. Halten Sie die Augen auf. Sie sind schließlich Polizist.«

Das Tor war nun offen; der schwarze Rauch waberte kniehoch über den Boden, und hinter dem Portal war eine Treppe aus grobem Gestein zu sehen, die nach unten führte.

»Deswegen sind Sie ja hier. Wer sonst würde einen Penner des Nachts in einen Bunker unter der Erde begleiten? Erkennungsdienstliche Maßnahmen, hm? Ich schlug eine Scheibe ein

und schon waren Sie da«, schloss der Doktor lächelnd.
»Ich werde nicht mitgehen«, flüsterte Niedermann. »Ich werde niemals mitgehen.«
Er spürte einen Sog, der an ihm zerrte; es fühlte sich nicht unangenehm an.
»An Sie hatte ich auch gar nicht gedacht«, entgegnete der Doktor und ergriff behutsam Böhlers Arm. »Schon als Ihnen die Taschenlampe ausrutschte, war mir klar, dass ich mit Ihnen als Patenkind nicht weit komme. Es ist ein langer Weg bis zum Thronsaal, und Sie wären schon lange vorher verbraucht.«
Er zog Böhler hinter sich her, und dieser trottete mit; seine Spucke war am Kinn kristallisiert, sein Blick leer und stumpf. Niedermann sah einen dunklen Fleck im Schritt von Böhlers Jeans.
»Komm, mein Junge«, sagte der Doktor wie zu einem Kind, »die Reise beginnt jetzt. Wenn du Angst bekommst, mach einfach die Augen zu.«
»Ich habe nun das Patenkind«, sagte der Doktor in das Mikrofon seines Diktiergerätes.
Dann traten die beiden ins Dunkel hinter dem Portal; der Doktor mit den festen Schritten eines beherzten Forschers, Böhler schwankend, wie es einem schlecht getöpferten Gefäß zu eigen ist.
»Nur Mut, Junge. Du stehst das schon durch. Erst kommen die Vorhöllen. Sieben Kreise in einer Spirale, wenn man den alten Schriften glauben darf. Aber wir machen uns ein eigenes Bild.«
Der Doktor tätschelte Böhler die Wange, worauf dieser winselte wie ein Hund.
Dann schaltete er seine Lampe ein und zerrte sein Patenkind sanft die Stufen hinunter.
»Ach ja …«
Doktor Weiss drehte sich noch einmal um, und sein Neoprenanzug quietschte leise.
»Soll ich irgendwen von Ihnen grüßen?«

Niedermann hockte in der Finsternis.
Das Tor hatte sich wieder geschlossen und der Rauch hatte sich zurückgezogen, als hätte ein gieriger Schlund hinter dem

Portal scharf eingeatmet.

Sein Oberkörper ruckte vor und zurück, während sich Gesichter in der Finsternis zu formen schienen, die kicherten und flüsterten.

Niedermann dachte bruchstückhaft an die Seminare, die im Präsidium für Eigenheimbesitzer veranstaltet wurden und zum Inhalt hatten, dass Wachsamkeit und gute Absicherung das A und O waren.

Man weiß nie, wer alles hinein schlüpft, wenn man die Tür zu lange offen lässt.

Die Karte zu seinen Füßen wies wieder ein Labyrinth aus Gängen und Räumen auf, aber Niedermann glaubte nicht, dass er den Marsch in Gesellschaft der Stimmen schaffen würde.

Hätte Niedermann eine Neigung zu Filmen wie Stallones »Daylight« gehabt, hätte er es vielleicht versucht, aber ihm lagen eher Streifen, die dem Kaliber 45 huldigten.

Also steckte er sich den Lauf seiner Waffe in den Mund und drückte ab.

Postkarten aus der Dunkelheit

1. Kaffee und Karten

Schwinn trank seinen Milchkaffee im Bistro völlig entrückt und ohne die bauchige Tasse eines Blickes zu würdigen.

Grund dafür war das Buch, in das er vertieft war. Ein dünnes Buch, doch sonderbar schwer, der Einband erinnerte an Rochenhaut mit seiner pockigen, dunklen Struktur; man strich mit den Fingern darüber und dachte an Leder, aber auch an Haut, Brokat, Fleisch.

Einem aufmerksamen Betrachter wäre aufgefallen, dass sich die Seiten in den Brillengläsern des Lesenden spiegelten. Alte Zeichnungen, pergamentene, verwaschene Skizzen, deren Sinn sich nur dem Lesenden selbst erschließen mochten – oder auch nicht.

»Oder auch nicht«, murmelte der Mann am Nachbartisch.

Der aufmerksame Betrachter existierte: Er schob seinen Espresso von sich und entlockte dem Bistrostuhl ein Geräusch schabenden Widerwillens, als er ihn zurückschob, um sich auf den letzten Abschnitt einer Reise zu begeben, die außerordentlich lange gedauert hatte.

Dieser letzte Abschnitt, hätte man ihn vermessen, war exakt zwei Meter sechzig lang.

»Guten Abend.«

Thomas Schwinn blickte mit zäher Langsamkeit auf. Das Letzte, was er jetzt wollte, war, mit jemandem in diesem Café zu reden, aber seine unerbittliche Erziehung zur Höflichkeit war seinerzeit auf fruchtbaren Boden gefallen – auch wenn dieser Boden in den letzten beiden Jahren zunehmend steiniger geworden war.

»Ja?«

»Dürfte ich mich setzen?« Die Klarheit dieser Worte schien champagnerartige Perlen der Kultiviertheit zu produzieren.

Der Mann war die Schlichtheit selbst: schlank, etwa fünfzig, schütteres, sehr akkurat geschnittenes Haar, slawisch wirkende Züge … Aber in seiner Stimme wütete kein Akzent, nichts, das

ihn von den Einheimischen hier in Maine abrücken ließe.
Schwinn stutzte, aber nach den Maßstäben korrekter Erziehung nicht zu lang. Nur zwei Sekunden, dafür gedacht, dem Eindringling – sollte er sensibel genug sein – ein Gefühl der Unerwünschtheit zu bescheren.
»Verzeihen Sie«, sagte Schwinn, als dieser Zeitraum verstrichen war, »kennen wir uns?«
»Gewissermaßen, ja. Durch die Blume, sozusagen.«
»Ach? Inwiefern?«
»Insofern, als dass Sie dieses Buch da studieren.«
Schwinn hatte dem Fremden noch immer nicht erlaubt, Platz zu nehmen, aber dieser schien immun gegen Unhöflichkeit zu sein. Seine Stimme hallte noch nach, und während Schwinn den Fremden gespannt betrachtete, musste er an einen Panzer denken, aus dessen Geschützturm eine Arie von Caruso schmeichelte: schöne Töne, jedoch kein Millimeter Rückzug zu erzwingen.
»Dieses Buch«, erwiderte Schwinn, »ist ein Unikat. Ich glaube kaum, dass Sie jemals darin gelesen haben.«
»Wissen Sie«, sagte der Fremde, »zwei Dinge machen unser Gespräch verhältnismäßig kompliziert. Das eine ist, dass Sie etwas zu ignorant sind, um Fakten zu erkennen, und das andere entspringt ebenfalls dieser bedauerlichen Unart: Wenn ich mich nicht bald setze, bekomme ich Flatulenzen, und darunter könnte dieses Gespräch leiden.« Er zog eine Augenbraue hoch und fügte dann hinzu: »Und wir *werden* dieses Gespräch führen. Bis zum Ende. Garantiert.«
Schwinn wurde etwas nervös. »Hören Sie, Ich möchte nur hier sitzen und lesen. Ich kann mich nicht konzentrieren, wenn jemand Fremdes in meiner Nähe ist.« Schwinn legte seine Hand auf den Stuhl neben sich, um keinen Zweifel daran zu lassen, was er mit *Nähe* meinte.
Der Fremde lächelte nur. »Dieses Buch ist in meinen Kreisen … Wie sagt man? Ein alter Hut. Und es ist nicht so selten, wie Sie meinen: Eines war im Topkapi-Palast, Istanbul. Unter einer steinernen Einfassung nahe der Räumlichkeit, die *Saal des Triumphes* genannt wird. Eines bei einem venezianischen Antiquar, der niemals geöffnet hat, es sei denn, Sie deponieren eine Bitte

um Einlass unter einer Schwelle am Bootshaus des ältesten Gondoliere der Stadt.«
Schwinns Augen, ohnehin nicht sehr vorteilhaft anzusehen durch die nur dem Nutzen verhaftete Lesebrille, glotzten nur.
Der Fremde fuhr fort: »Eins bei einer ägyptischen Prostituierten nahe der Innenstadt Kairos. Sie wusste es natürlich nicht. Liebesdienerinnen sind so …« Er schien ernsthaft zu überlegen. »Sie begreifen, oder? Klischee, Klischee.«
Er lachte leise.
»Eins in Ihren Händen. Und eins …« Der Fremde griff in die Innentasche seines gut geschnittenen Jacketts, »hier.«
Ein nervöses Klirren ertönte, als Schwinn seine Tasse nicht ganz sauber aufsetzte.
»Mein persönliches Exemplar habe ich nur unter größten Anstrengungen in meinen Besitz gebracht. Sagt Ihnen die Bezeichnung *Carcharodon Carcharias* etwas? Sich so einem Vieh gegenüber zu sehen ist etwas, das man sein Leben lang nicht vergisst. Also hören Sie auf, mit Ihrer Studentenhand den Stuhl zu blockieren, ich bin andere Formen der Unfreundlichkeit gewöhnt.«
Schwinn schüttelte marionettenhaft den Kopf. »Was, wenn ich einfach nicht mit Ihnen reden will, Mister …?«
Das Lachen des Fremden war schrill wie ein Teekessel und Schwinn empfand es als extrem unangenehm.
»Wenn Sie mehr über diese Mappe wüssten, würden Sie mich anflehen, mit mir darüber reden zu *dürfen*. Aber das einzige, was Sie wissen, ist dass sie sehr selten ist. Sie sind so lächerlich weit von der Wahrheit entfernt, dass ich mit dem Kopf schütteln würde, wäre dies nicht ein so inakzeptabel deutliches Zeichen von Unhöflichkeit. Und nun: *Darf ich mich setzen?*«
Schwinn schob den Nachbarstuhl zurück und der Mann nahm Platz.
»Danke vielmals. Ondrej Svatek vom Institut für Mittelalterforschung in Prag.« Er streckte Schwinn seine Hand entgegen.
»Thomas Schwinn.«
Während des Händedrucks erhaschte Schwinn einen kurzen Blick auf die Hemdmanschette des Fremden. Es waren Initialen eingestickt, sehr subtil, aber lesbar: EE.

Der Mann log, was seinen Namen anging, oder er kaufte second hand.
»Gut, Thomas Schwinn. Zurück zum Wesentlichen. Wir könnten nun Erfahrungen austauschen, gut gemeinten Smalltalk betreiben, die ganze Palette, und alles mit den besten Absichten. Aber ehrlich gesagt habe ich kein Interesse, und ich denke, es geht Ihnen ähnlich. Haben Sie das Mittelteil des Buches entfaltet? Die Karte?«
»Was?«
»Die Karte in der Mitte. Ist wie beim Playboy, Schwinn. Auseinanderfalten und sich freuen. Oder grübeln Sie noch über der Gesamtübersicht? Erzählen Sie mir jetzt bitte keinen Käse.«
Etwas im Tonfall dieses Svatek passte Schwinn gar nicht.
»Soll ich Ihnen einen Kaffee bestellen, während Sie darüber nachdenken? Die Wirkung von Koffein auf die Leistung des Hirns sollte sich bis Maine herumgesprochen haben.« Svatek lächelte gütig, schnippte aber ungeduldig mit den Fingern.
»Mister Svatek, ich habe keinen Schimmer, wie ich Ihnen helfen kann, und ich bin mir auch unschlüssig, ob ich Lust dazu habe. Ich möchte nur dieses Buch …«
»Die Kartenmappe«, korrigierte Svatek.
»… studieren und meine Ruhe haben. Und ich wäre Ihnen dankbar, wenn Sie mich entweder schnell und sachlich über Ihre Beweggründe, mich hier zu stören, aufklären würden …«
»Oder aber?«
»Oder aber Sie verschwinden.«
»Oder aber?«, lächelte Svatek.
»Oder aber nichts, verdammt! Oder *ich* verschwinde!«
»Nein! Oder aber wir bleiben hier hocken, trinken aromatische Heißgetränke, plaudern darüber, wie Sie Ihr Studium finanziert haben – Kellnern, nicht wahr? –, wie es Ihren Eltern geht …«
»Meine Eltern sind tot«, sagte Schwinn.
»Ich weiß. Aber wir reden über alle diese Dinge: Ihr Studium, wie Sie an ihr Stipendium kamen, die Sache mit der Frau des Dekans, ihre frühe Neigung zu gewissen Substanzen, Ihre laufenden Kredite, kein Problem. Und während wir also dies tun und sitzen bleiben, vergrößern sich Ihre Probleme. Und meine.«

Schwinns Arm wollte alles mögliche – den Mann am Kragen packen, das eigene Kinn ergreifen, sich abstützen –, schaffte es aber nur, die fast leere Tasse vom Tisch zu fegen.
»Woher wissen Sie das alles, zum Teufel?«
»Was Sie in den letzten vier Jahren getrieben haben, hängt Ihnen nach wie eine Blechdosenkette an einem Hochzeitsauto, mein Freund. Recherche, und gar nicht mal sehr intensiv.«
»Und warum«, schnauzte Schwinn, »haben Sie das getan? Sie hatten kein Recht dazu!«
»Wir alle tun Dinge, die wir nicht tun sollten. Kaum einer weiß das besser als Sie! Oder woher haben Sie die Genehmigung, die Kartenmappe zu entleihen? Haben Sie einen geheimen Doktortitel in der Tasche? Sind sie einfach ins Museum spaziert und haben Ihren Videothekenausweis vorgelegt? *Einmal Free Willy. Ach ja, und dann noch dieses merkwürdige Buch, Sie wissen schon?* Nicht ganz, wie? Ohne Ihre Neigung, auf Dekansgattinnen zu klettern, wären Sie kaum so weit gekommen. Glauben Sie wirklich, Sie sollten die Mappe haben? Nein, Schwinn. Nein, nein, nein! Haben Sie das Mittelteil entfaltet?«
Schwinns Zunge fühlte ich an wie ein Fremdkörper. »Ja. Aber warum interessiert Sie das? Was wollen Sie, Mann?«
Svatek wuchtete sich hoch. »Dass Sie mich begleiten, jetzt. Mein Wagen steht seit fünfzehn Minuten vor der Tür und der Motor läuft. Kommen Sie. Oder muss ich mich erst richtig ins Zeug legen, um Sie zu überzeugen?«
Ondrej Svatek lüftete seine Anzugjacke. Die Pistole, die keck unter seinem Jackett hervorschaute, ergab in ihrer verchromten Erhabenheit einen interessanten Kontrast zum schlichten Grau des englischen Tuches.

2. Der Wagen

Der *Wagen* war weit mehr als nur ein Auto, soviel stand fest: In diesem Universum aus handschuhweichem Leder und edlen Hölzern existierte kein Plastik – nur butterweiches Licht, rauchiges Glas und unfassbar viel Platz. Und von schlichtem Fahren konnte auch keine Rede sein. Innen völlig abgeschirmt, war es eher ein lautloses Gleiten auf dem Asphalt von Jersey, Mai-

ne, das sie nun verließen, um auf die Interstate abzubiegen.
Schwinn starrte durch die sanft getönten Scheiben, sah aber nur die vorbeirasenden Gespenster entlaubter Bäume. Die Geschwindigkeit schien beträchtlich zu sein.
»Was für eine Sorte Auto ist das?«, fragte er durch das einschläfernde Summen der Klimaanlage im Fond.
Svatek, der ihm gegenüber saß, antwortete: »Ein Maybach, allerdings mit einigen Umbauten. Präsidentenniveau. Wenn man wie ich viel reist, sollte man darauf achten, dies komfortabel zu tun. Wir haben hier alles, was das Herz begehrt.«
Er klappte eine vertäfelte Abdeckung herunter und ein flacher Bildschirm kam zum Vorschein.
»Ortungssysteme, Messeinheiten, Infrarotsensoren. Was immer sich vor, hinter, über und unter dem Wagen befindet, kann sichtbar gemacht werden. Und wir haben natürlich eine Internetanbindung, und zwar eine schnelle, nicht diese digitale Trödelei, die Ihre Universität bevorzugt. Funktioniert allerdings gerade nicht. Theoretisch könnte ich Ihnen auch den neuen Spielberg zeigen, aber Sie haben sicher Verständnis, dass diese Form der Zerstreuung momentan unwichtig für mich ist.«
Schwinn fragte sich, worauf das alles hinauslief: die ganze Sache mit der Frau von Dekan Renard, dem Kredit und seinem Stipendium … Falls Svatek vorhatte, ihn zu erpressen, tat er es sehr subtil, sah man einmal von der Waffe ab. Schwinn fühlte sich wie in einem Käfig, dessen Gitter er besser nicht berührte, um nicht die Illusion von Freiheit zu gefährden.
»Hier.« Svatek warf ihm eine schmale Manschette zu. »Schnallen Sie sich das um einen ihrer Stiefel. Damit finde ich Sie jederzeit, überall.«
Wusste ich es doch, dachte Schwinn. Eine Verhaftung! Kam Svatek vom Museum? War er unterwegs, um das Exemplar des Buches zurück zu holen? Gab es Kopfgeldjäger für Artefakte? So eine Art Bibliothekspolizei, potenziert um einen Faktor, der dem Wert dieses Buches entsprach …
»Es ist zu Ihrem Besten, Thomas Schwinn.«
»Sehr schön, echt«, sagte Schwinn, »aber jetzt verraten Sie mir doch, worum es hier geht! Arbeiten Sie für die Regierung?«
Svatek seufzte. »Nein. Wie ich bereits erwähnte, arbeite ich für

ein Institut, das über ausreichende finanzielle Mittel verfügt. Das ist erforderlich, und Sie werden noch begreifen, warum.« Svatek ließ auf Knopfdruck eine Dose Pepsi auftauchen. »Das Buch ist eine Bildersammlung. Die meisten Zeichnungen erinnern an Ansichtskarten, finden Sie nicht auch? Aber wozu sind sie gut? Und was ist mit dem Mittelteil, der Faltkarte? Was zeigt sie?«

»Irgendeine antike Stadt«, sagte Schwinn, sich an die Karte erinnernd. Ein speckiges Ding, das beim Entfalten blasse Vierecke entblößt hatte. »Vielleicht Alexandria oder Rom.« Es interessierte ihn nicht wirklich. Diese Ansichtskarten waren aus einer Zeit, mit der er nichts am Hut hatte.

»Dieser Stadtplan zeigt definitiv Queens, New York. Ein Gutachten datiert die Mappe auf das Jahr 1180, gefertigt auf Wachspapier. Fällt Ihnen eine Kleinigkeit auf?«

»Gab es kein Wachspapier zu dieser Zeit?«, fragte Schwinn und biss sich sofort auf die Zunge.

»Doch, natürlich«, grinste Svatek. »Es gab nur kein *New York*, wie Ihnen vermutlich soeben aufgefallen ist.«

»Also eine Fälschung?«

Svatek schüttelte den Kopf. »Das war auch unser erster Gedanke: Die Karte ist ein Schwindel, kaum älter als zweihundert Jahre. Aber das wurde überprüft. Die Karte ist echt, völlig zweifelsfrei.«

»Aber welche Erklärung sollte es sonst dafür geben?«, fragte Schwinn genervt.

»Gute Frage. Wie hätte irgendwer vor achthundert Jahren eine Karte von New York anfertigen sollen? Zwei Thesen. Erstens: Es zeigt ein völlig anderes Gebiet auf diesem Planeten und die Ähnlichkeit ist reiner Zufall. Zweitens: Jemand hat Queens *nach dem Vorbild* dieser Karte entworfen.«

Schwinn hätte jetzt gern nach einigen Tagen der Abstinenz einen Joint geraucht. Es ging ihm völlig am Arsch vorbei, ob irgendein New Yorker Stadtplaner sich von einer mittelalterlichen Zeichnung inspiriert gefühlt hatte. Er hatte die Mappe lediglich an den Holländer verkaufen wollen. Seine Tasche lag gepackt in seiner Wohnung, das Ticket steckte in der Jackentasche, und morgen früh um sechs ging sein Flug. In dem Café

hatte er nur auf einen Anruf aus Amsterdam gewartet. Und all diese Vorhaben lösten sich gerade im Fahrtwind des Maybach auf, während sie die Interstate Richtung …
»Wohin fahren wir eigentlich?«
»Wohin wohl, Schwinn.« Svatek knüllte seine leere Getränkedose zusammen. Das verbeulte Weißblech passte nicht zur eleganten Strenge des Edelholzinterieurs. »Wir fahren an den Ort, den die Karte zeigt.«
Schwinn nickte, während er seine Chancen ausrechnete, bei nächster Gelegenheit zu verschwinden. Er war ein schneller Läufer und er würde auf keinen Fall diese Ortungsmanschette umlegen. Aber was, wenn er an der nächsten Ampel hinausspringen wollte, und das Auto war verriegelt? Vielleicht besser, bis New York zu warten. Er könnte sich über das U-Bahn-Netzwerk bis zu einem Busbahnhof durchschlagen, von da zu einem Flughafen in Chicago oder so, und dann mit einem billigen Flug nach Amsterdam, dem Geld entgegen.
»Sie haben kein Recht, mich festzuhalten, und das wissen Sie.«
Svatek lachte auf. Und das erste Mal, seit die beiden Männer sich begegnet waren, schien es von Herzen zu kommen. Dann allerdings wurde er schlagartig ernst.
»Glauben Sie an das Schicksal?«, fragte Svatek plötzlich. »Die Unabwendbarkeit der Dinge?«
Schwinn sagte nichts.
»Wissen Sie, Schwinn, was der große Fehler der Menschheit ist? Ihre absolute Gleichgültigkeit, was die Zusammenhänge betrifft. Der Mensch unterscheidet sich in seinem Interesse an echtem Wissen kaum vom Eichhörnchen. Wir werden geboren, um dann durchschnittliche zweiundsiebzig Jahre zu scheißen, essen, schlafen und bumsen, verzeihen Sie die Wortwahl. Und wir denken, es muss eben so sein. Eigentlich liegt die Lebenserwartung deutlich unter zweiundsiebzig, weil die Dritte Welt die Statistik in den Keller zieht. Jedenfalls ist die große Frage: das Schicksal. Ist es zu ändern? Wie ist es konzipiert? Wie funktioniert es? Existiert es überhaupt?«
»Kann ich eine Cola haben?«, fragte Schwinn, dem unmerklich immer wärmer geworden war.
»Sehen Sie? Ich versuche Ihnen das Konzept der Vorbestim-

mung zu erläutern, und Sie fragen mich nach Limonade!« Er schüttelte langsam den Kopf, bevor er fortfuhr.

»Das Schicksal ist konstruiert wie eine Spirale. Geradlinig, aber doch verschlungen. Es birgt eine Konstante. Bei jedem Menschen. Sie macht uns glauben, es gäbe kein vorbestimmtes Leben. Diese Konstante heißt *zufällige Wiederholung*. Meine Kollegen haben bereits in den dreißiger Jahren begonnen, sie zu erforschen, mit zwei Dutzend Testpersonen aller sozialen Schichten. Wir begleiten unsere Probanden ihr komplettes Leben lang, und es ist immer dasselbe. Immer die gleichen Begegnungen, immer ähnliche Ereignisse. Jeder erlebt nur zwei einmalige Dinge, die nie wiederkehren: Geburt und Ableben. Und eins wird dabei immer klarer: Wenn das Schicksal es will, fällt man von der Leiter, egal ob man sich angurtet, festklammert oder die Leiter an der Wand verschraubt.«

»Unfug!« Schwinn schüttelte den Kopf, als ekele ihn etwas an. Tatsächlich hatte er mit Esoterik und Geschwafel vom Schicksal noch nie etwas anfangen können. »Alles hat eine erklärbare Ursache. Zu glatte Sohlen, ein Wadenkrampf … Das ist eine Frage der Logik, Mister Svatek.«

Svatek nickte. »Oh ja. Die Dinge lassen sich erklären, wenn man ein bisschen über den Tellerrand späht. Klar. Ich war auf der Leiter, weil ich eine Glühbirne wechseln wollte. Richtig? Die Leiter war unsicher und wackelig, weil sie alt war.

Sie war alt, weil ich keine neue gekauft hatte.

Ich hatte keine neue gekauft, weil ich es immer vergesse.

Ich vergesse es immer, weil ich mir denke, dass es ja nicht schlimm ist, wenn ich sie erst *morgen* kaufe.

Dann geht die Glühbirne kaputt und ich habe nur die alte Leiter. Die Geschäfte haben um die Zeit, wenn Glühbirnen brennen, nicht auf, und ich habe weder Lust noch Geduld, zu warten, bis der Baumarkt öffnet. Also steige ich auf die alte, wackelige Leiter. Eins führt zum anderen. Stimmt das?«

»Vermutlich.« Schwinn schmiegte sich in die Polster. Er fühlte sich von der Stimme Svateks sonderbar beruhigt.

»Bullshit! Das sind die Erklärungen eines Idioten! Ich steige auf die nagelneue Leiter und trage feste Schuhe. Der Winkel der Leiter ist gut, ich bin ausgeschlafen, es sind nur zehn Sprossen.

Aber in dem Moment, in dem ich mit einer Hand nach der Birne über meinem Kopf greife, strauchle ich ohne jeden Grund, stürze nach hinten, schlage mit dem Kopf auf die Kante des Marmortisches und mein Schädel bricht. Ich sterbe in einer bemerkenswerten Lache meines Verstandes. Das Schicksal hat mich erlegt wie einen Hirschen.«

»Das ist doch Blödsinn«, grinste Schwinn.

»Ja, klar doch«, lächelte Svatek zurück, »aber es ist vor drei Tagen passiert. Einer meiner Mitarbeiter, achtunddreißig, völlig gesund und fit. Der Marmortisch war zwei Stunden vorher geliefert worden. Vormals war da dicker Teppichboden.«

Sie schwiegen einen Moment.

»Er hatte vor einigen Jahren den Mittelteil der Kartenmappe entfaltet. Raten Sie mal, was er sah: eine Leiter! Er sah die Zeichnung einer Leiter! Sein Schicksal.«

Es galt, einen kühlen Kopf zu behalten, denn allmählich dämmerte Schwinn, dass Svatek, allem edlen Tuch und Luxuskarossen zum Trotz, möglicherweise ein kranker Mann war.

»Er stieg heute Morgen natürlich nicht rauf, um das Schicksal herauszufordern. Nein, er wollte einfach nur die Scheißbirne wechseln, weil sie kaputt war. Ich habe damals die Karte ebenfalls entfaltet. Ich sah einen Hai. Was sehen Sie, Schwinn? Öffnen Sie Ihr Exemplar!«

Schwinn fixierte Svatek für einige Sekunden, dann griff er in die Innentasche seiner Lederjacke, ertastete erst Satin, dann die Kante der Mappe. Er zog sie hervor und musterte sie das erste Mal nicht wegen ihres Wertes. Er öffnete sie, blätterte vorbei an den fahlen Skizzen von Bäumen, Göttern und Sternbildern, an Blättern voller Hieroglyphen und unlesbaren Versen, Tafeln voller irrwitziger Spiralen, und dann stoppte sein Zeigefinger in der Mitte.

Die eingearbeitete Karte war sternförmig nach innen gefaltet, und sie erschien ihm seltsam warm. Er fummelte sie fahrig auseinander – und erschrak.

Keine Ansammlung kleiner Kästchen mehr, kein Stadtplan, überhaupt gar keine Kartographie. Was er stattdessen erblickte, war die Strichzeichnung eines unförmigen Kastens, der von wirren Linien überzogen war.

»Was zum Teufel …?«
»Haben Sie schon mal von den Palmblattbibliotheken gehört?«, fragte Svatek.
»Nein.«
»Palmblätter, auf die Zeichen gestanzt sind, ummantelt von Holzplatten. Indische Mönche deuten Jedermanns Schicksal mit Hilfe dieser sonderbaren Blattbücher. Es gibt regelrechte Pilgerfahrten zu diesen Deutern der Palmblattsammlungen. Die Mönche offerieren Ihnen alles: Zukunft, Vergangenheit, was Sie wollen. Sie kreisen das fragliche Palmbuch durch geschickte Fragen ein, suchen das Palmblattbuch heraus, lesen in den Symbolen. Eine ziemlich komische Methode, oder? Dauert auch zwei Tage, die passende Sammlung herauszusuchen, nachdem Sie um eine Deutung gebeten haben. Und wissen Sie, was diese Mönche dafür benötigen? Einen Daumenabdruck des Ersuchenden. Merkwürdig, nicht?«
»Nein. Oder vielleicht doch, keine Ahnung. Was hat das … *hiermit* zu tun?«
»Es ist der Daumenabdruck, Schwinn. Wie bei den Palmbüchern. Nur haben wir es hier mit dem Buch des Schicksals zu tun. Keine Warterei, keine großen Orakel. Sie berühren die mittlere Karte, und das Schicksal schlägt an. Was sehen Sie?«
Schwinn stutzte noch immer.
»Keine Ahnung. Sieht aus wie … eine Kommode. Ein Schrank.«
»Das ist Ihr Schicksal.«

3. Der Holländer

Schwinn erinnerte sich vage an das Paket, das ein Kuriermensch – der Name des Paketdienstes war ihm noch niemals untergekommen, obwohl dieser international operieren musste – am frühen Dienstagmorgen vergangener Woche zugestellt hatte. Er hatte keine Unterschrift leisten müssen; der Kurier hatte ihn nur gebeten, seinen Daumen auf das kleine, gläserne Feld des Handscanners zu pressen.
Braune Pappe, darin eine stählerne Kassette, die mit unzähligen gebrochenen Klebesiegeln übersät war. In dieser Kassette hatte

ein wattierter Umschlag gelegen, eingebettet in kleine, Flüssigkeit absorbierende Beutel, auf denen *Do not eat* zu lesen war.

Das war in Dekan Renards Haus gewesen. Renard selbst war auf einem Kongress in Delaware, und Schwinn hatte mit seiner Frau eine haschischschwangere Nacht verbracht. Noch immer spürte er das Ziehen in den Leisten, hervorgerufen durch seine heroische Leistung, Mrs. Renard Spaß zu bereiten.

Sie war anschließend für eine Runde Tennis in ihren Club gefahren, hatte Schwinn alleine gelassen.

Er wusste nicht, was ihn dazu getrieben hatte, die Kartenmappe zu öffnen und darin zu lesen, er wusste aber kurz darauf, dass er sie verkaufen wollte. Den Ausschlag gab die dem Paket beigefügte Farbkopie eines Wertgutachtens und der Durchschlag einer Police, die Renard hatte abschließen müssen, um die Kartenmappe zu Studienzwecken geliehen zu bekommen. Sechs Millionen Dollar Versicherungssumme, Kosten für drei Tage: Sechstausend Dollar.

Schwinns Hände hatten zu zittern begonnen und sich erst beruhigt, nachdem er sich einen Scotch genehmigt hatte. Danach hatte er seine Entscheidung getroffen.

Seit dem Tod seiner Eltern war seine Geldquelle versiegt und das Wasser stand ihm bis zum Hals. Er hatte nicht beabsichtigt, seine Beziehung zur Frau des Dekans *so sehr* auszunutzen, aber er sagte sich, dass einfach eins zum anderen kam.

Eins zum anderen, das bedeutete auch: Erik van Eldjik, Kunsthändler mit Dependancen in Amsterdam und Antwerpen, ein alter Freund seines Vaters. Dieses Umfeld hatte ihn dazu gebracht, zu studieren, und dieses Umfeld hatte ihn bereits mit sechzehn in den Kontakt mit Shit gebracht, von Eldjik seit jeher einfach »Zeuch« genannt.

Schwinn hatte ihm am Telefon erklärt, was er da hatte, und nach dem Wert gefragt.

»Woher hast du es, *Dhoomas?*« Die Singsang-Stimme des Holländers klang wie abgeschabter Samt.

»Gefunden«, hatte Schwinn erwidert … und schallendes Gelächter geerntet.

»Ich verstehe, *Joong*. Gefunden, hm? Sie existiert also. Bring sie mir, und ich gebe dir … Finderlohn. Eine Menge.« Diesmal

hatte die Stimme Eldjiks nichts Amüsiertes an sich gehabt. »Ich schicke dir ein Ticket. Deine Adresse?«
Schwinn hatte sie ihm gesagt.
»Erzähle niemandem davon, okay? Das wäre große *Scheyse*. Lass es verpackt, fummele nicht daran herum. Wir sehen uns am Flughafen. Ach ja, steck es ins normale Handgepäck und leg ein paar Bücher dazu.«
Das wäre es gewesen: Ein Buch, eine Reise nach Europa, Geld, und Thomas Schwinn ward nicht mehr gesehen, außer vielleicht von spanischen Bedienungen in den Bars von Madrid oder Ibiza.
Die Realität aber waren Svateks Augen, die ihn fixierten, eine künstliche Kühle auf seiner Haut und feines Leder, dass sich mit dem seiner Jacke rieb und ein nervöses, leises Quietschen erzeugte, während der Maybach durch die beginnende Dämmerung raste.
Und diese Realität begann zu schmerzen.
»Sie erzählen die ganze Zeit von Vorgängern, Probanden, Teams. Wo sind diese Leute alle? Ich meine, wir reden hier immerhin von einer ernsten Sache.« Schwinn gönnte sich ein schmallippiges Lächeln. »Warum also reisen Sie allein?«
Svatek seufzte. »Ich glaube, das wollen Sie nicht wissen.«
»Da mögen Sie Recht haben, aber ich will endlich wissen, was Sie von mir wollen! Gut, ich habe die Mappe an mich genommen. Sie können auch gern *gestohlen* sagen. Aber was Sie hier tun, ist Kidnapping! Und für Ihre Theorien gibt es keinen Beweis. Nur einen Kerl, der von der Leiter gefallen ist!«
»Es ist leider weit mehr als nur dieser *eine Kerl* … Ich habe in den letzten drei Tagen zwei weitere Kollegen durch Unfälle verloren. Jiri starb bei einem Autounfall gestern Nacht. Er hatte damals die Zeichnung eines Kinderwagens gesehen, und einem solchen wollte er ausweichen – nachts um halb zwei auf der Landstraße. Sie werden sicher sagen, dass das nur Zufall ist, oder? Ebenso wie Vaclav, dem sein Fön heute Morgen in die Badewanne fiel. Wir hatten die Zeichnung damals als Revolver gedeutet, ein bedauerlicher Fehler. Ich frage mich immer noch, warum er überhaupt einen Fön besaß, er hatte eine Glatze.«
»Sie wollen mir doch nur Angst machen«, krächzte Schwinn

und fand, dass sein Gastgeber darin über Gebühr erfolgreich war.
»Wissen Sie, die Faltblätter aller Bücher zeigen zunächst die Queens-Karte. Wenn Sie die entfalten, weist das erscheinende Symbol den Weg zu Ihrem Schicksal. Es gibt nur eine Ausnahme: Wenn *alle* Karten geöffnet wurden, verärgern wir das Schicksal, gewissermaßen. Es gerät dann außer Kontrolle. Das steht ebenfalls in den Versandpapieren der Mappe, die Sie an sich genommen haben – aber Sie hätten es vermutlich ohnehin nicht geglaubt, oder?«
Schwinn sah auf die Karte. Der Stadtplan war wieder da. Aber er sah verändert aus. Brennende Farben, und eine fiebrige Spirale lag über allem; sie schien sich zu drehen, und Schwinn konnte nicht sagen, ob es an der Machart der Zeichnung lag, ob sie es tatsächlich tat.
»Die Verschlechterung«, murmelte Svatek. »Herzlichen Glückwunsch, Schwinn. Wenn alle Karten geöffnet wurden, beginnt die Verschlechterung. Im Prinzip sollte ich Sie abknallen. Aber das verkleinert unser Problem nicht.«
»Was ist die Verschlechterung?«, fragte Schwinn, der gleichsam beschlossen hatte, die Sache mit dem Abknallen zu ignorieren.
»Die Mappen erklären es nur vage, aber meine Interpretation ist klar: das übelste aller Schicksale für jedermann.«
Svatek schwieg für einen Moment.
»Das mit diesem Eldjik hätte übrigens ohnehin nicht funktioniert. Er war zwar gut betucht und einigermaßen ambitioniert, aber ein ziemlicher Bauer, was die Bedeutung wichtiger Artefakte angeht.«
»Woher wissen Sie …«, setze Schwinn an …
… und starrte dann auf Svateks Hemdmanschette.
EE.
»Genau, Thomas Schwinn. Ihr holländischer Freund ist in ein Land gegangen, wo die Tulpen immer blühen. Es ging nicht anders. Ich musste mir ein Hemd von ihm leihen. Meines bekam bedauerlicherweise was ab, wenn Sie verstehen. Gute Qualität übrigens, aber sie reicht nicht ganz an amerikanische Baumwolle heran.«
Kennen wir uns?

Gewissermaßen, ja. Durch die Blume, sozusagen.
»Der Fingerabdruck für den Kurier führte zu Ihnen, Sie führten natürlich zu Eldjik, und Eldjik wurde dann so richtig präzise, was wichtige Fakten wie Ihren Aufenthaltsort anging. Verstehen Sie mich richtig: Ich hasse Gewalt in jeder Form, wirklich. Es war nötig.«
Schön, dachte Schwinn. Der beste Freund seines Vaters tot, er selbst in den Händen eines hochintelligenten Mörders, der keine Sperren hatte und keine Kosten scheute.
Der Impuls, der Schwinn dazu brachte, durch den geräumigen Fond des Maybach zu hechten, stammte aus der Zeit, als er noch Baseball gespielt hatte. Er nützte jedoch nichts. Der Wagen war komplett verriegelt, und alles Zerren und Brüllen bewegte nichts an den holzverkleideten Türen.
»Lassen Sie das, Schwinn!«, herrschte Svatek ihn an. »Das bringt nicht das Geringste. Und vertrauen Sie mir: Sie wollen nicht raus. Denken Sie mal nach.«
Schwinn dachte nach. Der Wagen raste dahin, das war klar, auch wenn die Fenster keinen Blick nach draußen mehr zuließen. Er dachte auch darüber nach, wann Svatek sie verdunkelt hatte. Er dachte an die komplexe Technologie, die so etwas möglich machte. Er dachte darüber nach, warum Svatek sie überhaupt verdunkelt hatte.
Und, wenn er schon gerade nachdachte: Was war das für ein seltsames Geräusch, dass er schon einige Zeit hörte, und das vom Heck der Limousine zu kommen schien? Ein schnelles, unregelmäßiges und irgendwie metallisches Stampfen …
»Hören Sie, ich gebe Ihnen die Kartenmappe zurück! Ich werde absolutes Stillschweigen über Eldjik bewahren, ich schwöre es Ihnen. Ich tue alles was nötig ist, um das in Ordnung zu bringen!«
»Genau deswegen«, sagte Svatek, »sind wir unterwegs nach New York. Sie werden das *ganz sicher* in Ordnung bringen. Was wir suchen, liegt in Jackson Heights, Queens.«
»Wann beginnt denn diese … Verschlechterung? Und was genau passiert dann?« Ihm war seltsamerweise nach Kichern zumute, aber vielleicht konnte er nicht mehr aufhören, wenn er damit begann, also unterdrückte er den Impuls.

»Sie hat bereits begonnen«, sagte Svatek. »Gestern, oder vielleicht noch früher. Sie haben doch sicher von dem unerklärlichen Auftreten von vereinzelten Leprafällen in New York gehört. Alle Nachrichtensender berichteten darüber. Aber das war erst der Anfang. Es breitet sich rasend schnell aus.«
Dann tat Svatek etwas Unerwartetes: Er drückte mit bitterer Miene seinen Daumen in die Mitte der Karte.
»Ah«, flüsterte er. Der Stadtplan verblasste und die grobe Zeichnung eines Hais erschien. Svatek nickte langsam.
Das ist nur ein technischer Zaubertrick, dachte Schwinn. *Es gibt kein Buch des Schicksals und auch keine …*
»Wissen ist Macht, Schwinn! Und wir brauchen jetzt alle Macht, die wir kriegen können! Die Verschlechterung, Schwinn. Wir sind in der Verschlechterung.«
»Es gibt keine Verschlechterung, Mister Svatek«, sagte Schwinn fast zärtlich. Er musste vorsichtig sein.
Schweigen, einen Augenblick lang.
»Schauen Sie her«, erwiderte Svatek und drückte einen glimmenden Schalter in der Ablage neben sich.
Die Polarisation der Heckscheibe änderte sich, das Glas hellte auf, und durch dieses komplizierte technische Verfahren, das auf Schwinn wie ein synthetischer Sonnenaufgang wirkte, war es möglich, auf die Straße hinter sich zu blicken.
Schwinn schrie auf.
Hinter dem Maybach, der mit hoher Geschwindigkeit dahinraste, galoppierten Pferde. Es waren mindestens ein Dutzend, und selbst Schwinn, der mit Tieren wenig anzufangen wusste, war augenblicklich klar, dass sie tot waren.
Ihre Leiber, grässlich abgemagert und schorfbedeckt, stießen mitunter zusammen und vergammeltes Gewebe fiel von ihnen ab. Das Pferd, welches dem Maybach am nächsten war, hatte weiße Augäpfel, aus denen eine zähe Flüssigkeit troff. Es schien zu wiehern, aber kein Laut war zu hören. Man sah nur schlaffe, burgunderrote Stränge toten Fleisches im offenen Hals des Tieres, die keinen Ton hervorzubringen vermochten. Sie waren schnell. Zu schnell für lebende oder tote Rösser.

Svatek ließ einen weiteren Bildschirm in der Tür aufglühen,

und eine feine Karte der umliegenden Umgebung erschien.
»GPS funktioniert, wenigstens etwas. Die Kartenmappe enthält Hinweise, dass die Sternenkonstellation sich in der Verschlechterung ändert, aber jetzt weiß ich, dass der Verfasser es wohl anders meinte. Ein Übersetzungsfehler vermutlich. Der Satellit erfasst uns.«
»Wir müssen die Armee verständigen! Die Cops!«
»Es gibt keine Armee, zumindest keine, die hilfreich wäre. Was wir hier nun haben …« Svateks Hand beschrieb einen lässigen Kreis, aber seine Hand zitterte, »ist eine Art verzerrter Realität. So, wie sie gewesen wäre, wenn jemand am Anfang des Jahrhunderts den Pesterreger eingeschleppt hätte. Das Leben nach einem Biowaffenangriff. Der schlimmstmögliche Fall, wie die Menschheit sich hätte entwickeln können, genetisch, moralisch, durch Magie oder Giftgas. Sie und ich, Thomas Schwinn, werden versuchen zum Zentrum der Verschlechterung durchzudringen. Das klingt nicht gut, oder? Vertrauen Sie mir. Unsere Erkenntnisse scheinen nicht in allem korrekt zu sein, aber so schlimm wird's nicht werden. Und ich habe vorgesorgt.«
»Was ist mit dem Chauffeur?«, fragte Schwinn.
»Auch er verschlechtert sich, wie befürchtet. Deswegen ein Maybach, eines der wenigen wirklich massiven Fahrzeuge für den privaten Markt. Die Anschaffung erweist sich als sehr vorausschauend. Sobald wir halten, wird er versuchen, hier einzudringen.«
»Einzudringen?«, echote Schwinn. »Einzudringen?«
»Er kann nicht, keine Sorge. Ich habe ihn bereits vor zwanzig Minuten eingeschlossen. Eine Art Kindersicherung.«
»Aber … Aber das ist ja grauenvoll!«
»Stimmt. Das hier …« Svatek wies durch die Heckscheibe, »ist eigentlich nichts weiter als eine Randerscheinung, eine Art Symptom. Das volle Ausmaß werden wir in Queens erleben.«
»Und was ist das?« Schwinns Zähne hatten leise zu mahlen begonnen.
»Keine Ahnung.«
»Wie können wir es abstellen?«
Svateks Gesicht war ein leeres Blatt Papier, jede Mimik wie von einem eifrigen Gott ausradiert.

»Keine Ahnung, Schwinn.«

Der Maybach raste unbeirrt weiter, und sie erhaschten Blicke auf große Schilder von Radiosendern, die mit einer Art schwarzem Schwamm oder Pilz bewachsen waren.
Einmal rumpelten sie über etwas, und als Schwinn zurückschaute, sah er eine fuchsähnliche Kreatur, die ungeachtet ihres völlig zermalmten Körpers zähnefletschend am eigenen Gedärm zerrte.
Svatek behielt die Navigation im Auge. »Wir sind noch in Massachusetts«, murmelte er. »Ich hätte nicht gedacht, dass es sich so schnell ausbreiten würde …«

»Oha«, flüsterte Svatek plötzlich.
Schwinn hatte es auch gehört: Ein kehliges Winseln aus der Fahrerkabine, elektronisch verstärkt durch die Gegensprechanlage. Es klang, wie man sich das Lachen des bösen Wolfs aus Rotkäppchen vorstellte.
»Unser Fahrer wird unruhig,«
»Sie sagten, er kann nicht raus!«
»Stimmt.«
Ein Piepen ertönte, und Svatek begann sich die Schläfen zu massieren.
»Was ist los, verdammt?«
Svatek warf einen Blick auf die Instrumententafel. »Die Klimaanlage ist ausgefallen.«
»Und nun? Wird es sehr warm?« Schwinn sehnte sich nach einem alltäglichen Problem.
»Die Anlage basiert auf einem geschlossenen System. Kaltluftzirkulation. Nun wird automatisch auf Außenlüftung geschaltet. Ab sofort kann man uns riechen. Der Fahrer und alles, was draußen ist. Und das war noch die gute Nachricht.«
Das Winseln wurde stärker.
Dann ertönte ein Schlag, geführt von einer Hand, die nichts von bruchfestem Glas zu wissen schien, nicht mehr. Ein weiterer Hieb, noch wuchtiger.
»Ignorieren Sie ihn«, flüsterte Svatek. »Er wird nicht anhalten. Nicht so dicht vorm Ziel.«

Das Display zeigte eine Zahl am unteren Bildrand, nachdem Svatek einen weiteren Knopf gedrückt hatte: 42 Meilen.
»Können wir die Luft atmen? Von draußen?«, fragte Schwinn, der nun gänzlich in dem Gefühl versank, Akteur in einem bizarren Traum zu sein.
»Ich weiß es nicht. Es gibt entsprechende Testgeräte, aber wir haben dummerweise keines an Bord. Aber ich denke, das wird sich früh genug herausstellen. Das war übrigens die schlechte Nachricht. Sie beginnen langsam, mitzudenken.«
Ein erneuter, harter Schlag gegen die tiefschwarz getönte Trennscheibe zwischen Fond und Fahrerkabine.
»Er wird weiterfahren«, sagte Svatek, ohne sich umzusehen.

Interstate 178.
Ein Geruch nach faulem Obst hatte das Wageninnere erfüllt, und die beiden Männer hatten nicht mehr geredet; die Offensichtlichkeit, dem Verfall entgegen zu fahren, hatte sie schweigsam gemacht.
Svatek hatte lediglich auf den kleinen Bildschirm gestarrt, während Schwinn nur geatmet hatte, wartend, dass seine Lunge sich verkrampfte oder aussetzte.
Das GPS hatte sein unbestechliches Äderwerk aus Straßen und Grünflächen entworfen und aktualisiert, und sie hatten beobachten können, wie der Maybach, ein glühend-gelber Punkt, eine blutigrote Linie entlang glitt, Queens entgegen.
12 Meilen.
»Es muss sein«, sagte Svatek, ohne dass Schwinn irgendeine Frage in den Raum gestellte hätte, und betätigte den Knopf, der die Scheiben durchlässig machte.
Sie waren fast in Manhattan, stellte Schwinn fest, als das Glas an allen Fenstern von schwarz auf milchiggrau wechselte; er konnte massive Fronten großer Gebäude am Horizont erkennen.
Dann verschwand der letzte Schleier, und der Maybach verwandelte sich von der intimen, abgedunkelten Kabine der letzten Stunden in ein Aquarium, dessen Transparenz keine Gnade zuließ.
Manhattan.

Der Himmel, obschon es fast zehn am Abend war, leuchtete schmutzigrot, und unstete Wolkenfetzen trieben umher. Der Hudson River, schräg vor ihnen, schien von pulsierender Lebendigkeit, wie atmender Teer, und dann kam die Queensboro Bridge in Sicht, eine verkrüppelte Symphonie in Rost.
Svateks Gesicht wurde nicht einfach fahl – es schien sich völlig zu entleeren; Schwinn konzentrierte sich ganz darauf. Er wollte mit einem Himmel wie einer Wunde, mit diesem verdorbenen Kerngehäuse des Big Apple nichts zu schaffen haben. Er war gut in Sport. Er ging gern ins Kino. Er aß ziemlich gern Schweinefl…
»Verflucht!«, hauchte Svatek.
Tokk.
Ein Knopfdruck gab den Blick auf die Fahrerkabine frei.
Es war nicht die Faust des Chauffeurs gewesen, die auf das Glas gedroschen hatte. Die Hände des Fahrers waren ums Lenkrad gekrampft; er schlug mit seinem Hinterkopf, der aussah wie ein verkohlter Kürbis, gegen die Scheibe, wobei er schmierige Spuren hinterließ.
Tokk.
Tokk.
»Machen Sie die verdammte Scheibe dunkel!«, winselte Schwinn, der angefangen hatte, unkontrolliert das Sitzleder zu kneten.
Der Wagen verringerte die Geschwindigkeit.
Sie befuhren die 59. Straße, die in ihrer sterilen Stille einer Landebahn glich.
Als Svatek aus dem Fenster spähte, erblickte er einen massigen, nackten Mann, der mit leeren Augenhöhlen immer und immer wieder gegen eine Laterne rannte. Jedes Mal, wenn er auftraf, sprühte feiner, blutiger Nebel aus seiner Stirn. Hinter ihm führte eine müllübersäte Straße ins Herz Manhattans. Der Himmel verfärbte sich nun in Rottönen, die wie Bilder aus einem Nachschlagewerk für Blutkrankheiten aussahen.
»Fast geschafft«, raunte Svatek.
Sie überquerten die Brücke, vorbei an dürren Frauen, die irgendein fahles Fleisch in sich hinein stopften, und Schwinns Hirn weigerte sich schlicht, diese Beobachtung mit dem umge-

stürzten Kinderwagen in Verbindung zu bringen, der in der Nähe der Weiber lag, und dessen verbliebenes Rad sich träge drehte. Als sie direkt neben ihnen waren, blickte eine der Frauen auf, und Schwinn sah eine hervorschnellende Zunge, dunkelbraun und geädert, die sich über rissige Lippen fuhr.
Er erbrach sich in den Wagen, und mit seiner Beherrschung war auch das fein verarbeitete Leder des Sitzes dahin.
Im Hudson sahen sie kurz die Finne eines großen Tieres, dem jede Eleganz abging, als es kurz darauf seinen Leib aus dem Wasser wuchtete: Die Haut war wie verrottetes Holz, und es erzeugte eine kapitale Welle beim Aufschlag, bevor es wieder im Dunkel des Flusses versank.
»Ein Wal«, flüsterte Schwinn.
»Früher, ja. Wobei sich mir die Frage stellt, was noch kommt, wenn ein Wal im Becken des Hudson vorzufinden ist. Schon von der Tiefe des Flusses her ist das eigentlich unmöglich.«
Eigentlich unmöglich – so sooooooooo?
In Schwinns Kopf ertönte ein altes Kinderlied, das sich in die Nische presste, die eigentlich für logische Folgerungen reserviert war, und dort schallte es, und es roch nach Pfannkuchen und frisch gemähtem Rasen.
Der Wagen ruckte an, eigentlich ein Ding der Unmöglichkeit, wenn man einen Maybach steuerte, aber der Chauffeur schien nun weniger ein versierter Fahrer als schlicht instinktgesteuertes Fleisch zu sein. Je näher sie an Queens herankamen, desto katastrophaler wurden seine Manöver.
Einmal fuhren sie langsam, aber mit jaulendem Motor an der verspiegelten Front eines Geschäfts vorbei, und Schwinn konnte einen kurzen Blick auf die monströse, fast sechseinhalb Meter lange Karosserie des Maybach werfen, der wie ein flaschengrüner Riesenfisch die Straße entlang glitt.
Flaschengrün?
Der Maybach hatte einen silbrigen Schimmer gehabt – weniger wie ordinärer Autolack, als vielmehr wie poliertes Silber, rein und streng.
Er informierte Svatek stammelnd über seine Beobachtung.
»Moos«, erwiderte Svatek, »der Wagen wird von irgendeiner Sorte Moos befallen.«

Ein Schild, zerknüllt wie Svateks Pepsidosen.
Que
    2 Mi

4. Ankunft

Ein nackter Adler oder Bussard, der ausgemergelte Körper von blauen Adern durchzogen, flappte über ihnen hinweg. Schwinn musste an die Grillhähnchen denken, die seine Mutter zubereitet hatte, wenn im Garten ein Barbecue veranstaltet wurde.
Sie fuhren irgendwo ab, vorbei an einem Linienbus, der mit einer braunen Masse bedeckt war und in dem sich irgendwer oder irgendetwas zu bewegen schien.
Der Himmel dunkelrot und keine Option auf den Schleier einer gewöhnlichen Nacht. Wolken wie Watte aus den Wangen einer präparierten Leiche, ein Mond, der anämisch zu pulsieren schien.
Schwinn spürte Druck auf den Ohren, als befände er sich in großer Höhe, und Svatek, den Blick auf den Bildschirm geheftet und alles ausklammernd, das nicht Navigation war, atmete schwer.
Der Wagen bremste brutal und Schwinn wurde nach vorn geworfen, prallte auf den gegenüberliegenden Sitz und roch kurz den Duft des Leders, gearbeitet vermutlich von einem vernünftigen Mann mit geröteten Wangen in der sauberen Halle einer lichtdurchfluteten Limousinenenmanufaktur, irgendwo …
Er erkannte, dass die Sehnsucht nach der Langweiligkeit des normalen Lebens in ihm nagte, und er erkannte ebenso, dass diese Sehnsucht nicht damit aufhören würde, bis sie auf Knochen biss.
Svateks Stimme war gezwungen neutral.
»Die Luft scheint nicht gesundheitsschädlich zu sein. Der Himmel blut…, nein, rubinrot. Keine Aktivitäten in unmittelbarer Nähe.«
Schwinn sah, dass Svatek in ein Diktiergerät gesprochen hatte.
Dann sagte Svatek, obwohl sehr beherrscht, etwas, das Schwinn endgültig die Fassung verlieren ließ – völlig, grundsätzlich, nachhaltig, elementar:

»Jackson Heights. Wir steigen jetzt aus.«

Schwinn schüttelte den Kopf etwas zu heftig. »Ich werde auf gar keinen Fall ...«
Svatek seufzte. »Wollen Sie lieber hier im Wagen sitzen bleiben? Allein?«
Die Panik produzierte kleine Schweißperlen auf Schwinns Stirn, und er spürte den Drang, sich zu erleichtern.
»Waffen?« Seine Stimme war eine Nuance zu schrill, aber es störte keinen der beiden.
»Israelische Uzis. Sehr robust. Aber auch das hier ist nicht zu verachten.« Svatek holte einen Baseballschläger aus Aluminium unter dem Sitz hervor. Jemand hatte mit Klebebuchstaben *Have A Nice Day, Asshole* darauf verewigt.
»Ich nehme so eine Uzi, bitte.«
Dann ging das Licht aus.
Eine Reihe sanfter Klicklaute ertönte aus allen Winkeln des Innenraums, gefolgt von einem Summen, und dann fuhren langsam alle Scheiben herunter. Die Elektronik war tot.
»Raus hier!«, brüllte Svatek, und dann sprangen sie aus dem Maybach.
Die Luft schien schwer und elektrisch geladen, und sie war mit einem Gestank nach Krankheit angereichert – ein süßlicher Geruch mit einer leicht schimmeligen Komponente.
Ganz in ihrer Nähe lag ein schwarzer Lincoln auf der Seite wie ein erlegter Saurier; eine Hand hing aus der Tür, und Schwinn sah, dass Micky Maus darin eingeklemmt sein musste, denn diese Hand hatte nur vier Finger, und zwar so angeordnet, dass klar war, dass kein einziger fehlte: Sie war einfach so.
»Micky!«, krähte er, und dann öffnete sich die Wagentür knarrend nach oben, und der Held seiner Kindheit entstieg dem Fahrzeug.
Gleichzeit ertönte ein Geräusch, als würde man mit einem Hammer auf einen Kohlkopf einschlagen; Svatek, dem momentan nicht der Sinn nach Zeichentrickfiguren stand, bearbeitete den deformierten Schädel des Chauffeurs.
Der Fahrer stand auf der Straße, als wäre er betrunken, und sein Körper sah aus, als hätte ihn die Hand einer unwirschen

Macht auf Links gezogen. Er knurrte, bevor ihn die Aluminiumkeule mit unglaublicher Wucht traf.
Eine Fontäne schwarzen Gelees sprudelte aus dem aufgeplatzten Kopf, dann war auch für den Chauffeur die Reise beendet.
Svatek drehte sich um, als er den Schrei hörte.
Micky kam.

Micky hatte die Arme etwas zu tief am Leib angebracht, um drollig zu sein.
Er war nackt, und sein baumelnder Penis war blutig. Er lachte wiehernd, seine leeren Augenhöhlen auf Schwinn gerichtet, während er herantaumelte.
Schwinn war wie hypnotisiert von dem Anblick, was jedoch nicht verhindern konnte, dass sich sein Zeigefinger krümmte.
Ein Klicken, dann eine Symphonie trockener Garben – und Micky löste sich in schwarzem Nebel aus Fleisch und Knochen auf.
»Halten Sie mal kurz still!«
Svatek befestigte die Manschette an Schwinns Bein und checkte kurz das kleine Gerät, das er aus dem Wagen mitgenommen hatte. Es schien zu funktionieren: Schwinn war ein grüner Punkt. Bewegungslos, aber definitiv vorhanden. Schwinn wehrte sich nicht – entgegen seines ursprünglichen Vorsatzes.
Scheiben klirrten, Türen knallten. Keines dieser Geräusche hatte irgendetwas Verstohlenes an sich, und Schwinn spürte, wie sich seine Nackenhaare aufstellten.
»Los jetzt!«, herrschte Svatek Schwinn an. »Wir müssen in Bewegung bleiben!«
»Wohin?«
»Das Zentrum liegt laut Karte bei oder in der *Long Island Public Library*. Ich kenne den Weg, folgen Sie mir einfach.«
Sie hasteten die namenlose Straße entlang.
»Verdammt, haben Sie eigentlich gar keine Angst?«, fragte Schwinn während einer Orientierungspause.
»Nein«, erwiderte Svatek zu seiner Überraschung. »Ich kenne mein Schicksal, und hier werde ich es garantiert nicht treffen.«
»Der Hai?«, hakte Schwinn nach. »Glauben Sie, Ihr Schicksal ist es, von einem Hai gefressen zu werden?«

Svatek nickte. »Genauer gesagt, es *wäre* mein Schicksal gewesen. Aber aus irgendeinem Grund bin ich damals davongekommen.«
»Wie meinen Sie das?«
»Scheiße!«
Ein Platz war vor ihnen aufgetaucht, vielleicht zwei Quadratkilometer groß, gesäumt von toten Eschen, angefüllt mit umgestürzten Tischen.
Und eine Sackgasse.
»Scheiße!«, wiederholte Svatek. Es wäre der korrekte Weg gewesen.
»Wir müssen einen anderen Weg suchen«, sagte er, »Kommen Sie, Schwinn!«
Dann krachte links von ihnen eine Tür, und einem Tabakwarengeschäft entströmten einige Ortsansässige, nackt und zähnefletschend.
Schwinn schoss, die Angreifer warfen Glasscherben aus den Scheiben nun namenloser Geschäfte, und etwas Scharfes, Sirrendes erwischte Svatek im Gesicht. Trotzdem war die Quote in Ordnung, fand Schwinn: acht zu eins, wenn man die Schnittwunde überhaupt wertete.
Eine Gruppe verwachsener Kinder hinter ihnen, ein verbrannter Dobermann an der Spitze, dessen tapsige Schritte knirschten. Seine Pfoten, holzkohleartige Klumpen, waren in Auflösung begriffen. Die Kinder stöhnten mit schwarzen Lippen und schwenkten träumerisch Klingen, Knochen, Draht.
Svatek gab einige ungezielte Schüsse ab, und dann brachen sie durch die Formation der Kinder, rannten – selbst Schwinn, wenn auch vermutlich nur reflektorisch –, und sie spürten heiße Schnitte an Beinen und Rücken, und rannten und rannten.
Missgestaltete Kreaturen, die auf Dächern kauerten, in Gassen hocken und auf den Gehwegen mit lippenlosen Fratzen schwankten und jaulten.
Ein Wolf, der Knochen erbrach, und dabei etwas zu murmeln schien, eine schwarze Gestalt, die sich immer wieder mit einem Revolver in den Kopf schoss, ohne zu fallen; von Schwären überzogene Leiber, die sich am Kadaver eines Ochsen vergingen, Myriaden von Fliegen um sie herum – überall Tod und

Krankheit und die Abwesenheit Gottes.

Nach einigen hundert Metern gingen sie wieder langsamer. Es hatte keinen Sinn, alle Reserven zu verbrauchen.
»Damals, als wir die dritte der fünf Mappen holten«, sagte Svatek plötzlich, »war sich jeder in meinem Team der Risiken bewusst, aber die Verlockung war zu groß. Jede Mappe lieferte einen Verweis auf den Fundort der anderen, und in diesem Falle wies alles darauf hin, dass Nummer Drei unter Wasser zu finden war. Verlockung? Nein, das trifft es nicht. Es war unsere Pflicht.
Wir tauchten bei Morgengrauen vor der türkischen Küste. Die Sonne ging langsam auf, und wir nährten uns in Zweiergruppen dem Riff, als die Haie kamen. Große Weiße. Haben Sie jemals von Großen Weißen in türkischen Gewässern gehört?«
Schwinn wusste nichts von Haien, und nichts von der Türkei.
»Sie gingen recht methodisch vor, fraßen mein Team von hinten nach vorn. Nein, eigentlich fraßen sie niemanden. Sie zerpflückten sie nur. Durch diese Nebel von Blut tastete ich die Korallenbank ab, jene Stelle, die im Verweis genannt war. Als ich die Mappe aus ihrem Loch zog, drehten die Tiere ab. Schicksal, Schwinn. Ich, der einzige Überlebende, tauchte durch irre kreiselnde Arme, Beine, Torsos auf, das dicke Bündel Wachspapier umklammert. Ein schwieriger Aufstieg. Ich musste so viel los lassen, um die Mappe festhalten zu können …
Als ich Ihnen im Wagen sagte, man könne seinem Schicksal nicht entgehen, war das nicht ganz korrekt, fürchte ich. Ich *bin* meinem Schicksal entgangen. Ich weiß nur nicht, warum.«
»Vielleicht war es die Mappe«, sagte Schwinn und wunderte sich, dass er überhaupt noch in der Lage war, kreative Denkleistungen zu vollbringen. »Vielleicht *wollte* sie von Ihnen aus dem Wasser geborgen werden.«
Svatek schaute ihn für einen Moment an, als hätte Schwinn die Lottozahlen der nächsten Woche vorhergesagt.
Dann erschien etwas über ihnen. Vielleicht erneut ein Adler, vielleicht Schlimmeres. Der Schatten vergrößerte sich und stieß auf Schwinn herab. Svatek sah eine fahle Klaue, groß wie eine

Mistgabel, dann ertönte ein nasses Reißen und Schwinn stand ohne Haar da. Er schien nun eine tiefrote Badekappe zu tragen, die im nächsten Augenblick zerfloss, als hätte man eine Wachsfigur aus dem Kabinett von Madame Tussaud unter eine Höhensonne gestellt.

Schwinn schrie nicht, als ihm das Blut ins Gesicht floss. Er zog sich völlig in sich zurück, und es geschah binnen eines Lidschlags; sein Körper wurde leicht, und wie ein Fesselballon, der Ballast abwirft, entließ er Kot und Urin und drückte alle Luft aus den Lungen.

Sein Geist, ein ätherisches Gebilde und in Auflösung begriffen, kauerte sich in den dunkelsten Winkel, jenseits von Sex und Bildung und Verstand, jenseits von Essen, Trinken, Atmen.

Svatek blieb ruhig. Er lüftete seinen Anzug, in welchem ein buntes Angebot von Waren hing wie bei einem fliegenden Händler an südländischen Urlaubsstränden. Nur, dass hier keine Rolex-Imitate und billige Schnitzereien zum Verkauf standen, sondern kleine Werkzeuge, Ampullen mit geheimnisvollen Substanzen und Spritzen.

Er entnahm eine Ampulle und brach den Kopf ab; dann zog er eine Spritze mit dem Inhalt der Ampulle auf, drückte den Kolben, bis Flüssigkeit kam, und stieß die Nadel ohne Umschweife in Schwinns Oberschenkel.

Ein kleiner, dunkler Fleck erschien auf Schwinns Jeans, als Svatek die Nadel heraus zog.

Eine Minute später schrie Schwinn weibisch auf, grub die Finger in seine Wangen und starrte mit eulenhaften Augen in Svateks Gesicht.

»Willkommen zurück, Thomas Schwinn. Wollen wir weitergehen?«

Es dauerte einige Minuten, bis Schwinn aufhörte zu schreien.

Sechshundert Meter, links, links, geradeaus.

Sie erreichten die Bibliothek, blutend und geistig wundgescheuert. Die großen, mit feinen Tiffanyarbeiten versehenen Schwingtüren standen offen, der Eingang gähnte schwarz und leer.

»Da!«, flüsterte Svatek in Schwinns verbliebenes, bluttriefendes Ohr, und als dieser nickte, knackte etwas in seinem Hals.
Die Uzi war leer, der Baseballschläger besudelt, Schwinn nur noch eine Hülle.
Zeit, die Sache zu Ende zu bringen.
So oder so.

5. Lorenzinische Ampullen

Die Eingangshalle war kühl und es roch salzig und sauber.
Die Schritte der beiden Männer klangen wieder fester, entschlossener, während reine Luft ihre Lungen füllte, ihr Blut anreicherte und ihre Hirne mit Sauerstoff versorgte.
Das Haus der Bücher, eine Stätte der Bildung und Vernunft.
Svatek schloss die Türen und schob den Schläger durch die Bügel, um sie zu verriegeln.
»Wie geht es Ihnen, Schwinn?«
Dieser gab keine Antwort.
Svatek griff in seine Hosentasche und holte eine weitere Spritze hervor, deren Kanüle einen Sicherungsstutzen aufwies. Er entfernte ihn und injizierte Schwinn eine starke, allerdings keineswegs legale Droge.
»Dann schauen wir mal, was die Giftküche der Army so drauf hat.«
Drei Minuten später, in denen Svatek der Substanz die Gelegenheit gegeben hatte, Schwinns Verstand so gut es ging zu defragmentieren, machten sie sich daran, sich tiefer ins Gebäude zu wagen.
Schwinns Bewegungen waren zäh, beinahe träumerisch, aber er sprach wieder in ganzen Sätzen.
Svatek hoffte, dass die dreißig Minuten, die diese Injektion vorhalten würde, ausreichen.
»Was haben Sie eigentlich hinter dem Komma?«, fragte er Schwinn.
»Was?«
»Na, jeder von uns hat was hinter dem Komma, oder? Ondrej Svatek, Wissenschaftler. Ondrej Svatek, Schriftgelehrter. So was.«

»Thomas ... Schwinn, Ficker von Dekansgattinnen, Freund von Micky Maus – ich liebe dich, Micky!«
Möglich, dass dreißig Minuten etwas optimistisch geschätzt waren.

Sie gingen tiefer hinein, und dann wurde die Welt tiefblau.
»Mein Gott«, sagte Svatek.
Ein kreisrunder Raum, mindestens zwanzig Meter hoch; halbrunde, hohe Bücherregale mit fahrbaren Leitern davor, Tische, Sitzecken, grüne Lampen mit verstellbaren Schirmen.
An den Wänden hingen großformatige Teppiche mit den Gesichtern verblichener Präsidenten, und alles war in sattes, dunkelblaues Licht getaucht. Eine Kathedrale der Bildung.
Der Boden war aus Stein, und in der Mitte des Raumes stand ein Globus.
»Wo zum Teufel ist denn jetzt das Zentrum?«, murmelte Svatek.

Schwinns Geist kehrte langsam wieder. Er realisierte, wo sie waren, und er erinnerte sich wieder daran, was passiert war.
Er widerstand der Versuchung, sich an den Kopf zu fassen, stattdessen begann er zu weinen. Er wünschte sich, er hätte das verdammte Paket nie entgegengenommen, wünschte sich, die Frau des Dekans nie kennen gelernt zu haben.
So wie du jetzt aussiehst, wirst du auch keine Frauen mehr kennen lernen, sagte eine Stimme in seinem Kopf. Schwinn weinte noch mehr.
Svatek störte sich nicht daran, er lief wie ein Gehetzter durch den Saal und schien etwas zu suchen.
Schwinn erinnerte sich an das Gespräch im Maybach, und daran, dass auch der Tscheche nicht wusste, was sie zu tun hatten, wenn sie am Ziel ankamen. Vielleicht hatte er erwartet – vielmehr gehofft – etwas Greifbares vorzufinden. Vielleicht etwas, das man zerschlagen oder zerschießen konnte, wie in einem Hollywood-Film, und dann würde alles gut werden.
Aber hier war nichts.
Er und Schwinn wollten der Sand im Getriebe des Schicksals sein. Aber Sand zu sein, erkannte er, bedeutete nicht, das Getriebe zum Stillstand zu bringen.

Man wurde zerrieben.
Es blieb nur die Frage, was von einem übrig blieb, wenn man aus dem Radkasten des Großen Ganzen rieselte.

Eine Bewegung über ihnen, rasend schnell und bestürzend elegant.
Schwinn sah, wie Svatek herumwirbelte. Ein großer Schatten glitt über eines der Bücherregale, flirrend und stromlinienförmig. Ein weiterer schoss über den Boden, pfeilschnell. Der Schatten drehte scharf ab, kreiste …

Als sie nach oben sahen, erblickten sie den ersten Hai.
Ein großer Weißer, sechs Meter lang. Er umkreiste den Lüster, der zwanzig Meter über ihnen hing, und als seine Schwanzflosse den Kronleuchter berührte, klimperte leise Kristall aneinander.
Svatek starrte nach oben, unfähig sich zu bewegen, glotzte auf den weißen Bauch, der dem Hai seinen Namen gab, und durch ihn hindurch. Alles Wissen über diese Tiere wurde zu einem Vorspann im Kino seines Hirns – Angriffsverhalten, Fressgewohnheiten, lateinische Namen – und dann erkannte er, erschüttert über seine Begriffsstutzigkeit, warum all diese Daten ihn behelligten.
Transparent. Das Tier war in der Tat transparent, und der schmiedeeiserne Leuchter war ein Gespenst, das Svatek und Schwinn durch den massigen Leib hindurch betrachten konnten.

Schwinn starrte fasziniert nach oben, verrenkte sich den Hals dabei, starrte weiter. Die Wirbelsäule des Knorpelfisches schimmerte durch. Leber, Darm, Magen – ein großer Magen! Alle Organe des Tieres arbeiteten, pulsten, passten sich der beklemmenden Eleganz der Schwimmbewegungen an.
Dieser *Carcharodon Carcharias* war ein bloßes Konzept, erkannte Schwinn. Nicht endgültig, aber effizient genug, um zu jagen.
Das Schicksal, sicher.
Nichts war effizienter in seiner Unabwägbarkeit, von der Natur abgesehen. Aber die Natur war immerhin greifbar, faktisch

vorhanden.
Das Schicksal war in der Stimmung, Macht zu demonstrieren, und wenn das Schicksal ein Mann war oder ein zynischer Gott, hatte dieser soeben eine Wiederholung von Svateks kleinem Projekt in der Ägäis aus dem Ärmel geschüttelt. Die gleichen Karten, ähnlich sorgfältig gemischt, aber der Geber war nicht in der Stimmung, Kleinigkeiten durchgehen zu lassen, und er spielte offenbar gern falsch.
Klare Gedanken, in Sekunden gesponnen – nur um einer Furcht Platz zu machen, die aus einer Zeit stammte, in der die Menschen Höhlen bewohnten und tiefe Wälder und Meere mieden.
Großer Weißer.
Das war alles.
Das war der Kern des Schicksals, die Platine der Planung aller Dinge.
So versessen der Mensch war, sein Schicksal zu ändern, den Hebel wieder und wieder herumzureißen, erkannte er niemals, ob die Manipulation etwas bewirkte, ob sie gut oder schlecht war. Er kannte die Alternativen nicht.
Der zweite war noch immer nicht in Sicht, aber Schwinn war sicher, dass er sich zeigen würde: Er und Svatek trieften vor Blut.

Glas klirrte, und dann sah Schwinn den zweiten Räuber über die Lesetische auf sie zu gleiten, Lampe um Lampe achtlos umreißend. Er war kleiner als das Exemplar oben am Lüster, aber immer noch mindestens vier Meter lang, und während er heranglitt, öffnete er wie in Zeitlupe die Kiefer.
Svatek schrie spitz auf und warf sich zu Boden, Schwinn mit sich reißend.
Der Hai schien seine Kiefer ausrenken zu wollen; mehrere Reihen dreieckiger Zähne wurden sichtbar, eingebettet in graues Gewebe – dann war er heran, und Schwinn rollte sich weg.
Er spürte die raue Haut am Bauch des Tieres und roch den Gestank nach Tiefe und Tang, als der Hai wendete und nach oben ins tiefblaue Licht der Bibliothek glitt.
Die Haie kreisten über ihnen, perfekt wie sie seit Millionen von

Jahren waren; ein transparentes, fressgieriges Mobile der Jagd.
Wenn sie erwischt wurden, dachte Schwinn, würde es keine schäumende See geben, die sich mit Rot mischte, kein Ertrinken, keine Ohnmacht.
Wenn einer dieser Kiefer sie zu fassen bekam, würde ihr Blut über Tische und Bänke spritzen, und ihre Schreie würden von den Wänden zurückgeworfen – nein: keine schäumende See, ein Schlachthaus voller Bücher.
Plötzlich wurde Schwinn mit einer absurden, jedoch nicht weniger zwingenden Logik bewusst, dass die Haie nur wegen Svatek hier waren. Aber das bedeutete nicht, dass sie Schwinn deswegen verschmähen würden, wenn er schon mal hier war. Obwohl …
Ein Schrank …
Schwinn erinnerte sich wieder an die grobe Zeichnung, die ihm die Karte offenbart hatte. Hastig blickte er um sich. Würde er von einem Regal erschlagen? Oder war hier und jetzt noch gar nicht seine Stunde?

Der Schlag kam hart, lokomotivenhaft, und schleuderte Schwinn gegen einen der Wandteppiche. Er versuchte zu atmen. Ein Schock, als hätte ihn ein Bus gerammt, ließ Adrenalin durch seinen Körper jagen. Er hätte nicht gedacht, dass er noch Reserven aufbrachte.
Er kroch unter einen der Tische, und als er einatmen wollte, winselte er auf: Einige Rippen schienen gebrochen zu sein.
Der Hai schraubte sich bis zur Kuppeldecke hinauf, und er schien zu lächeln.

Svateks Arm fühlte sich taub an, aber er schaffte es, nach der letzten Spritze zu tasten.
Morphin.
Er hatte Schwinn zweimal ungetestete Upper verabreicht, und das war's. Die mobile Apotheke gab nur noch diese Spritze her, gedacht, schlimmste Schmerzen zu lindern.
Der kleinere Hai mochte etwa eine Tonne wiegen, und er bezweifelte, dass die Kanüle durch die lederne Haut dringen konnte – aber er war Willens, es zu versuchen.

»Komm her, du Drecksau! Hier!«
Er wedelte mit den Armen.
»Komm schon!«
Der Große schoss heran – der falsche!
Svatek hechtete zur Seite, und wie ein graublauer Jet durchschnitt der große weiße Hai die Luft und krachte gegen die Wand.

In den darauf folgenden drei Sekunden sah Schwinn folgendes: Hunderte Bücher, die aus den Regalen fielen und zu Boden prasselten, der große Hai, der sich in den Wandteppich mit Lincoln verbiss, der kleine Hai, der Svatek vom Boden wegschnappte und die Kiefer schloss. Die Attacke des Tieres war von beiläufiger Anmut.
Svatek bellte eher, als dass er schrie, als er in drei Happen zerbissen wurde, die den Kieferraum des Hais mit Blut füllten. Und dann verschwand er fast, wurde zum Phantomgehäcksel im Magen des Tieres, das sich gerade daran machte, Svateks Beine zu fressen.
Ein erstaunlicher, explodierender Regen von Blut ging auf die Tischplatte über Schwinn nieder, und er schrie und schrie und schrie.

Die Haie begannen zu zucken, als stünden sie unter Strom, wanden sich, schnappten ins Leere.
Blut floss Schwinn ins Auge, und als er es wegwischte sah er die Haie nicht mehr.
Er wartete eine Minute, zwei, zwanzig.
Alles blieb ruhig ...
Aus weiter Ferne ertönte ein Heulen, Schwinn zuckte zusammen. Dann realisierte er, dass es sich um eine Polizeisirene handelte. Und sie kam näher.
Er fing an zu glucksen. Er wollte es nicht, aber es wurde immer stärker, und schließlich lachte er schallend und konnte nicht mehr aufhören.
Er kletterte aus seinem Versteck und richtete sich auf. Das viele Blut hatte ein surrealistisches Riesengemälde auf dem Steinboden erschaffen, stellte er fest.

Während er langsam in Richtung des Ausgangs wankte, bohrten sich seine geborstenen Rippen in weiches Gewebe irgendwo im Dunkel seines Körpers. Er nahm den Baseballschläger weg, um die Tür zu öffnen und hörte hinter sich ein Geräusch. Als er sich umdrehte, blickte er in eine Schwärze, wie er sie noch nie erlebt hatte. Sie schien sich zu dehnen, weiter und weiter – wenn das eine Ohnmacht war, wollte er sie willkommen heißen. Annehmen wie ein Geschenk, einen Sohn.
Aber wenn das eine Ohnmacht war, was waren das für schillernde, scharfe Dreiecke? Erstaunlich.
Die Kiefer schlossen sich, und sie taten es mit aller Wucht.

6. Reset

Trotz der absoluten Gewissheit, dass dieser Mann, dieses *Ding* tot sein musste, hatte Officer Stephen Miles letzlich sein Funkgerät gezückt und einen Krankenwagen angefordert.
Er hatte niemals etwas Derartiges gesehen, nicht im Golfkrieg, nicht in der Bronx, nicht im Leichenschauhaus.
Der gellende Schrei hatte ihn von seiner Zeitschrift aufschauen lassen, und dann war er aus dem Wagen gesprungen, der Quelle des Schreis entgegen.
Auf den Stufen der Bibliothek hatte jemand gestanden, eine besudelte Gestalt, die seltsam unvollständig gewirkt hatte.
Eigentlich hatte Miles es nicht gewollt, aber ein archaischer Instinkt hatte ihn seine Waffe ziehen lassen, obwohl ihm klar war, dass keine Gefahr von dem Ding auf der Treppe ausgehen konnte.
Schwarz, geschwollen, mit nässenden Rissen am ganzen Körper und lippenlosem Mund, der bestürzend gepflegte Zähne offenbarte.
Nach einigen Sekunden kam Officer Miles dahinter, was diese Gestalt so unvollständig wirken ließ: Ein Arm fehlte.
Die Kreatur hockte sich hin und schiss auf die ehrwürdigen Stufen der Bibliothek, und dann kam auch schon der Krankenwagen.

Die große, graue Hand schüttelte sich, und Galaxien wurden verwirbelt

wie Eisschnee. Als sie sich öffnete, fielen Würfel heraus, Würfel mit Buchstaben, und wenn sie fielen, ergaben sie stets SCHMERZ.
Die Hand würfelte gern und oft in der Dunkelheit, und sie erzielte stets das selbe Ergebnis.

»Er kommt«, hörte er eine verwaschene Stimme. Sie schien von sehr weit oben, gleichzeitig aber auch aus seinem Kopf zu kommen. Elektronische Pieptöne, das Zischen einer Apparatur, ein unscharfer, strahlend weißer Horizont, eine ebenso weiße Gestalt links von ihm.
»Wissen Sie, wo Sie sind?«
Schwinn wollte sich aufrichten.
»Das lassen Sie besser.«
Er drehte langsam den Kopf, und sah in einer seltsam zweidimensionalen Weise einen jungen Arzt vor sich.
»Tut mir leid wegen ihrem Auge«, sagte der Mann. »Wir mussten es entfernen. Es war völlig zerstört.«
Ach?, dachte Schwinn.

Es gelang ihm trotzdem, die beiden Cops auszumachen, die neben der Tür positioniert worden waren.
»Sie sind seit zwei Wochen hier. Künstliches Koma. Wir sind zuversichtlich, Sie wieder hinzukriegen. Am Mittwoch kommt ein Spezialist aus Reno wegen der Hauttransplantationen.«
Ein Füllhorn der Überraschungen schüttete sich über Schwinn aus. Mit seinem verbliebenen Auge betrachtete er die grässlich flache Bettdecke, auf deren einer Seite er gern seinen Arm gesehen hätte.
Mein linker linker Platz ist leer, dachte er, und dann fiel ihm etwas ein. Er versuchte zu sprechen, aber es kam nur ein schlaffes Krächzen.
»Sie stehen in dringendem Verdacht, an dem Massaker in Queens beteiligt gewesen zu sein. Man wird Sie später dazu befragen. Das FBI erkundigt sich nahezu stündlich nach Ihrem Befinden.«
Schwinn versuchte, den Mittelfinger seiner verbliebenen Hand auszustrecken, aber er hatte keine Ahnung ob es ihm gelang.
Er versuchte zu sprechen, doch da war etwas in seinem Hals.

Ein Beatmungsschlauch, der Luft in seine gequälten Lungen pumpte. Er bewegte den Kopf, wobei er Schläuche und Kanülen spürte, die irgendwo in seinem Körper steckten und bei der kleinsten Bewegung juckten und spannten. Er hob seine rechte Hand und hätte am liebsten aufgelacht. Oder gekreischt. Oder geweint. Niemand war gespannter als er, was für Geräusche seiner Kehle noch entweichen würden, wenn er es nur versuchte.
Eine Fee, keine Frage.
Irgendwann in den letzten Nächten war eine Fee in sein Zimmer gehuscht und hatte seine rechte Hand – die gute Hand, wie seine Mutter immer gesagt hatte – gegen eine schwarz verdorrte Hühnerkralle ausgetauscht. Er sah seinen Ring, den von der Studentenverbindung, grau angelaufen und in nässendes Fleisch gesunken. Im Falle seiner Exmatrikulation würde er einen guten Chirurgen brauchen, und er hatte das Gefühl, dass es zu dieser Exmatrikulation kommen würde, oh ja-ha! Er verwarf die Sache mit dem Mittelfinger.
»Es kommt gleich jemand, der darüber entscheidet, ob der Schlauch raus kann. Dann können Sie wenigstens wieder sprechen.«
Schwinn hörte nicht zu.
»Sie kommen wieder auf die Beine. Es wird dauern. Gut, dass sie ein Hemd aus Baumwolle trugen. Kunstfaser hätten wir nicht von Ihrer Haut ablösen können – sie wäre buchstäblich mit Ihnen verschmolzen. Sonderbarerweise …« Der Arzt zog die Schublade des Nachttischchens auf, »war dieses Buch hier völlig unversehrt. Es lag in der Bibliothek.«
Schwinn blickte zu der Kartenmappe auf; ein bisschen antikes, aber unfassbar machtvolles Papier, das ihn zu einer Flickenpuppe gemacht hatte. Ehedem ein Student, Dekansgattinnenverführer und Dieb, war er nun eine lustige Vogelscheuche, und das erheiterte ihn erneut.
Er hatte alle Opfer gebracht, war alle Wege gegangen.
Ein Königreich für eine Pepsi. Und einen königlichen Soldaten, der ihm die Dose hielt.
»Schonen Sie sich«, lächelte der junge Arzt und schlug die Kartenmappe auf, »ich schau mal, ob Ihr Name hier drin steht. Sie

werden sich noch erinnern.«
Schwinn winselte heiser.
»Schwierig umzublättern. Ist das Büttenpapier?«
Der Arzt streifte seine Gummihandschuhe ab und blätterte; sein Gesicht spiegelte analytischen Intellekt wider, als er den Mittelteil entfaltete. »Was soll das denn sein? Eine Säge?«
Eine Schwester kam herein und faselte etwas von Notfall. Der Doktor legte die Mappe auf den Nachttisch, und zwei Sekunden später war Schwinn allein mit der prustenden und piependen Apparatur neben ihm.
Ein mächtiger, unförmiger Kasten mit unzähligen Knöpfen, Anzeigen und herabhängenden Kabeln, die durch Schwinns getrübten Blick nichts als wirre Linien waren.
Der Schrank ...

Das Licht ging aus, das Piepen verstummte.
Stromausfall.
Auch die Luft wurde nicht mehr in Schwinns Lungen gepumpt, und andere gab es nicht, solange der Schlauch in seinem Hals steckte.
Das grässliche Gefühl des Erstickens ließ nicht lange auf sich warten.
Er versuchte sich aufzurichten, mit seiner Hühnerkralle an den Schlauch zu kommen, doch sein Körper war nicht mehr aus Fleisch, sondern aus Holz. Gutes, gebräuntes Eichenholz.

Schicksal.

Schwinn schloss sein Auge.

Der Kasper will kein Snickers

Der Kerl bewegte sich, als praktizierte er Zen in der Kunst, Süßkram einzusortieren. Bedächtig und konzentriert, als nähme er an einer Partie Mikado um den Fortbestand des Planeten teil, schichtete er Schokoriegel in schreiendem Papier aufeinander.
Er erhob sich und fixierte einen Moment lang das Regal, nickte fast unmerklich und gestattete sich ein sparsames Lächeln.
»Wie immer wunderschön«, frotzelte ich.
»Das ist ein wichtiger Job, Kumpel«, erwiderte der Auffüller. Es sollte humorig klingen, aber er schaffte es nicht, die Schärfe aus seiner Stimme zu verbannen. Ich hatte ihn in seinem Stolz verletzt.
»Sicher ist es das«, erwiderte ich, »sonst würden wir hier alle bestimmt vor die Hunde gehen.« Ich war mir ziemlich sicher, dass ich nett sein wollte, als ich den Satz begonnen hatte, aber dann hatte Meister Ironie einen seiner berühmten Spurwechsel vorgenommen und es mich erneut verpatzen lassen.
»Ich verkaufe dieses Zeug doch gut, oder?«, fuhr der Mann mich an.
Ich nickte. Die meisten, die bei mir eine Karte für die Nachtvorstellung kauften, nahmen auch etwas zu Knabbern mit in den Film. Aber wahrscheinlich nur aus Verlegenheit, denn wer fraß schon M&Ms, während er sich *Die Fickschwestern, Teil 52* reinzog und dabei einen keulte?
Ansonsten war der Job okay. Keine Stempeluhr, ein bisschen kassieren, ein bisschen telefonieren …
»So einer hier …« Der Auffüller hielt einen Erdnussbarren hoch, »kostet im Einkauf 32 Cent. Ihr saugt euch dafür einen Euro zehn rein. Und ich bringe euch alles pünktlich und frisch! Von mir bekommt keiner irgendeinen angeschmolzenen Dreck hingeworfen. Also komm mir nicht mit schlauen Sprüchen.«
»Alles im grünen Bereich«, erwiderte ich, während ich mir vorzustellen versuchte, welcher Regalauffüller wohl weich gewordene Twix in Ablagen werfen würde, ohne dafür gefeuert zu werden.
»Alles im grünen Bereich«, echote er.

Dann griff er in einen seiner Kartons und holte eine Handvoll schwarzer Stangen hervor. Eine Süßigkeit, die in Form und Geschmack seit meiner Kindheit unverändert geblieben war. Er schichtete auch diese sauber auf.
»Lakritz Reloaded«, grinste ich.
Sein Gesicht nahm die Farbe geräucherten Schinkens an. »Mir reicht es jetzt! Zeit, deinen Boss anzurufen!«
»Hey!« Ich hob beschwichtigend die Hände. »Ein kleiner Witz.«
»Das ist *alles* ein Witz für dich, was?«, fragte er.
Ich versuchte, ihn ein wenig zu versöhnen: »Nun seien Sie doch nicht gleich so eingeschnappt. Ich sag Ihnen was. Wenn Sie wollen, können Sie sich eine Vorstellung reinziehen, Meister. Geht aufs Haus.«
Sein Kopf hob sich in Zeitlupe, aber sein Gesicht passte nicht so ganz zur Langsamkeit seiner Bewegung.
»Bevor ich jemals in einen solchen … Müll gehe, bringe ich mich lieber um!«
Das glaubte ich ihm nun weniger.
»Unsinn! Sie würden sich doch nicht wegen dieser fickenden Schauspielerbagage töten, oder? Das ist Entertainment!«
Er beugte sich vor und ich sah eine Pustel in seinem Mundwinkel, die er offenbar mit getönter Creme überdeckt hatte. Der Hemdkragen hatte seinen Hals wund gescheuert, obwohl unter der Krawatte der oberste Knopf geöffnet war; in seinen Augen flackerte das Licht einer sehr alten, sehr billigen Kerze. Irgendjemand hatte ihn ausgehöhlt wie einen Halloween-Kürbis, nur um zu sehen, wie er sein Leben lang mit der flackernden Flamme in seinem Innern klar kam. Es musste jemand gewesen sein, der wusste, wie windig das Leben sein kann.
In diesem Moment erkannte ich so vollständig und umfassend, mit wem ich es zu tun hatte, dass mir ganz flau im Magen wurde:
Vor mir, im Dämmerlicht des mit dickem Teppichboden ausgelegten Ganges, der zu den Kinos führte, stand ein Vertreter der Sparte »verklemmtes Muttersöhnchen«, komplexbeladen, falsch ernährt, mittelprächtig gebildet.
Seine Haltung, sein Nervenkostüm, seine Reaktionen – alles an

ihm war unzulänglich und verkehrt.
Der Süßwarenmann war nichts weiter als ein Fehler der Natur, das missglückte Ergebnis einer Milchmädchenrechnung, die Leute in dem Glauben angestellt hatten, wirklich jeder dürfte Kinder haben.
Seine Unterlippe zitterte und er sagte irgendetwas, das ich nicht hörte oder hören wollte.
Geblubber, mehr nicht.

»… aber ich nicht«, sagte er.
»Was sagten Sie?«
»Ich sagte: Sie sehen aus, als sähen Sie sich gern diesen Schund an, aber ich nicht.«
»Stimmt«, erwiderte ich, »ich steh drauf. Da hat doch jeder was davon. Die Pornoproduzenten drehen und verdienen, die Darsteller bumsen und verdienen, das Kino verdient an den Filmen, ich hab einen Job und Sie verkaufen ihr Zeug. Sehen Sie, was dabei rauskommt?«
Er starrte mich an, als wäre ich nicht bei Trost; aber ich war nie klarer und beherrschter.
Nichts ist majestätischer als die Erkenntnis, die Welt begriffen zu haben.
Der ganze Unfug mit dem Ende der Nahrungskette, den halb vollen oder halb leeren Gläsern, das Geschwafel über Elfenbeintürme und die Macht des Schicksals, das alles war Quatsch. Der Mensch versucht jedem Scheißdreck einen Hauch von Magie zu verleihen, alles mit Metaphern zu verkleistern.
Mich überkam eine erstaunliche, wundervolle Erkenntnis. Es war wie ein Licht, das die Dunkelheit meines Lebens vertrieb, die ich nie wahrgenommen hatte, weil ich in Finsternis geboren war.
Ich beschloss, ihn zu töten.
Und während ich meinen verbalen Bombenteppich auf ihn regnen ließ, füllte ein heißer Wirbel meinen Kopf und wischte alles Rationale von der Arbeitsplatte meines Verstandes. Alle Werkzeuge – die paar der Zehn Gebote, die ich behalten konnte, die Fragmente echten Charmes, die paar Fetzen Zurückhaltung – fielen verschmort auf den schmutzigen Boden meines

guten Ichs, und meine Werkbank war frei.
Frei für ...
Meine Hand umschloss die Schere neben der Kasse, und es war wie Sex mit einer gefesselten Politesse: So daneben, so machtvoll, so gut.

Zwanzig, fünfzehn, fünf Zentimeter bis zum Auge des traurigen Keksriegelmannes. Mein Arm beschrieb einen silbrigen Bogen, an dessen Ende ich nichts anderes als das Geräusch von Stahl erwartete, der erst auf Fleisch, dann auf Knochen trifft.
Zeit, das Licht zu löschen. In den paar Sekunden, in denen die Schere unterwegs war, hielt ich es für Dienst am Kunden, diesen erbärmlichen Docht zu kappen.
Eine fahle Wand erschien vor meinem Auge, dann ein schwarzer Nebel, der mit Schmerz einherging. Die Deckenlampe schien zu einem irrsinnigen Looping anzusetzen, und dann sah alles aus wie ein 3D-Film, wenn man die Brille weglässt, und dann wie ein 3D-Film, wenn man die Augen weglässt.

Als ich sie öffnete, ragte der Süßwarenmann wie ein Turm über mir auf.
Sein Gesicht war gerötet, und hektische Flecken waren auf seinem Hals zu sehen.
Ich ruckte hoch, aber sein Fuß bremste mich nach wenigen Zentimetern.
Ich sah, dass die Nähte an seinem Schuh, die eigentlich das Leder mit der Sohle verbinden sollten, nur aufgemalt waren.
Billige Dinger.
»Karate«, sagte er, ohne dabei seinen Triumph zur Schau zu stellen. Es war nichts weiter als die nüchterne Feststellung eines Mannes, der seit seiner Jugend Holzbretter mit der Handkante zerteilt hatte.
»Ach was.«
Er nickte sachte.
»Und nun?«, fragte ich. Hinter meinen Augen machte sich ein leichtes Pochen breit.
»Warum wollten Sie mich töten?«, fragte er, und ich lachte auf;

ich konnte nicht anders. Er siezte mich plötzlich, nachdem ich kurz davor gewesen war, ihm eine Schere durchs Auge zu stoßen.
Aber eine sinnige Antwort auf seine Frage fiel mir nicht ein.
Als meine Hand nach dem Stahl gegriffen hatte, war ich nicht ganz ich selbst gewesen, und es hatte sich großartig angefühlt – so, als würde man auf einem großen Tanzabend, bei dem man nur als Kellner arbeitete, feststellen, dass man der beste Tangomann von allen war, geboren, um über das Parkett zu schweben.
Der ironische Dreckskerl in mir hatte gejauchzt und nicht mal die Titten einer Frau hatten sich besser angefühlt als die kühle Acht des Scherengriffs. Die Kasperhand hatte schwungvoll die schwarze Plane von den Fragmenten meines Lebens gerissen, und – Tataaaaa! – nackte Erregung ans Licht gezaubert.
Es *gab* keinen Grund für meine Handlung. Außer dem, dass ich gespannt war, ob es eine Offenbarung jenseits von Sex und Haschisch und einem Tag am Strand war, wenn man tötete.
Ich hätte ihm einfach gern beim Verbluten zugesehen.
Ich zuckte mit den Schultern.

»Ich hatte neun«, sagte der Keksriegelmann schlicht, »und ich wette einen Creamy Peanut, dass ich Ihr erster gewesen wäre. Korrekt?«
Er hatte … Neun?
Neun?
»Neun Menschen. Drei mal drei, weg vom Fenster. So hätten Sie mich nicht eingeschätzt, was? Der kleine Regalauffüller, hm? Neun! Und jeder hat gelitten, und keiner hatte eine Chance. Alles Analkreaturen. Alle, alle neun! Und Sie? Wie viele?«
»Wenn Tiere aus der Wertung fallen, meinen Sie?«, erwiderte ich, noch immer baff.
Tatsächlich hatte ich außer einem ohnehin alten Mischling nichts auf dem Kerbholz, und das war schon lange her.
Er schüttelte den Kopf. »Jemandem rüber zu helfen, wie ich es gern nenne, ist eine anspruchsvolle Aufgabe.«
»Warum haben Sie es getan? Und wollen wir uns nicht duzen?«
Ich dachte dumpf, dass es unser Verhältnis verbessern würde.

Und eine damit einhergehende Verbesserung wäre beispielsweise, nicht von ihm getötet zu werden.
»Aus dem gleichen Grund, warum man den Müll runter bringt. Man hat das Gefühl, Ordnung schaffen zu müssen, damit es einem nicht über den Kopf wächst. Das Problem ist nur, dass die Sinne sich verfeinern, was die Wahrnehmung betrifft. Irgendwann ist das meiste für einen Müll. Und was das Duzen betrifft: Es erscheint mir unangebracht. Ich hätte Sie töten können, und ich wollte es kurz auch. Ich dachte, Sie wären auch einer dieser Analmonster. Sollte dieser Impuls zurückkehren, können Sie sich meines Respekts sicher sein, wenn ich Ihnen rüber helfe. Da passt keine Kumpanei, finde ich.«
Auf eine sonderbare Art war er mir sympathisch, obwohl er mir Angst machte; ich schätze, seine Empfindsamkeit war dafür verantwortlich. Vielleicht aber auch, weil er absolut ehrlich war. Der Süßigkeitenmann demonstrierte mir, dass die Lust am Töten nicht zwangsläufig einen Hirnschaden oder gewisse psychische Defekte bedeutete.
Der Vergleich mit den Passionen eines Briefmarkensammlers oder Chinchillazüchters kam mir jetzt – mit dem Geruch billigen Leders in der Nase – gar nicht so weit hergeholt vor. Jemanden zu töten war illegal, gut, aber wo kein Kläger, da kein Richter. Nur, was zum Geier waren *Analmonster*?
»Kann man mit Karate töten?«
»Man kann mit einem Trinkhalm töten, wenn man willens ist. Ich habe das bereits getan. Wenn man einen aus Plastik nimmt, und das Subjekt verzurrt ist, kann man den Halm durchs Auge treiben. Da ist nur der Winkel entscheidend. Und dass der Kopf fixiert ist.«
Ich glotzte ihn ungläubig an, und er sog Luft ein und lächelte entschuldigend.
»Ich geb's zu, ich habe eine halbe Tüte von den Dingern gebraucht. Und die mit Knickgelenk können Sie getrost vergessen.«
Der ironische Hausmeister in meinem Inneren kriegte sich nicht mehr ein. Ich fühlte, wie er an die Wände meines Oberstübchens drosch, während er kreischte vor Lachen.
»Neun, sagten Sie?«

»Fast zehn«, gab er lächelnd zurück. Dann nahm er seinen Fuß von meiner Brust.

Der Wind schnitt kalt in meine Oberarme. Ich hatte keine Jacke dabei, weil ich vor dem Kino parken konnte, und fünf Meter vom Auto zum Foyer rechtfertigten keinen Blouson.
»Wie fangen wir an?«, fragte ich den Süßigkeitenmann.
»Vielleicht damit, dass wir doch uns duzen? Unsere Beziehung wird sich nun etwas intensivieren. Ist dann was anderes.«
Er reichte mir seine Hand, und ich ergriff sie; sie fühlte sich ungewöhnlich trocken an.
»Okay.«
»Das Wichtigste ist«, sagte er, »die totale Abwesenheit jeden Motivs. Daran krankt jedes Projekt in der Regel: Wer seine Freundin tötet, darf sich nicht wundern, wenn's irgendwann an der Tür klopft. Und wer jemals erwischt wurde, sollte es für immer lassen.«
»Klingt sinnig.«
Wir gingen in die Dämmerung. Ich mit Armen, die mit einer Gänsehaut bedeckt waren, er mit heiligem Ernst im Gesicht, der Kragen seines Popelinemantels hochgeschlagen, die Hände um den Griff seines schmalen Koffers geklammert.

Eine Stunde später stand der Zähler auf zehn für den Süßigkeitenmann.
Er hatte seine Fähigkeiten eindrucksvoll demonstriert, mit kundigem Auge ein Einfamilienhaus aus dem Straßenbild gefiltert.
»Ein gutes System ist es, nach entsprechenden Vornamen Ausschau zu halten«, hatte er erklärt. »Hier: Elfriede. Elfriede, Adolf, Petunia … Das sind waschechte Beutenamen. Man hüte sich aber vor Marias! Das kann eine alte Dame, aber auch eine Studentin sein. Möglicherweise eine mit Reizgas in der Tasche oder einem drahtigen Freund auf dem Sofa.«
Elfriede war eine sichere Bank gewesen, und sie hatte offenbart, dass altes Blut genauso grell rot ist wie das eines Osterlamms. Der Süßigkeitenmann war vollkommen beherrscht vorgegangen, so als würde er dem Ganzen keine besondere

Bedeutung beimessen.
»Stadtwerke«, hatte er gelächelt, und den stirnrunzelnden Blick, den die Alte daraufhin auf ihre Uhr warf, mit einer geschmeidigen Bewegung nach vorn unterbrochen: Er war in ihre Wohnung eingedrungen wie Rauch.
»Sie werden es kaum glauben, gnädige Frau, aber ich werde sie nun umbringen«, hatte er vollkommen sachlich gesagt, und für eine Sekunde war es sehr still gewesen. Nur ein Sittich oder Kanarienvogel aus einem Nebenraum hatte hirnlos gezwitschert. Es roch nach Kohlrouladen in der Wohnung, stellte ich fest, während ich wie ein Auszubildender hinter meinem Lehrer stand. Ich war dankbar für die Wärme, und der ironische Kerl in meinem Kopf rieb sich so unerträglich laut die Hände, dass meine Knie zitterten.
Dann brachte er sie um, wie angekündigt.

»Wann musst du wieder im Kino sein?«, fragte er, während er unmotiviert im Körper der alten Dame stocherte. Er hatte mir erklärt, dass ein Mord umso undurchsichtiger wurde, je bizarrer der Tathergang war.
»Wünschenswert wäre eine religiöse Botschaft. Das sind die Spuren, die jedem Polizisten zeigen, wo seine intellektuellen Grenzen sind. Simuliert Tiefe, wo keine ist. Leider habe ich nicht meinen Taschenkalender dabei. Da sind allerlei Sinnsprüchlein aus dem Alten Testament drin. Merk dir das: Immer das Alte Testament. Ist bedeutend düsterer als der restliche Bibelkram. Aber nur Blockbuchstaben und nichts mitnehmen. Sie haben mal einen Serienmörder geschnappt, der eine Kladde über seine Arbeiten führte. Direkt auf der ersten Seite stand *Und wenn jemand gesündigt hat – wir haben einen Sachverwalter bei dem Vater, Jesus Christus, den Gerechten.* Also präg dir ein: Nur Schwachköpfe machen Aufzeichnungen. Wenn es einen geheimen Ort gibt, an dem die Psychopathen leben, kennst du jetzt den Dorftrottel.«
Er zog der Alten den Pullover zurecht.
»So. Die große Wundertüte für Jungs. Von außen völlig unversehrt, aber wer den Pulli lüftet, kommt ins Nimmernimmerland.«

Ich nickte ehrfürchtig. Wann lernte man schon einen echten Spezialisten kennen?
»So gegen Mitternacht«, erwiderte ich, als mir einfiel, dass er mich was gefragt hatte.
»Schön«, sagte er, »noch knapp zwei Stündchen. Ich würde mal sagen, der Nächste ist deiner.«

Es wurde ein Schlachtfest.
»Zum Thema Tabus«, dozierte er, während er die Kehle meines Ersten auffältelte wie ein japanischer Sternekoch, »kann ich nur sagen: Es gibt keine. Eine Frage des Instinkts. Nur so viel: Keine Kinder, wenn du nicht schlecht schlafen willst. Nimm immer welche, die schon ein bisschen was auf dem Tacho haben.«
Meiner, meine erste Arbeit, war ein Rentner gewesen, und wie die Alte nicht wirklich ausgeschlafen. Zur Kreativität ermuntert, hatte ich mich als Stromableser ausgegeben, und der Trottel hatte geöffnet. Stromableser!
Der Mann hatte Lachfältchen um die Augen, und sein Hals war so glatt rasiert, dass ich es auf seltsame Weise fast sexy fand.
In den darauf folgenden Minuten hatte er keine Verwendung für seine Lachfältchen gehabt, aber der Süßigkeitenmann hatte mich in der Bearbeitung glatt rasierter Haut unterwiesen.
Ich hatte den Strom abgestellt, wenn man so will.
Als er fertig war, sah die Kehle meines Ersten aus wie eine Origami-Arbeit.
»Was soll das darstellen?«, fragte ich.
»Das hier ist der Tod in Symmetrie. Der Nachtfalter des Untergangs. Der durchgescheuerte Teppich im Tempel der Vernunft.«
Mein Lehrer war richtig redselig geworden. Im Umgang mit Schokoriegeln so trocken wie das Geschlecht einer aufgebahrten Ordensschwester, war er bei seinem Steckenpferd jedoch von fast geschwätziger Blumigkeit.
Er schnitt dem Mann die Brustwarzen mit der Nagelschere ab.
Ich hatte eigentlich ein Geräusch erwartet, als würde man die Ecke einer Milchtüte abtrennen, aber es geschah völlig lautlos.
Dann legte er sie in eine Schublade im Wohnungsflur. Sie ent-

hielt Socken, und er bettete die kleinen Fleischstücke auf ein Paar aus grober, brauner Wolle. Es sah aus wie der dekorierte Ohrschmuck für eine Kannibalengöttin.
Der ironische Kerl in meinem Kopf gluckste, und das erste Mal bekam ich eine Vorstellung davon, wie er aussehen mochte: Ein verwachsener Kasper in bunten Lumpen, der nichts als hirnlose, blutige Idiotie auf der Habenseite hat.
Mir wurde übel und ich hockte mich hin, aber einen Moment später war es vorbei.
»Hier.« Er reichte mir ein Messer, die Klinge war fein und leicht wie eine Feder. »Signiere deine Arbeit, aber sei kreativ.«
»Was soll ich denn machen? Meinen Namen?«
»Tolle Idee, wirklich. Schreib am besten noch deine Adresse dazu, falls die Herren von der Spurensicherung deine Signatur nicht entziffern können.«
Ich seufzte, und während ich zu schneiden begann, klang dieses Seufzen in meinem Kopf nach. Das tut es noch immer.
»Was bitte soll das sein?«, fragte der Süßigkeitenmann mit einem kleinen Lächeln, als er den blutigen Unfug betrachtete, den ich auf der käsigen Brust des alten Kerls hinterlassen hatte.
»Ich bin nicht so gut im … Zeichnen«, erwiderte ich leise.
»Und?«
»Das ist der Freund meiner Kindheit.« Der Kasper in mir schlug ein geschicktes Rad.
»Ach was?«
»Ja. Bussibär.«

Ein weiterer alter Sack um kurz nach elf, gepflückt wie eine Rose.
Eine junge Frau, die Elfi hieß. Anfängerglück, dass sie im Rollstuhl saß.

»Nun«, sagte er, nachdem wir behutsam die Tür des Origamimannes geschlossen hatten, um keine Nachbarn aufzuscheuchen, »nun werden wir das Meisterstück vollbringen.«
Dann waren wir in den Stadtpark spaziert, der mir vorkam wie ein krankhaft planlos gerodetes Waldstück aus dem Märchen eines umnachteten Hans Christian Andersen.
Die Bäume schienen sich zu krümmen, als würde ein mitternächtliches Geschwür in ihren hölzernen Eingeweiden wüten,

die Rasenflächen waren wie der moosartige Belag auf der Zunge eines verscharrten Riesen, die Abfalleimer, nur seelenloser Stahl im Dunkel, wie lauernde Körbe für die Köpfe unglücklicher Liebhaber, zuschnappend wie die Kelche einer Fleisch fressenden Pflanze.
Ich fühlte mich nicht gut; der Kasper in mir hatte sich seinen Mantel übergestreift, und jede Bewegung davon hatte wehgetan.
Er schien einen Spaziergang unternehmen zu wollen.
»Hier ist niemand«, sagte ich. In der Luft hing eine unsichtbare Nässe, die meine Worte zu verschlingen schien wie ein ausgehungertes Reptil.
»Doch«, erwiderte er, und seine Stimme war, als würde man über den Hals einer Flasche blasen, hohl und unstet. »Hier ist jemand. Das letzte Opfer.«
Er kniete sich ins nasse Gras und ließ seinen Koffer aufschnappen.
Er wühlte und warf einige Karamellriegel hinter sich. Ein anrührend chaotischer Anblick bei seiner sonst allgegenwärtigen Methodik.
Dann atmete er erleichtert aus und holte etwas ans Licht, das einer kleinen Sichel glich.
Sie sah ausgesprochen scharf aus; ich konnte mir jedoch nicht vorstellen, zu welchem Zweck sie hergestellt worden war. Sie war zu filigran für Jätarbeiten, zu schmucklos für ein volkstümliches Deko-Objekt. Mir kam sie vor wie ein blitzender Halbmond, der sich ein breites Grinsen zu verkneifen versuchte, es aber nicht hin bekam.
»Eine Spezialanfertigung aus Solingen. Die sind eigentlich auf gynäkologisches Instrumentarium spezialisiert.« Er streichelte die Klinge, ohne mit den Fingern der Schneide zu nahe zu kommen.
»Nun vollbringen wir ein Wunder. Nicht weniger. Ein Wunder.«
Ich sagte nichts. Alles Interesse an der Anatomie des Todes, am Handwerk des Hinüberbringens hatte sich verflüchtigt. Scheiß auf den Kasper, scheiß auf den Park, und Gott verdammt, scheiß auf diese Sichel.

Ich pinkelte mir in die Hose, ein Gefühl, dass mich wie ein Sog in meine Kindheit zurück brachte: Kein Raumschiff Enterprise vermochte das, und keine Schlaflieder oder Pfannkuchen mit Apfelmus.

»Wenn man ein Omelett will, muss man ein paar Eier zerschlagen«, sagte der Süßigkeitenmann, »und ich werde die Stradivari unter den Omeletts fertigen. Den Turmbau zu Babel unter den Omeletts, den Testarossa. Das bringt uns an einen sensiblen Punkt, und deswegen werde ich Sie ab sofort nicht mehr duzen können, was Sie hoffentlich entschuldigen.«

Mir wurde plötzlich sehr, sehr kalt.

Die Gewissheit hat kräftige Zähne.

Und was das Duzen betrifft: Es erscheint mir unangebracht. Ich hätte Sie töten können, und ich wollte es kurz auch. Sollte dieser Impuls zurückkehren, können Sie sich meines Respekts sicher sein, wenn ich Ihnen rüber helfe. Da passt keine Kumpanei, finde ich.

»Keine Angst«, lächelte er und reichte mir die Sichel, »Sie haben da was missinterpretiert.«

Ich sagte nichts. Meine Hand griff marionettenhaft zu.

»Papa«, sagte er, wobei er seinen Blick auf den nassen Boden richtete, »wenn du jetzt, wie ich es erwarte, am Flipperautomaten des Teufels stehst und Sonderspiele holst, lass die letzte Kugel sausen. Wisch dir den Arsch sauber, Papa. Du hattest mich, wie man einen Menschen nur haben kann, und jetzt werde ich kommen. Das nächste Bier geht auf mich.«

Er sah mich an und wies mit zitterndem Finger auf einen Punkt unter seinem rechten Auge.

»Schön ausholen und nicht verreißen. Es wird schwer, aber anders geht's nicht, nicht für mich. Ich will es wild! Wenn Sie merken, dass Sie nicht durch den Knochen kommen, schneiden sie mir den Bauch auf. Aber nicht schon nach fünf Minuten, wir drehen hier schließlich keinen Samurai-Film.«

Ich holte aus, und mein Arm schien sich auskugeln zu wollen, vielleicht um sich zu lösen und die Straße runter ins Kino zu robben, um Karten abzureißen oder um eine Telefonnummer zu wählen, wer weiß.

»Damit wäre ich, was den Kreis etwaiger Verdächtiger angeht, wohl aus dem Rennen«, sagte er ernst, und hielt den Blick so fest zu Boden gerichtet, als wollte er bis in den Erdkern starren.

Der Kasper ist nun draußen. Er krabbelte aus mir heraus, als sich die Klinge der Sichel in den Wangenknochen des Süßigkeitenmannes rammte, und die Welt empfing ihn mit einer Welle von Rot.
Obschon eben erst geboren, surfte der ironische Kerl auf dem Blut wie ein alter Hase, die schillernden Lumpen im Wind flatternd.
Ich sehe ihn im Spiegel des Waschraumes. Mein eigenes Gesicht ist wie tränennasses Zellophan von Grabblumen, und darunter tobt der Kasper, dem jede Ironie abhanden gekommen ist. Man sagt, eine frisch geschlüpfte Ente erkennt das erste Lebewesen, das sie sieht, als ihre Mutter an, und im Falle des Kaspers war das die Leiche eines Mannes, der Schokoriegel stapelte, um zu essen, und tötete, um zu leben.
Analmonster?
Die sind nicht das Problem. Es gibt einfach zu viele Wichser auf der Welt.
In ein paar Minuten werde ich mir die Schere greifen und ins Kino gehen; der Hauptfilm läuft; schauen wir mal, wer Herrn Schnippschnapp die Hand gibt, falls er eine frei hat.
Wichser.
Der Kasper schlägt mit der flachen Hand an die Innenseite meines Schädels und schreit etwas, das ich nicht hören kann. Er sieht ziemlich wütend aus, und seine Augen glühen wie Grillkohle auf dem verrußten Blech meiner geistigen Gesundheit. Ich fühle mich super. Der Kasper müht sich ab, braucht aber erstmal eine kleine Pause.
Have a break …
Tapferes kleines Kerlchen. Aber da er den Weg aus meinem Kopf gefunden hat, bin ich sicher, er schafft auch den Rest. Er wird wohl völlig aus mir heraus gehen, und dann werde ich das auch.
Und wie ich das werde.

Heiliger Krieg:
Einer muss es ja machen

Seit einer Stunde nun starrte ich auf die Säume meiner Jeans, konzentriert auf das grobe, gelbe Garn, das sie in festen Schlaufen durchzog.
Ich hatte das Herrenmagazin so oft durchgelesen, dass es mittlerweile eher abgegriffenem, verblasstem Pergament glich.
Mein Job ist nervenaufreibend. Nicht, weil er besonders anstrengend wäre, sondern wegen der zermürbenden Langeweile. Ich komme morgens spät in mein Büro, und ich verschwinde so früh es geht aus dem fensterlosen Raum, aber für meine Arbeitstage existieren einfach nicht genug Tittenheftchen auf diesem Planeten.
Ich hasse meinen Job.

Das war mal anders.
Während ich meinen Blick durch das Büro trödeln lasse und wie immer das gleiche Bild zu sehen bekomme – ein Dunlop Kalender von 98, ein Aktenschrank, etwas weißes Resopal in Regalform – überkommt mich die Erinnerung.
Heute bekomme ich nur alle paar Tage was zu tun. Kleinkram meistens. Der Job ist längst nicht mehr so interessant wie früher.

1999 hatte ich meine Ausbildung abgeschlossen. Gas, Wasser, Scheiße, mit Auszeichnung. Wenige Monate später wurde ich arbeitslos.
2006 verdunkelte sich erstmals der Himmel über ganz Europa. Es war helllichter Tag und die Finsternis blieb beinahe zwei Stunden.
Meteorologen fanden keine Erklärung, Kachelmann zuckte stellvertretend für Deutschland mit den Schultern, Wahrsager in aller Welt faselten vom Weltuntergang.
Niemand kam dahinter.
Ein schlechter Komödiant meinte Monate später in seiner

Show, im Ozonloch wären die Glühbirnen durchgebrannt.
Weitere sechs Monate später ließ der Vatikan verlauten, der Papst hätte eine extrem beunruhigende Vision gehabt – genau genommen hätte sich diese Vision brutal aufgedrängt – eine Art plastischer Diashow aus der Hölle: In Persien und anderen Gefilden des Orients würde sich eine dämonische Armee formieren, um das Abendland zu verschlingen.
Ernsthaft. Er hatte keine blumige Metapher für gewisse, konkurrierende Religionen benutzt, er sagte das wörtlich!
Die Comedyleute setzten noch ein paar drauf, aber viele gute Christen konnten nicht darüber lachen. Offensichtlich war der Papst zu einer Art Gegensprechanlage in eine gottlose Dunkelheit geworden, und auch, wenn es etwas dauerte: Er behielt Recht.

Im Jahre des Herrn Zweitausendsieben, das eigentlich keineswegs Sein Jahr war, begannen die Angriffe.
Es fing in Rom an. Die Mitarbeiter der *Specola Vaticana*, einem Stützpunkt des Vatikan zur Beobachtung der Sterne mit Sitz in Castel Gandolfo, sahen beunruhigende Gestirnsverschiebungen – aber nur kurz.
Dann schwappte die Welle der Dämonen über alle anderen europäischen Metropolen.
Sämtliche Armeen waren machtlos. Die Fernsehbilder fingen nichts ein als hungrige Dunkelheit und Todesschreie in variierenden Landessprachen, aber die Überlebenden hatten sie gesehen: fleischige, farblose Bestien wie aus einem Gemälde von Hieronymus Bosch.
Die Regierungen kamen schnell überein, dass normale Armeen nicht viel ausrichten konnten.
Es mussten buchstäblich Unschuldige in den Krieg ziehen; Männer, die sich noch nicht im Kampf gegen andere versündigt hatten.
Der Papst hatte seine große Stunde. Vor den Augen aller mutierte er zum kriegerischen Visionär, wurde der Heerführer der Ahnungslosen.
Eine respektable Leistung, wenn man bedachte, dass er dafür nicht ein einziges Mal Rom verließ.

Der Vatikan bildete eigene Einheiten. Junge Männer mit erstklassigen Führungszeugnissen wurden zu Hunderttausenden rekrutiert. Von einer freien Wahl konnte keine Rede sein; wenn du den Umschlag mit dem Siegel des Vatikan im Kasten hattest, gehörte dein Hintern der Kirche.
Es meldeten sich natürlich auch Freiwillige, aber ein bestürzend hoher Prozentsatz konnte gleich wieder nach Hause gehen. Sie wollten gefirmte oder wenigstens konfirmierte Leute, ein Theologiestudium sicherte dir sogar einen Offiziersposten.
Ich war konfirmiert.
Hätte ich damals geahnt, dass mich mein frommer Auftritt in blauem Samtanzug direkt vor die Tore der Hölle führen würde …
Aber ich war damals jung und brauchte das Geld, sozusagen.

Sie karrten uns in Bussen nach Rom.
Beim Gottesdienst, der auf dem Petersplatz durchgeführt wurde, konnte ich den Heiligen Vater nur als weißen Punkt mit wehendem Talar erkennen. Alles wirkte ausgesprochen improvisiert. Wir waren Tausende, und die Zeit drängte.
Der abschließende Segensspruch war mit einer Weihung mit heiligem Wasser verbunden. Man besprühte uns vom Hubschrauber aus, was der Zeremonie einiges von ihrer Feierlichkeit nahm.
Dann empfingen wir aus den Händen der Schweizer Garde unsere Ausrüstung.
Nun waren wir Soldaten Gottes. Arrivederci Roma. Herzlichen Dank auch.

Ich schlug einige Schlachten, meist in der Nähe der holländischen Grenze. In Holland waren zwar enorm viele Katholiken, aber durch die Sache mit den Coffeeshops waren Soldaten rar. Die Kirche hatte kein Verständnis für Jungs, die links einen Joint und rechts ihre Waffe hielten. Außerdem scheint der Niederländer an sich recht pazifistisch zu sein, Dämonen oder nicht.
Ich war in das Gefecht bei Schiphol ebenso verwickelt wie in

den größten Massenexorzismus, der jemals durchgeführt wurde. Der Bischof von Amsterdam sprach von einer »kollektiven Austreibung«, die von ihm durchgeführt und von meiner Einheit in Schach gehalten worden war. Es hatte ein ganzes Hotel erwischt, bezeichnenderweise im Strandbereich der Stadt Monster. Der Begriff des Obergeistlichen war ganz okay, aber »kollektive Kotzerei« traf es besser. Alle exorzierten Personen starben, während konturlose, stinkende Schwaden durch sämtliche Körperöffnungen entwichen.
Wir nannten die Dämonen »das Pack«, weil sie immer in Rotten zuschlugen.
Ihre Strategie wechselte ständig. Mal erschienen sie als verstorbene Familienmitglieder, mal in ihrer Urform, dann wieder als beißender Nebel.
Ich hatte mehrmals Feindkontakt. Sie schlugen stets in ihrer mitgebrachten Finsternis und zusätzlich mit der Hilfe der Nacht zu. Ich sah nie viel, Gott sei Dank.
Nur klobige Schatten, entweichende Schemen aus milchigen Leibern und verblutende Männer, die den Fehler gemacht hatten, zum Briefkasten zu gehen.

Nach der Sache in Monster passierte monatelang nichts. Wir verfolgten angespannt die martialischen Schattenspiele im TV, lernten unsere Verse und trainierten. Jeder für sich. Die Einheiten wurden stets spontan gebildet; man kannte ein, zwei Mitstreiter, aber im Prinzip wechselten die Gesichter immer. Die Züge wurden aufgestellt, um nach dem Einsatz wieder aufgelöst zu werden – wenn das nicht schon passiert war.
Dann kam mein großer Tag.

Mein Mobiltelefon brummte.
Der für mein Bundesland zuständige Krisenbischof war dran. Das erstaunte mich; bisher war ich immer von einem Zugführer angerufen worden. Irgendetwas war passiert.
»Ja?«
»Guten Morgen. Wir haben eine Manifestationsfront im Kern von Düsseldorf.«
Die Kirche hatte sich komischerweise von den unheilschwan-

geren, nostalgischen Begriffen der Bibel verabschiedet; je kritischer es wurde, desto technischer wurden ihre Bezeichnungen für das Unfassbare.

»Wann geht es los, Hochwürden?«, fragte ich nur, noch immer verwundert über den Anruf.

»Heute noch. Ich schätze, in zwei Stunden. Ich werde auch vor Ort sein. Sie sind der Älteste der Einheit, die wir dort einsetzen. Sie agieren ganz vorn.«

Wo war »ganz vorn« in zu erwartender, totaler Finsternis?

»Ich werde sofort packen.«

»Braver Mann«, sagte er feierlich, als hätte ich eine Wahl.

Seine Stimme war wohl temperiert wie warmer Honig.

»Es ist das erste Mal tagsüber«, erwähnte ich in der Hoffung, eine befriedigende Antwort zu erhalten, warum dem so war.

»Ja«, erwiderte der Geistliche nur.

Dann schwieg er. Ich hörte ihn lediglich atmen.

»Wiederhören.«

»Gottes Segen, mein Sohn.« Dann war die Leitung tot.

Ich legte mein Testament auf den Küchentisch. Es war vorgefertigt und Teil der Ausrüstung. Es beinhaltete, dass ich ein christliches Begräbnis wünschte und irgendeine speziell für mich gelesene Messe, deren Kosten zu zwei Dritteln von der Kirche getragen wurde.

Man vermutete wohl, ich würde mich andernfalls im Rahmen eines heidnischen Druidenrituals verscharren lassen.

Bis jetzt war ich noch immer zurückgekehrt.

Ich zog mich an.

Düsseldorf.

Man hatte den Innenstadtbereich vollständig evakuiert, obwohl sich die Schwärze nur über dem Hofgarten gebildet hatte, einem weitläufigen Park in der Nähe des Stadtkerns.

Noch gestern war dies ein grüner Fleck der Erholung gewesen. Bänke, Wiesen, Frauen mit Kinderwagen, Hunde. Schwer vorstellbar.

An den Bäumen waren Natriumdampflampen befestigt worden; trotzdem war das Licht eher diffus.

Man hatte die riesige Grünfläche weiträumig mit Fahrzeugen

umstellt, deren Tanks allerdings leer waren. Man fürchtete Explosionen – alles konnte passieren.
Fetzen fast körperlicher Dunkelheit waberten durch die Baumspitzen. Die Finsternis schwoll an und ab, pulsierte und verdichtete sich, um dann wieder für einige Sekunden zu verblassen.
Die geharkten Gehwege waren nur lichte Schemen, die Parkbänke wie Schatten alter Dinosaurierknochen. Es roch künstlich und steinalt hier, als enthielte diese schwarze Manifestation lebendiger Nacht über dem Park die verbrauchte Luft eines anderen Zeitalters.
Kein Windhauch ging.
Aber die Stille war das Schlimmste.

Mein Zug, eine zusammen gewürfelte Gruppe von zwölf Mann, hatte sich an einer alten Esche versammelt.
Wir alle trugen die gleiche Kluft: feste, schwarze Hosen, Panzerwesten mit verstärktem Kragen und ziemlich schwere Rucksäcke. Die Dinger wurden von unten geöffnet, denn die wichtigsten Dinge waren am Boden des Sacks. Unsere Stiefel waren von Caterpillar, die römischen Kollarhemden unter den Panzern aus einer italienischen Schneiderei.
Unsere Feuerwaffen waren israelische Uzis. Eine Waffe für Idioten, gänzlich ohne Rückstoss. Wer als Kind mit Spielzeugpistolen geschossen hatte, konnte auch diese kantigen Maschinenpistolen bedienen, obwohl sie geladen über dreieinhalb Kilo wogen. Die wahre Kunst war, im Dunkel keine Mitstreiter abzuknallen. Das Handbuch sagte, man solle nur schießen, wenn man den Atem des Feindes roch.
Falls dieser atmete.

Ich schaute mich um, konnte aber keine anderen Einheiten entdecken.
»Was jetzt?«, fragte mich ein rauchender Neuling. Er wirkte nervös, obwohl er sich völlig unbeteiligt gab.
»Wir kriegen einen Anruf. Dann passiert irgendetwas. Oder andersrum.« Ich konnte es nicht genauer sagen, also behalf ich mir mit einem steinernen Gesicht.

»Na … Wenn irgendwas passiert, ist es ja gut«, meinte Manfred.
Wir kannten uns von einigen Einsätzen. Manfred war ein drahtiger Kerl um die Vierzig, mit einem bewegungslosen Nussknackergesicht, das eine zusätzliche Strenge durch einen akkurat rasierten, bleistiftdünnen Kinnbart erhielt.
Ich nannte ihn gelegentlich Tierfred; er hatte eine fatale Neigung auszuflippen, wenn irgendwelche Dinge passierten, die seinen Horizont überschritten, und das war so ziemlich alles in jenen Tagen.
Ansonsten waren mir die Gesichter fremd. Es war, als würde man sich auf dem Gang einer Behörde treffen: Alle hatten das gleiche Ziel, keiner kannte sich.
»Wird es Manifestationen geben?«, fragte ein anderer. Er hatte sich sein schwammiges Gesicht tarnfarben bemalt, als ob es was helfen würde.
»Weiß nicht. Schätze schon«, erwiderte ich.
Tierfred grunzte.
»Bin gespannt, was das werden soll.«
»Hört mal«, hob ich die Stimme, »eine Manifestation kann alles sein. Ich habe von Gefechten gehört, bei denen die Einheiten von ihren eigenen Müttern angegriffen wurden.
Soll eine klassische Vorgehensweise des Packs sein. Nicht nervös werden, falls das passiert. Wessen Eltern sind hier tot?«
Einige Arme gingen in die Höhe.
»Es muss nicht soweit kommen. Wenn es so sein sollte, cool bleiben. Nützt alles nichts.«
Ich sah sie nicken, wusste es aber besser.
Wenn irgendjemand aus deiner Familie mit gefletschten Zähnen auf dich zu gerannt kommt, erstarrst du. Deine Wahrnehmung meldet zuerst einfach keine Gefahr. Déja Vus planieren alles.
Wenn man allerdings in früher Jugend ständig von seiner Mutter beim Onanieren gestört wurde – oder grüne Kordhosen tragen musste – drückt man den Abzug wie auf der Kirmes.
So würde es mir gehen. Ich war nicht besonders gut mit meiner Mutter ausgekommen.
Ich lud durch.

»Schön locker bleiben«, sagte ich. »Wird schon schief gehen.«
»Schätz ich auch«, meinte Tierfred.

Es war unheimlich, fremd und kalt, aber irgendwann stumpfte die totale Ereignislosigkeit uns ab. Wir begannen, uns Witze zu erzählen, spendierten uns Zigaretten und pfiffen blöde Liedchen.
Nach etwa einer Stunde sah ich sogar die Schemen einiger menschlicher Köpfe: wir waren also doch nicht der einzige Zug. Denen ging es nicht anders als uns; als ihnen zu langweilig wurde, spazierten sie ein wenig herum. Ich hörte gedämpftes Gelächter.

Mein Handy brummte nur einmal. Ich fummelte es aus der Oberschenkeltasche meiner Kampfhose.
Kein Empfang.
Wer immer versucht hatte, mich anzurufen, war nicht weit gekommen; möglich, dass es an dieser verdammten Kuppel der Finsternis über uns lag. Jedenfalls waren wir von der christlichen Welt isoliert, wie es aussah.
»Herrschaften! Formieren!«, bellte ich sofort. »Und Ruhe ab jetzt.«
»Was ist denn los«, fragte der Bemalte.
Tierfred hatte sofort Eins und Eins zusammengezählt. Er hockte bereits und zielte in den schwarzen Himmel über uns.
»Ich hab kein Netz mehr.«
»Ja und?«
Tierfred ließ die dunkle Wand über uns nicht aus den Augen, als er für mich antwortete: »Kein Netz bedeutet, kein Kontakt nach draußen, Frischling. Das bedeutet wiederum, keine Aufklärung. Und das bedeutet, wir sind am Arsch.«
Plötzlich lag ein Summen in der Luft.
Ich schmeckte etwas Bitteres, Pelziges auf der Zunge und verzog das Gesicht. Die Luft veränderte sich, wurde schwer und knisternd.
Es begann.
Ich fühlte wieder, dass man sich darauf nicht vorbereiten konnte. Die Angst kam einfach, und ich ließ es zu.

Zehn Meter entfernt flog mit einem sirrenden Geräusch ein Gullydeckel in den Himmel.
Es war ein mindestens siebzig Kilo schweres Stück, das eine Gravur der Stadtwerke trug, aber er schoss in die Höhe wie ein Pappendeckel. Ich lauschte einige Sekunden, aber er schlug nirgendwo auf. Aus dem Loch im Beton stieg fahler Dampf auf.
»Es geht los«, brüllte ich.
»Sag bloß, Schlauberger«, knurrte Tierfred hinter mir.
Vor uns bildeten sich kokelnde Kreise im Rasen, die schnell größer wurden, Es war, als würde jemand mit einer Lötlampe den Boden bearbeiten.
Die Halme schwelten, verglühten dann, und die Erde sackte an diesen Stellen einige Zentimeter ein. Ich sah es überall sanft glühen. Es war ein fast romantischer Anblick.
Aber ich hatte das schon mal gesehen, in einem Waldstück bei Scheveningen, und von Romantik konnte kaum die Rede sein.
»Das sind die Passagen. Aus diesen Löchern werden sie kommen«, sagte ich so sachlich wie möglich.
Einer von uns gab einen Schuss ab. Er schrie dabei irgendetwas.
»Gut gemacht. Der Rasen ist tot«, bemerkte Tierfred.
»Ruhe bewahren«, sagte ich. »Noch ist nichts passiert.«

Als hätte man einen Rasenmäher ohne Auffangkorb eingeschaltet, stob Erde und Gras in die Höhe. Irgendetwas schaufelte sich rasend schnell aus dem Erdreich.
Der erste kam.
»Noch nicht ...«, rief ich. Meine Stimme hörte sich brüchig an.
Dann sprang etwas von der Farbe einer Made aus dem Loch.
Etwas, das plump und wuchtig und sauer war.
Wir begannen zu schreien – alle. Auch ich.
Das menschliche Hirn ist eben nicht auf alles vorbereitet.

Es war groß, und es roch nach Scheiße.
Ich sah nicht richtig hin – ich wollte einfach nicht –, aber das Ding sah am ehesten aus wie eine aufrecht gehende, verwachsene Kuh.

Zwei schmutzigbraune Hufe stapften einen Schritt auf uns zu.
»Feuer!«
Ich schloss die Augen und zog den Abzug durch, wie auch die anderen. Eine überraschend leise Sinfonie trockener Tacs erklang, als wir loslegten. Der Dämon verwandelte sich in Fetzen. Es zerriss ihn buchstäblich.
Das war die beste Technik, wenn man einen einzelnen Gegner, aber viel Munition hatte. Der Nachteil war nur, dass dies der erste Dämon von wer weiß wie vielen war. Diese Taktik war zwar gut für die Motivation, aber nicht durchzuhalten, wenn man nicht kistenweise Geschosse hatte – und Dämonen, die sich hintereinander aufstellten.
Wir starrten auf die blutlosen Brocken fahlen Fleisches, aus denen ein einzelnes, schwarzes Horn ragte. Der Gestank von Kot und Pulverdampf war überwältigend.
»Nummer eins«, sagte ich. Der Kadaver begann bereits, sich zu verflüssigen.

»Das steh ich nicht durch«, jaulte der Geschminkte. Sein Gesicht war selbst durch sein kriegerisches Makeup nur als käsig zu bezeichnen.
»Ist klar. Geh doch einfach nach Hause«, grinste Tierfred. »Das Problem ist nur, dass alles, was jetzt das Gelände verlässt, abgeknallt wird.«
Ich nickte bestimmend. »So sieht's aus.«
Irgendwo im Park hörte ich das Zischen der Leuchtrakete, die den Beginn des Angriffs ankündigte. Das bedeutete, die anderen hatten ebenfalls Feindkontakt.
Jetzt kamen wir wirklich nicht mehr raus.
Und die Erde öffnete sich nun überall.

Alle paar Meter stob nun Erdreich empor; farblose, schartige Klauen kamen zum Vorschein.
Manche Dämonen wurden einfach ausgespuckt, landeten aber stets auf ihren Hufen, andere quälten sich wie bei einer Sturzgeburt aus dem Boden, aber keiner gab ein Geräusch von sich. Man konnte nun das planlose Gestampfe vieler Kampfstiefel hören, die durchs Zwielicht rannten – und etwas, das wie Be-

fehle klang, aber zu schrill und panisch war.
Wir bildeten eine tapfere V-Formation, aber ich glaubte nicht, dass wir sie lange halten würden. Ich stand an der Spitze, meine Hände zitterten unkontrolliert und ich hatte Angst.
Das alles passierte zu schnell.
Diejenigen meines Zuges, die das für eine Art okkultes Picknick gehalten hatten, wurden nun eines Besseren belehrt. Ich hoffte nur, es würde nicht in einer Schlachtplatte enden.
»Munitionsansage«, schrie ich, und horchte sofort auf die Stimmlagen meiner Leute.
»Zwei Magazine, vier Granaten«, hörte ich, und »Sechs Magazine! Keine Granaten!«
Keine Panik, wie es schien. Noch nicht.
Eine Kette ist nur so stark wie ihr schwächstes Glied.

Noch standen wir wie ein Mann – eine Gruppe angespannter Kerle in starren Monturen. Dann hörten wir das Stampfen vieler Hufe durchs Unterholz preschen; sie kamen schnell näher, und nun hoben sie auch zu ihren Schlachtrufen an. Es war ein nasses Blöken, das in einem bestürzenden Knurren endete.
Einige Sekunden später sahen wir eine Front Leiber auf uns zu rasen.
Es waren Soldaten, keine Dämonen.
Die Männer rannten panisch auf uns zu, sahen unsere Waffen, die wir im Anschlag hatten, und stoben auseinander. Sie waren vielleicht noch fünfzig Meter entfernt; ich konnte leere, blasse Gesichter sehen, aus denen jede Vernunft gewichen war.
»Nicht raus rennen«, schrie ich, »draußen werdet ihr erledigt!«
Man würde sie für Manifestationen halten und durchsieben, aber sie darüber in Kenntnis zu setzen schien völlig sinnlos. Sie versprengten sich schreiend im Halbdunkel des Geländes.
Hinter ihnen folgten die Angreifer, noch immer nicht mehr als wildes Hufgetrampel, aber ich zählte leise einen Countdown, bis sie in Sicht kamen.
Und sie kamen:
Zehn oder elf Dämonen bildeten die Vorhut. Sie waren allesamt wuchtiger und größer als unsere erste Kuh.
Ihre Augen waren nichts als tiefschwarze, glänzende Löcher

unter gewundenen Hörnern, die aus klobigen Schädeln wuchsen. Auch sie gingen aufrecht, wobei sie sich mit ihren Armen am Boden abstützten wie Gorillas. Fetzen irgendeiner Bekleidung schwangen an ihren wulstigen Körpern; Menschenhaut, erkannte ich einige Momente später. Die Bestien steuerten auf uns zu wie eine gottlose Stampede wahnsinniger Rinder – verdammt, sie *waren* eine Stampede gottloser Rinder – und sie bewegten sich erstaunlich schnell.
Uns trennten noch dreißig Meter von diesen Dingern.
Nur noch dieses eine Mal, schwor ich mir.
»Schießt auf alles, was Hörner hat«, brüllte ich so laut ich konnte, und die Männer schossen.
Tierfred brüllte etwas wie »Achtung, Ananas«, und warf eine Granate in die Mauer heranstürmenden Fleisches. Ich bin mir sicher, dass er lachte.
Der Knall ließ meine Ohren klingeln, aber vier Rinderfressen lösten sich in einer Mischung aus Scheiße, Gedärm und Knochen auf.
Hinter mir schrie jemand, und ich wirbelte herum.
Den Geschminkten hatte es erwischt.
Zwei weitere Löcher hatten sich hinter uns aufgetan; einer der Dämonen stand keine zwei Meter hinter mir; ich konnte mein verzerrtes Gesicht in seinen Augen sehen; das Vieh *hatte* Augen, flackernde Pupillen von schmutzigsilberner Farbe, so tief in den Höhlen, dass sie auf Distanz nicht wahrzunehmen waren, und das war kein Verlust. Er bewegte sich nicht. Nur seine schartigen Nüstern sogen zitternd die stinkende Parkluft ein, wobei eine klare Flüssigkeit heraus tropfte.
Der andere musste direkt auf meinen Kameraden mit der Camouflage-Bemalung losgegangen sein: eines der Hörner hatte von hinten seinen Kopf durchbohrt wie ein Küchenmesser eine Pellkartoffel. Mit dem Horn, das anstelle der Nase aus seinem Gesicht ragte, sah er auf bizarre Weise wie ein exotischer Vogel aus, und seine bluttriefende Brust verstärkte diesen Eindruck nur.
Der Dämon versuchte, den Toten abzuschütteln wie eine Stoffpuppe, um sein Horn frei zu bekommen, und Ströme von Blut sprudelten aus dem Gesicht des Toten.

Armes Rotkehlchen, dachte ich zusammenhanglos, und riss meinen Dolch aus dem Stiefel.
Tierfred hatte keine Zeit verloren – er leerte ein komplettes Magazin in das Ding, während ich den anderen, starr dastehenden Stierkopf ansprang. Ich hörte das kehlige Blöken und sah aus den Augenwinkeln, dass es den Leib des Geschminkten, dessen Namen ich nie erfahren hatte, zerriss. Dann erreichten die Kugeln die Bestie. Ein Schrapnell aus Hornsplittern prasselte an meinen Kevlar- Panzer, während ich betete, dass Tierfred ebenso zielsicher wie sarkastisch war.
Ich hielt ein Horn meines Gegners fest, und stieß mein Messer in die sehnige Kehle der Bestie, während sie meine Brust umklammerte, als sie mich auffing wie bei einem Spiel.
Ich wünschte, ich könnte sagen, es schnitt wie ein heißes Messer durch Butter, aber die Haut des Gehörnten war wie Leder.
Ich riss die Klinge scharf nach rechts, und hörte ein nasses Geräusch, während mein Atem knapper wurde. Eine schwarze, übel riechende Flüssigkeit ergoss sich eiskalt über meine Unterarme. Aber das Biest fiel nicht und es lockerte auch nicht seinen Griff.
War das mein Ende? Ich dachte es.
Der Dämon öffnete seine Schnauze; dicht vor mir sah ich eine Reihe zersplitterter Mahlzähne, zwischen denen verrottetes Gewebe hing. Ich war noch einen Augenschlag vom Paradies der Frömmler oder einem schlichten Tod ohne Empfindungen entfernt.
Ich hörte, wie mein Rucksack geöffnet wurde, dann Tierfreds Stimme hinter mir.
»Hier.« Seine blutbesudelte Hand kam in mein Sichtfeld.
Ich griff zu, stopfte wie wahnsinnig meinen Arm in das Maul des Stierkopfs und spürte die ekelhafte Nässe seiner schwarzen Zunge. Das *Kling!* des abspringenden Rings war kaum zu hören. Ich schloss die Augen und dachte *wenn, dann wir beide*. Ich sah die Granate kurz durch den Schnitt in der Kehle der Bestie auf ihrem Weg nach unten.
Viereinhalb Sekunden.
Der Rumpf des Dämonen explodierte.
Die Detonation bespritze mich mit stinkendem, totem Brei,

riss mir ein Ohrläppchen ab und beraubte mich meiner Augenbrauen und Wimpern.
Ich stürzte, vorübergehend taub, zu Boden und erbrach mich.
Schlimmer als das war allerdings die Erkenntnis, die ich eine halbe Sekunde vor der Detonation gewonnen hatte: *Kein Himmelstor, wenn ich jetzt sterbe. Nur ereignislose, ewige Schwärze.*
Ich hatte überlebt – für den Augenblick. Aber ich hatte auch etwas in den Augen der Bestie gesehen, bevor diese in einer schwarzgrauen Fontäne verschwanden: Ich glaubte, eine öde, gigantische Wüste zu sehen, ohne Schatten, unter einer blutigroten, alles verbrennenden Sonne, die niemals unterging. Ich sah Kannibalismus, Sodomie und einen Glauben, der stärker als meiner zu sein schien.
Ich hoffe noch immer, dass es nur Einbildung war.

Ich sah das Gemetzel um mich herum ohne Ton, als würde ich einen gewalttätigen Stummfilm in Technicolor sehen, während ich halb lag, halb kniete.
Ein abgerissener Körperteil flog mir vor die Füße; keine Ahnung, ob es ein Arm oder ein Bein war, aber es war menschliches Fleisch. Es war blutig.
Mein Kopf war noch immer mit dem Geräusch der Explosion gefüllt; ich konnte ihn kaum bewegen. Als ich an mir heruntersah, bemerkte ich, dass meine Weste zwar in Fetzen hing, mir aber das Leben gerettet hatte. Das Dämonenfleisch darauf hatte sich beinahe vollständig zersetzt. Ich schloss die Augen und wartete auf meinen Tod – oder darauf, dass der Boden zu beben aufhörte.
Ein Schatten über meinem Gesicht.
Tierfred beugte sich zu mir herunter. Seine Lippen formten Worte, die ich nicht hören konnte.
Er fasste sich an den Kopf, griff dann in seine Tasche und tippte einen Text in sein Handy:
Sorry. Hatte keine Granaten mehr. Schlimm, das ich eine von dir genommen habe?
»Nein, Arschloch!«, schrie ich.

Unsere Reihen lichteten sich.

Unser Zug war fast vollständig ausgelöscht – geschlachtet – worden.
Ich rappelte mich auf; Tierfred stützte mich. Einige Minuten später konnte ich wieder etwas hören, nicht viel, aber es ging.
»Wie viele?«, fragte ich viel zu laut.
»Alle, mein Lieber«, erwiderte Tierfred. »Das Problem ist aber ein anderes.«
»Was denn wohl?« Mir war alles egal. Wir waren die einzigen, die noch lebten, zumindest aus unserem Zug. Aber ich sah auch niemanden sonst: keine Soldaten, keine Dämonen.
Tierfred machte ein ernstes Gesicht. »Im Süden des Parks ist ein Heerführer. Ein Berserker, wie es aussieht.«
»Unmöglich!«, blaffte ich. »Die gibt es nicht. Das sind nur Figuren auf Wandteppichen und Steintafeln. Gäbe es die, wären wir schon tot.«
Es existierten Berichte über diese legendären Führer der Dämonenheere, aber gesehen hatte noch niemand einen. Und die Schilderungen erschienen unglaubwürdig. Muskelberge, Fleischfresser, dazu baumlang, geboren, um zu kämpfen. Sie erschienen zu *physisch*, um zu existieren.
»Wenn wir uns nicht endlich bewegen, sind wir das auch. Außerdem gibt's ja wohl auch die anderen«, sagte er ungerührt und ließ seine Hand über die Leichen schweifen, als wären wir in einer *Commercial TV Show*. Das alles schien ihm wenig auszumachen.

»Ich für meinen Teil werde den Kollegen jetzt mal suchen. Ich verrecke lieber hier als am Randstreifen von diesem beschissenen Park, wenn's recht ist. Obwohl ich lieber am Randstreifen krepier als zuhause.«
»Ich sterbe lieber irgendwann bei mir im Bett, entschuldige bitte«, sagte ich.
Er lachte meckernd.
»Irgendwann wäre echt gut. Ich habe Krebs«, lächelte er. »Bauchspeicheldrüse. Mein *Irgendwann* ist demnächst. Da mische ich doch lieber ein paar von dem Pack auf und gebe dabei den Löffel ab. Eine Frage des Stils, oder?«
Ich hatte ihn für jemanden gehalten, der die Ironie in Clint-

Eastwood-Streifen nicht verstand und deswegen immer an vorderster Front war. Ich hatte mich geirrt. Er trug seinen eigenen Dämonen in sich.

»Den Berserker kriegen wir nicht mit unseren Waffen«, sagte ich, »da müssen wir mit dem sakralen Hokuspokus loslegen. Immer vorausgesetzt, es gibt ihn.«
»Jap. Immer vorausgesetzt.«
Wir entleerten unsere Rucksäcke auf den Rasen.
»Hostien«, murmelte Tierfred verstimmt. »Ob der Berserker auch 'n Tässchen Kaffee dazu will?«
»Stimmt. Bringt nichts. Hier!« Ich hatte das gute Zeug entdeckt. Sacrapacs.
Ich hatte die Dinger noch nie ausprobiert; bisher war stets überlegene Feuerkraft Trumpf gewesen – oder ein handfester Exorzismus, den ich jedoch nicht beherrschte.
Sacrapacs waren unter Druck stehende, innen beschichtete Leinenbeutel, die mit einer kleinen Reißleine versehen waren. Im Innern waren angeblich Splitter vom Kreuze Jesu, Aschepartikel des Leibes Franz von Assisi sowie verschiedene Gewürze und geweihte Edelholzspäne. Fest stand: So ein Pac war teuer wie die Sünde, und wir wussten nicht, ob es was brachte. Eine Frage des Glaubens, mit dem es bei mir nicht mehr zum Besten stand.

»Mir wäre es am liebsten, hiermit zu arbeiten«, sagte er und klopfte auf den kantigen, nachtschwarzen Korpus seiner Uzi.
»Hast du überhaupt noch Munition?«
Er fabrizierte wieder sein typisches Lächeln und zog mehrere Magazine aus den Taschen.
»Spare in der Zeit, dann hast du in der Not.«
»Trotzdem: Wir brauchen mehr Sacrapacs«, sagte ich.
Ein Sperrfeuer brachte uns vielleicht etwas Zeit; retten würde es uns kaum.
Wir plünderten die Rucksäcke der Toten.
Dann begaben wir uns in den gefährlichsten Teil der Düsternis.

Unser Kompass wies uns den Weg nach Süden.

Der Park war nicht wirklich riesig, aber wir hatten nichts über ihn recherchieren können, und das wabernde Zwielicht ließ keinerlei Einschätzungen zu. Ich wünschte, ich hätte rasch ins Internet geschaut.
Jede Baumgruppe sah gleich aus, bei keiner Parkbank konnte man sicher sein, sie nicht schon passiert zu haben. Aber trotzdem: Wir waren auf dem richtigen Weg. Ich *glaubte* es.
Tierfred pfiff. Wie üblich schien ihn das alles nicht im Geringsten zu stören.
Ich hingegen spürte meinen eigenen, inneren Kompass. Eine schwer fassbare Panik potenzierte sich Schritt um Schritt, während wir uns weiter durch die Grünanlagen arbeiteten.
»Halt!«, sagte mein Mitstreiter. »Hörst du das?«
Schüsse.
»Wir müssen fast da sein.«
Ich vernahm ein lautes, splitterndes Knacken, gefolgt von einem berstenden Rascheln protestierenden Laubs.
Aus einer Baumkrone etwa dreißig Meter voraus kam plötzlich etwas auf uns zugeschossen.
Tierfred zauberte sofort seine Uzi ans Licht, riss sie nach oben …

… aber was da mit dem Geräusch einer platzenden Melone vor uns aufschlug, war keine Gefahr. Nicht mehr, und für uns nie gewesen.
Ein toter Soldat. Irgendetwas hatte ihn vom Schlüsselbein bis zu den Hoden auseinander gerissen wie ein Brathähnchen, und alles schussfeste Material und aller Glauben hatte ihn nicht davor bewahren können. Seine linke Körperhälfte war bizarr abgespalten, und seine Därme hingen an ihm wie nachlässig angelegte Hosenträger. Wenig Blut. Er musste viel von sich in den starren Ästen der Baumkrone gelassen haben.
Was auch immer das gewesen war, hatte die Kraft, einen Menschen in Kampfausrüstung wie einen Hummer zu knacken und durch die Luft zu schleudern wie ein Spielzeug.
Wir waren da.

Er stand in der Mitte einer diesigen Lichtung.

Das Loch, das ihm den Weg nach oben bereitet hatte, war gigantisch; es war ein Krater, groß genug, darauf ein Haus zu bauen. Die Erde wies verschiedene Stufen der Verbrennung auf; wo er stand, war sie dampfend schwarz, am äußeren Rand glimmte sie noch.
Seine rauchschwarze Haut war über und über mit Narben bedeckt.
Die Nackenmuskulatur arbeitete; ich konnte nicht erkennen, warum, denn sein Rücken war uns halb zugedreht, aber ich sah die rollenden Bewegungen unter dem Zopf krauser, schwarzer Haare.
Er existierte.
Ein Berg von Fleisch, geboren um Dämonen in die Schlacht zu führen.
Zähne und Muskeln. Zähne *und* Muskeln. Etwas anderes konnte ich nicht denken.
Ein Berserker.

Er musste sich nicht wie ein Primat mit den Außenflächen der Hände am Boden abstützen; er schien proportioniert wie ein übermäßig muskulöser Mensch, wenn man von seiner Furcht einflößenden Größe absah.
»Acht Meter, schätz ich«, flüsterte Tierfred, und zum ersten Mal glaubte ich, so etwas wie Angst in seiner Stimme zu hören.
Ich wollte etwas sagen, aber meiner Lunge entwich nur ein schwaches Pfeifen. Meine Panik lähmte mich. Dann drehte der Berserker seinen Oberkörper; sehr unelegant, aber das unglaubliche Muskelspiel ließ mich zittern. Ich wollte nicht hinsehen, aber ich konnte nicht anders.
Der Berserker fraß die Überreste der Soldaten; seine Augen leuchteten rot wie die Positionslichter einer Landebahn – nur, dass sie nicht in die Sicherheit festen Bodens wiesen: Sie führten direkt in echtes Verderben, wenn man zu lange hinsah.
Wenn er abgebissen hatte, warf er die Körper über die Schulter fort.
Eine weitere Leiche krachte durch das Laub eines Baumes.
Tierfred eröffnete wortlos das Feuer. Gras spritzte hoch, und der Berserker drehte den Kopf zu uns.

Wir sahen in das entstellte, schuppige Gesicht eines uralten Kriegers, ein Antlitz, frei von jedem Zweifel, jeder Glaubensfrage.
So viele Zähne.
Ich wuchtete mich hoch und rannte auf die Lichtung zu.
Der Dämon zuckte nicht mal, als ihn die Garben trafen. Er würgte nur ein Grollen aus der Kehle hoch, wobei Fasern menschlichen Fleisches vor seinen Lefzen wehten wie Flaggen.
Tierfred überholte mich, wobei er seine Maschinenpistole nachlud. Sein Blick war entrückt; er war seinem Ziel sehr nah.
Ich schwöre, dass der Berserker lächelte, als er sich mit einem donnernden Satz auf Tierfred zu bewegte. Mein Kamerad schoss erneut.
Eine abgehackte Folge donnernder Laute aus der Kehle des Monsters war die Folge.
Dieser schwarze Alptraum lachte – es klang wie ein herannahendes Gewitter – und Tierfred stimmte ein. Er lachte leiser, aber das änderte nichts daran, dass *sein* Lachen mich mehr ängstigte.
Das belustigte Gekreische meines Kameraden verstummte abrupt, als eine Klaue von der Größe einer Schubkarre die Luft zerschnitt und Tierfred den Kopf vom Rumpf riss.
Er stand noch eine Sekunde regungslos da.
Dann fiel er einfach um.
Ich riss ein Sacrapac auf und ein Duft aus Weihrauch und Blüten erfüllte die Luft.
Es roch ein wenig wie Weihnachten, nur strenger.
Der Dämon schluckte Tierfreds Kopf wie eine Beere; ich hörte ein Knacken, als er darauf biss.
Ich schleuderte das Pac gegen den Berserker, und es machte großartig PUFF, als es auftraf und platze.
Flirrender Staub, ein ziemlich angenehmer Duft, das war's.
Nichts passierte.
Glühende Wut in seinen Augen, als er sich auf mich zu bewegte, wobei seine hässlichen Füße Löcher von beträchtlicher Größe hinterließen.
Ich betete still. Das Ende war nah.
Ich war an den Postkasten gegangen, wie alle, die nun hier im

Park verwesten. Jetzt bekam ich meine Quittung. Keine Ahnung, ob ich der letzte Überlebende war, aber wenn, war es nicht tröstlich.

Die Pranke des Dämonen kam näher, bis sie vor mir schwebte wie eine faltige Wand; ich sah die gelben, scharfkantigen Fingernägel und nahm einen Geruch nach Fäulnis und Erde wahr. Ich schloss die Augen.

Das nächste, was ich hörte, war ein kreischendes Geräusch, gefolgt von einem jaulenden Zischen. Ich glaubte, vertrauten Pulverdampf zu riechen.

Dann löste sich die lederne Klaue vor mir in schwarzen Fleischnebel auf.

Hinter mir brach ein Jeep durchs Unterholz; der Bischof hielt ein Megaphon in der einen Hand, während er sich mit der anderen am Überrollbügel festklammerte. Sein Fahrer, ein dünner Mann in der Kleidung eines gemeinen Pfarrers, sah nicht sehr glücklich aus.

»Deum Creatorem, venite adoremus!« hörte ich die blecherne, aber feierliche Stimme des Bischofs.

Seine Soutane wehte, als ein zweites Geschoss die Panzerfaust des Soldaten verließ. Er lag verzurrt auf der Motorhaube und wirkte hoch konzentriert.

Der Kopf des Berserker, keine fünf Meter von meinem eigenen entfernt, zerbarst in überirdisch orangefarbenem Feuer. Ich schrie wie am Spieß, als die Bestie vor mir zusammen brach. Wäre sie nach vorn gekippt, hätte sie mich begraben. Aber sie fiel nach hinten; so konnte ich noch einen Blick auf ein Stück gesplitterten Rückgrats entdecken, das fahl aus dem Halsstumpf ragte wie ein verkrüppelter Baum. Der Boden erbebte, als der getötete Berserker aufschlug.

»Du lebst, mein Sohn!«, rief der Bischof. Seine Stimme war nicht ganz fest, und was wie eine Feststellung hatte klingen sollen, war in meinen Ohren eine überraschte Frage.

»Stimmt, Hochwürden«, sagte ich nur. Ich hatte keine Augenbrauen mehr, stellte ich tastend fest.

Er stieg vom Jeep und legte mir seinen Arm über die Schulter. Ich roch Alkohol in seinem Atem.

»Mein Akku war leer. Ein Problem irdischer Technik«, sagte er onkelhaft.
Das also war der Grund gewesen, warum mein Handy nur einmal gebrummt hatte.
Das war der Grund, warum wir von den Dämonen überrannt wurden, ohne vorher gewarnt worden zu sein. Eine Sekunde lang stellte ich mir vor, was meine Faust gegen dieses überkrönte, fromme Lächeln unternehmen konnte.
»Dein Ohr sieht gar nicht gut aus«, erwähnte er beiläufig, »aber wir haben das Böse besiegt. An vielen Orten befinden sich die Dämonen auf dem Rückzug.«
Ich sah zum Kadaver des Berserkers hinüber.
»Geweihte Geschosse«, erriet der Geistliche meinen Gedanken, »und zwar vom Heiligen Vater persönlich. Die Projektile mussten speziell graviert und gesegnet werden. Ein Hubschrauber hat sie erst vor einer Stunde gebracht.«
Ich schaute auf die Uhr.
Seit dem Beginn der Angriffe waren sechsundvierzig Minuten vergangen.

Tatsächlich kam es nicht mehr zu Übergriffen oder Invasionen. Die Dämonen verschwanden, aber es gab noch immer Vorfälle verschiedenster Art. Erscheinungen und gewisse Phänomene, die beunruhigend, aber nicht lebensbedrohlich waren. Die Menschen nahmen sie hin und behandelten sie wie Nachbeben: Unheimlich, aber definitiv als abklingend zu betrachten.
Wie Zahnschmerzen, die pochend, aber nicht so schlimm wie vor der Behandlung waren.
Nach und nach würde das alles verschwinden.
Der Bischof wurde zum Papst bestellt. Sowohl der Orden, den er verliehen bekam, als auch die live im Fernsehen übertragene Zeremonie hatten etwas erstaunlich Militärisches.
Ich gab meine Ausrüstung zurück. Man verpflanzte mir etwas Gewebe vom Hintern an mein zerfleddertes Ohr, und wies mich nachdrücklich darauf hin, dass es in meinem Falle keine Exkommunion geben würde. Ich war ein Diener Gottes bis zum Ende meines Lebens, und hatte das Recht, wie ein Priester bezahlt zu werden, beschied man eilig. Der Preis hierfür, wenn

man davon absah, dass ich sowieso keine Wahl hatte, war meine Bereitschaft, für Ordnung zu sorgen. Stimmt, sie kauften mich.
Ich war von Gottes Kanonenfutter zu einer Art Putzfrau des Okkulten geworden.
Für immer.

Das gelbe Garn verschwamm allmählich vor meinen Augen, und ich gönnte mir etwas Ruhe, indem ich einnickte.

Der Tag war fast gelaufen, als ich für eine Sekunde die Silhouette des Pfarrers hinter Milchglas sah, bevor er ohne anzuklopfen eintrat.
»Ich hab was für sie«, lächelte er.
Mein Blick zur Wanduhr entging ihm nicht, aber er ignorierte ihn.
»Wo?«
»Möbelhaus«, sagte er.
»Und was?« Ich war mäßig beeindruckt.
Er legte den Kopf schräg. Wenn er belustigt war, hatte er sich gut im Griff.
»Eine kleine, aber lästige Manifestation. Nichts Bedrohliches, aber ernst genug für den Geschäftsführer des Ladens.«
Komiker.
Ich öffnete meinen Schreibtisch, und entnahm ihm meine Ausrüstung. Eine Gaspistole, ein Kruzifix, eine Art Sprüchebuch, das ich *Best of Bibel* nenne, und ein Sacrapac, die große Wundertüte für Jungs.
Mein Volvo hatte einen guten Tag. Er sprang an. Lobet den Herrn.
Es war bereits dunkel, als ich den Wagen auf den Parkplatz des Möbelgiganten lenkte.
Ich griff mir den Schlüssel, den man mir gegen eine Unsumme von Unterschriften überlassen hatte, und entriegelte die Tür des Personleingangs. Es roch nach Holz, Putzmittel und kaltem Kaffee.
Ich durchschritt langsam den schmalen Gang, vorbei an den Werbepostern, und spähte kurz in den Personalraum.

Ich mag diese Szene-Möbelbuden nicht besonders; wer einem eckigen Stück Holz, das zur Zerteilung von Fleisch vorgesehen ist, einen anderen Namen gibt als »Hackbrett«, hat für mich ein Problem mit der Wahrheitsfindung.
Im Halbdunkel des Aufgangs, der neben der Stempeluhr nach oben führte, sah ich mich um.
Ich spürte allmählich, dass mein Biorhythmus auf Feierabend pochte, und gähnte herzhaft.
Der Parcours begann. Die übliche, inquisitorische Einbahnstraße, die mich zwang, auf vorbestimmtem Weg durchs komplette Gebäude zu latschen.
Welcher Typ war dafür zur Rechenschaft zu ziehen, dass ich bunte Plüschlangen namens »Snögg« passieren musste, ohne es zu wollen? Das hier war buchstäblich eine Geisterbahnfahrt durch eine Welt voller Pressspan und unaussprechlicher Namen.
Ich knipste meine Taschenlampe an – die gute, alte MagLite warf einen grellen Kegel über meinen Weg, aber das machte es nicht aufregender.
Schweigen in der Bettenabteilung.
Büromöbel: Nada.
Pflanzenwelt? Kein Bild, kein Ton.
Dann roch ich es. So unerheblich die hier hausende Manifestation auch sein mochte: Der Geruch machte mir Angst. Es war ein ranziger, alter Gestank; nicht so krass wie damals im Park, aber stark genug, um mich schaudern zu lassen.
Denn eine Komponente dieses Gestanks kam mir bekannt vor.

Hinter mir polterte etwas zu Boden.
Ich wirbelte herum, während ich mein Kruzifix aus meinem Jeanshemd wurschtelte, kam zu Fall und riss dabei eine Anrichte »Guddföllöt« um, wie das vorbeisegelnde Schild mir verriet.
Da!
Eine fahle, übel riechende Gestalt stieg vor mir auf, und ich richtete meine Lampe darauf wie eine Waffe.
Die Manifestation schwebte über mir.
Es war das personifizierte Böse.
Ich konnte keine Gnade erwarten, aber das tat ich nie.

Die Maglite zeigte mir die Details nur zu genau: den starren, bösen Blick, die lackierten Fußnägel, das Frotteekleid mit den Seerosen, der abgenutzte Schrubber.
Es war meine Mutter.
»WEICHE!«, schrie ich, und sie lachte hohl.

Ich hasse diesen Job wirklich.

Strangers in the Night

Der Mann im schwarzen Kapuzensweater war schon lange unterwegs.
Er hätte die Autobahn nehmen können, aber das widersprach seinen Prinzipien: Ein Mann sollte entspannt reisen, mit annehmbarer Geräuschkulisse und abwechslungsreicher Umgebung.
Obwohl sein Arbeitstag noch nicht zu Ende war, lächelte er. Er liebte seinen Job – obwohl er den Terminus »Job« für seine Tätigkeit so banal fand, als würde man Picasso einen Anstreicher nennen.
Es rumpelte wieder, diesmal unterm rechten Vorderrad.
Der CD-Player war gut; trotz der Erschütterung sang Sinatra unbeirrt weiter.
Dennoch verdrehte der Mann die Augen. Dieses ständige Gerumpel lenkte ihn einfach ab.
Frank Sinatra war der Gott der *Crooner*: Ein Sänger, der vierzig Jahre sein Publikum hatte bedienen können, wenn man von dem kleinen Absacker Mitte der Fünfziger absah.
Sinatra war einer der wenigen Künstler – der wenigen Menschen überhaupt – für die er sich erwärmen konnte.
Er war auch der einzige Sänger, bei dem es wenig Sinn machte, im Auto mitzusingen. Man kam sich einfach unzulänglich vor, wenn man versuchte, bei *Ol` Man River* mitzuhalten.
Was er im Alter an Höhen verloren hatte, war ihm an Tiefen zugefallen, und selbst in seinen Sechzigern war Frank Sinatra brillant gewesen, weil er sein Repertoire diesen Veränderungen angepasst hatte.
Ja. So war er gewesen. Gut bis zum Schluss.
Was den Spaß minderte, waren die üblichen Erschütterungen, die alle paar Kilometer durch den Wagen fuhren; daran war allerdings nichts zu machen.

Wieder einmal registrierte der Mann befriedigt, dass der Wagen nach all den Jahren noch immer mild nach Leder roch.
Manche Dinge werden einfach nicht alt, dachte er lächelnd.
»Letztendlich bleibt alles gleich«, murmelte er.

Die anbrechende Dämmerung tauchte die Landschaft in ein milchiges Orange, und die Welt erschien ihm perfekt, obwohl er wusste, dass dem keineswegs so war.
Trotzdem konnte er sich immer wieder für den Anblick des vergehenden Tages begeistern; es war ein fließender, harmonischer Vorgang, den niemand außer ihm zu würdigen schien.
Nicht, dass er erwartete, in der FAZ: »Exklusiv: Heute wieder Sonnenuntergang!« zu lesen, aber es war doch ein beruhigendes und imposantes Beispiel dafür, wie gut der Kreislauf der Dinge funktionierte.
Ihm lag viel daran.

Das Summen des kleinen Faxgerätes fiel in den Instrumentalteil von *Fly me to the Moon*, aber das war nicht weiter tragisch, denn es bedeutete Arbeit.
Es folgte das gleitende Geräusch des kleinen, emsigen Messers, welches das Blatt von der versteckten Rolle trennte.
Man hatte wieder was für ihn; er wusste nicht, wie oft er schon Arbeit mit nach Hause genommen hatte, und es war ihm egal.
Er machte seine Sache schon so lange, dass es sowieso kaum eine Trennung zwischen Arbeit und Vergnügen gab: ein fließender Übergang, wie das anbrechende Zwielicht draußen.
Er stand an der Spitze seines Berufsfeldes. Nein, er *war* die Spitze! Der König der Außendienstler.
Die grüne Diode am Faxgerät, das dezent in die hölzernen Armaturen eingelassen war, erlosch. Der Mann nahm den Streifen und las.
Draußen begann es sachte zu regnen.

Diesmal erwischte es den linken Vorderreifen. Es war, als würde man über einen kleinen Karton fahren, der mit Steinen gefüllt war.
Er zerknüllte das Papier, ließ die Seitenscheibe heruntersurren und die knitterige Kugel wehte in die anbrechende Nacht.
»Thermopapier«, sagte er. Thermopapier vergilbte schnell, wenn die Sonne darauf fiel. Die Schrift verblasste; alles was blieb, war das Papier selbst; was es wichtig machte, verschwand.

Er warf einen Blick auf den kleinen Monitor über dem CD-Spieler.

Nach einiger Zeit tauchte im Dunkel ein Warndreieck auf.
Einige hundert Meter weiter sah er einen Wagen, die Warnblinklichter eingeschaltet, was dem Schauplatz der Panne das Aussehen einer nächtlichen Miniaturkirmes gab.
Der Mann drosselte Sinatras Stimme etwas, schaltete herunter und näherte sich langsam. Am Heck des Autos war die gebeugte Silhouette eines kleinen Mannes zu erkennen, der sich abstützen musste.
Der Wagen selbst ragte in einem flachen Winkel aus dem Graben, als wolle das Fahrzeug ins Erdreich abtauchen. Ein Hinterrad drehte sich träge – der Unfall war soeben erst passiert.
Als er den herannahenden Wagen entdeckte, riss der Mann am Heck den Arm hoch.
Die schwarze Limousine verlangsamte und stoppte.

Eigenartig, dachte der kleine, durchnässte Mann. Er hatte die Marke des herannahenden Fahrzeugs nicht erkennen können, und es auf den Regen geschoben, der diesem Abend eine zusätzliche Komponente der erschwerten Wahrnehmung beschert hatte.
Aber jetzt, als der Wagen stand, war noch immer kein Typ auszumachen. Mercedes?
Die Länge der Karosserie sprach dafür: Was er sah, waren mindestens sechs Meter tiefschwarzes Metall, aber der übliche Stern war nirgends zu entdecken.

Im Inneren der Limousine verstummte Frank. »Machs gut, alter Knabe«, grinste der Mann den CD-Spieler an und stieg aus.
Er ging direkt auf den nassen Mann zu; sein Lächeln eilte ihm voraus.
»Guten Abend. Sie haben ein Problem, hm?«, sagte er mit einer kleinen Geste auf das verunfallte Fahrzeug.
»Danke, dass Sie angehalten haben. Das passiert nicht oft. Ich muss die Karre wohl rausziehen lassen – und dafür brauche ich

ein Telefon. Irgendwie hab ich nicht das Gefühl, dass an dieser Straße irgendwo Notruftelefone stehen.« Sein Mantel hing an ihm herab wie eine nasse Zeltplane. Er zog eine freudlose Grimasse, sein Gesicht gekalktes Pergament unter teuren Brillengläsern.
»Dieses Gefühl trügt Sie nicht«, sagte der Mann im Sweater, während er den Reißverschluss hochzog.
»Diese Straße ist sehr lang, und sehr … einsam.«
»Mir ist schlecht geworden«, sagte der nasse Mantel und streckte seine Hand vor. »Koch. Knut Koch.«
»Hocherfreut«, erwiderte der Mann im Sweater schlicht, und ergriff die kalte Hand.
»Sie haben nicht zufällig ein Handy dabei, Herr …?«
»Nein. Bedaure. Aber ich kann Sie mitnehmen.« Sein Blick fiel auf das vermeintlich abtauchende Auto. »Genau genommen muss ich sogar. Ich kann Sie schlecht hier stehen lassen, was?«
Koch blickte sehnsüchtig in den Innenraum der schwarzen Limousine, der von einem diffusen Leuchten erfüllt war.
»Das wäre fantastisch.«
»Und absolut erforderlich«, nickte der andere ernst.

Das Leuchten im Innenraum der Limousine rührte von einer großen Anzahl technischer Geräte her, stellte Koch fest. Er sah eine ziemlich gute Musikanlage, eine Menge glimmender Knöpfe und Monitore, die wie Navigationssysteme aussahen.
Alles war geschmackvoll in die Armaturen integriert; zum Fahrer des Autos passte es dadurch allerdings nicht besonders.
Sein Retter war ein Mann unbestimmbaren Alters, mit einem Gesicht, das wie dafür geschaffen schien, unverzüglich wieder in Vergessenheit zu geraten.
»Wow! Das nenne ich Komfort. Sind Sie Vertreter oder so was?«
»Nein«, lächelte der Fahrer, drückte einen der glimmenden Knöpfe und fragte dann: »Mögen sie Sinatra?«
Koch wollte nicht unhöflich sein; er wählte die freundliche Variante von Ehrlichkeit.
»Ich mag Country. Aber meine Frau ist ein Fan von Frankieboy. Sie hört immer *My Way*, wenn sie näht.«

Das Gesicht des Mannes am Lenker verzog sich fast unmerklich – aber eben nur fast.
»Sinatra hat das Stück gehasst. Er fand es zu schwülstig und aufgesetzt. Außerdem besingt er damit quasi seinen eigenen Tod.« Er schüttelte leicht den Kopf, und sah Koch direkt an. »Und er hat garantiert nicht solche pathetischen Verse von sich gegeben, als er starb.«
»Wohl kaum«, nickte Koch unbehaglich. Wahrscheinlich hatte er auch nicht *New York, New York* beim Scheißen gesungen, dachte er trotzig, aber war das ein Grund, sich angegriffen zu fühlen? Er hatte es hier weniger mit einem Fan, als mit einem Fetischisten zu tun, ging ihm auf.

Die Limousine rollte an. Es war kein Motorengeräusch zu hören. Das war auch nicht zu erwarten gewesen; der Wagen musste sündteuer gewesen sein; die Fahrerkabine hatte eher etwas von einer eleganten Lounge.
»Na ja«, meinte der Fahrer, jetzt wieder ganz der gute Gastgeber, »wenn's für Sie in Ordnung ist, lassen wir Mister Sinatra für sich selbst sprechen.«
Während er dies sagte, hatte die Musik bereits eingesetzt; von *wenn's für Sie in Ordnung ist* konnte also kaum die Rede sein – aber Knut Koch war dankbar, im Warmen zu sitzen, egal ob ein Liebhaber antiquierter Swingrelikte den Wagen lenkte oder nicht.
Koch fühlte sich nicht besonders. Das war auch der Grund, warum sein Auto nun eine Rampe für reisewillige Kröten geworden war, statt mittlerweile in der Garage zu stehen, während der Motor knackend auskühlte. Ihm war grottenschlecht geworden, dann schwarz vor Augen.

»Könnten Sie mir sagen, wie spät es ist? Meine Frau macht sich bestimmt Sorgen.«
Der Mann in der Kapuzenjacke berührte kurz den kleinen Monitor über dem CD-Schacht, und eine erdrückende Kolonne kobaltblauer Ziffern erschien.
»Alles noch im Rahmen.«
Koch stellte irritiert fest, dass das Display eine Menge Zahlen

anzeigte. Er konnte allerdings nicht ausmachen, wie spät es denn nun war.
»Interessante Uhr. Funkgesteuert?«, fragte Koch.
»Ja. Ein unerlässliches Arbeitsmittel.«
Koch wunderte sich – ein Auto voller High-Tech-Schnickschnack, aber kein Telefon? Und die effektive Uhrzeit? Mit dem Kerl zu reden war, als würde man einen Pudding an die Wand nageln.

Eine Zeitlang glitten sie einfach nur so dahin; Koch war nicht in der Lage festzustellen, wohin sie fuhren.
Oder wo sie waren.
Irgendwo an der Front des Fahrzeugs rumpelte es.
Kochs Zähne schlugen durch die Erschütterung leise klickend aufeinander.
»Oho«, sagte er, »Schlagloch.«
Der Fahrer hatte den Blick starr auf die Straße gerichtet, die dunkel vor ihnen lag, als er antwortete.
»Ein Hase.«
Koch lachte nervös meckernd auf. »Unsinn.«
»Es *war* ein Hase. Das passiert andauernd.«
Die Stimme des merkwürdigen Fahrers war tonlos, fast gelangweilt; trotzdem – oder gerade deswegen – glaubte Koch ihm.
Die Bestätigung dafür bekam er durch den entspannten Blick des Fahrers, den dieser ihm nun zuwarf.
Koch hatte darüber hinaus noch etwas festgestellt: Er konnte sich das Gesicht des Mannes mit dem Kapuzensweater nicht einprägen, so sehr er es auch versuchte.
Er sah ihn an, betrachtete das glatte, nichts sagende Gesicht des Mannes, sah das dunkle, kurze Haar und fast schwarze Augen – und wenn er wieder aus dem Fenster blickte, erlosch das Bild sofort. Übrig blieb ein wabernder, schwarzer Fleck über einer Baumwolljacke mit Kapuze, aus der zwei Kordeln baumelten.
Irgendetwas war nicht in Ordnung. Ganz und gar nicht. Und es hatte nichts damit zu tun, dass Sinatra *My Way* verabscheut hatte. Es hatte vielmehr mit toten Hasen, verblassenden Ge-

sichtern und blinkenden Uhrzeiten zu tun. Uhrzeiten aus vielleicht allen Zonen der Welt, von denen Knut Koch sich nicht vorstellen konnte, welchen Nutzen sie auf einer dunklen, sich scheinbar nicht verändernden Landstraße boten.
»Machen Sie sich mal keine Sorgen«, unterbrach der andere seinen Gedankenstrang, »wir sind bald da.«
Erneutes Poltern.
Sinatra intonierte *One for my Baby,* der Mittelstreifen der nächtlichen Fahrbahn tauchte auf, verschwand unter dem Fahrzeug, erschien wieder, verschwand …
»Noch einer. Hasen sind verhältnismäßig dumm«, sagte der Fahrer.
Koch schwieg. Er vermied es, rüber zu sehen. Er vermied es auch, Fragen zu stellen. Er wollte keine Antworten.
»Sie können es nicht abwarten. Ein Tier differenziert nicht zwischen müssen und können. Optionen scheinen völlig an ihnen vorbei zu ziehen. Wirklich, Herr Koch: Die Biester peilen es nicht. Menschen schon. Ist auch gut so. Was wäre es sonst für ein Tohuwabohu, oder?«
Koch nickte zum Fenster hinaus. Es war immer noch die gleiche Straße, gesäumt von den vorbeihuschenden Schemen irgendwelcher Bäume.
So fuhren sie weiter und weiter.
Gelegentlich war ein dumpfes, kurzes Knacken zu hören, wenn wieder ein Tier unter die Räder geraten war, aber ansonsten war nichts zu vernehmen als Frank Sinatras Stimme, die erst Songs von den Reprise-Alben, dann Sachen aus der fruchtbaren Phase mit Quincy Jones und von Gags unterbrochene Ratpack-Husarenstücke sang.

Die Straße veränderte sich nicht, solange sie auch lautlos durch die Nacht glitten.
»Meine Frau wird mich suchen. Sie hat sicher schon die Polizei angerufen«, sagte Koch irgendwann. Seine Stimme gab dabei nicht vor, trotzig oder wütend zu sein. Sie klang einfach nur müde.
»Machen Sie sich keine Gedanken wegen ihrer Frau. Sie ist im Bilde. Das Schlimmste ist vorbei.«

In der Ferne war ein gleißender Punkt zu erkennen. Es war unmöglich zu schätzen, ob es ein Stern oder ein entgegenkommendes Fahrzeug war.
Nur: Für einen Stern war es entschieden zu nah an der Straße, und Autos waren ihnen schon lange keine mehr entgegen gekommen.
Genau genommen überhaupt nicht.
»Was passiert mit mir?« Über Kochs Denken hatte sich eine dunkle Schablone der Hoffnungslosigkeit gelegt; er wusste es.
Die eine Frage, die man niemals – und niemandem – stellt, wird letztendlich doch immer beantwortet.
»Die Frage sollte lauten: Was *ist* mit Ihnen passiert? Die Vergangenheitsform erscheint angebracht.«
»Ich hatte einen Unfall. Ein absolutes Kinkerlitzchen. Warum fahren wir hier stundenlang diese Straße entlang? Ich benötige ein Telefon, keine Belehrungen über verbale Spitzfindigkeiten, oder nicht?« Koch rieb sich die Augen und fügte dann sinnlos hinzu: »Ich bin im ADAC.«
Der helle Punkt war etwas größer geworden; er strahlte in den Nachthimmel, glaubte Koch zu beobachten.

»Wir sind gleich da«, erwiderte der Mann, dessen Gesicht nun auch waberte, wenn man hinsah. Im Rückspiegel reflektierte dieses Wabern, bemerkte Koch, und in der verschwimmenden Schwärze spiegelte sich der gleißende Punkt, der nun zu einem winzigen Viereck angewachsen war.
»Zu Ihrer zweiten Frage: Wir sind nicht stundenlang unterwegs. Aber das ist auch schwer zu schätzen, wenn man Landstraßen befährt, oder?«
Koch hatte zu weinen begonnen. Nicht, dass er traurig gewesen wäre, zumindest nicht um seiner selbst willen. Er war verzweifelt, weil andere wegen ihm hatten wehklagen müssen. Die Tränen flossen seine Wangen hinab, salziges Sekret auf pergamenter Haut. Haut, die keine Sonne mehr kannte, seit … Wie lange?
»Vier Monate«, kam es aus der Schwärze über der Kapuzenjacke.

Der Wagen verlangsamte sich.
Das Viereck, sah Knut Koch nun, war eines von zwei hohen Toren.
Während das Rechte so hell war, dass man nicht hinein sehen konnte, lag das andere im Dunkel.
Vor dem hellen der beiden Portale sah er Gewusel. Ein Marschieren vieler kleiner Beine.
Ganze Scharen von Kaninchen, Igeln und Fasanen bewegten sich auf das strahlende Portal zu.
Hier und da war auch die buschige Rute eines Fuchses zu erkennen, der unsicher auf die Öffnung zutapste.
»Fabeln. Der totale Blödsinn. *So* clever sind Füchse nun auch wieder nicht«, kam es trocken aus dem Wabern.
Der Player spielte *Angel Eyes*, Franks große Abschiedsnummer.
Das Tor ins Licht verschluckte die Tiere gruppenweise, sah Koch. Gerade noch waren sie da, dann verschwanden sie einfach. Die verbleibenden Tiere rückten eifrig nach. Koch schätzte sie auf einige hundert.

»*Angel Eyes*, genau. Nicht *My Way*. *Angel Eyes* hat Sinatra echt geliebt«, sagte Kochs Chauffeur begeistert.
»Was war es?«, fragte Koch. Er konnte nicht anders.
Dem fahrenden Mann war klar, dass er nicht den Song meinte.
»Ein Blutgerinnsel. Es hat Klick gemacht. Als würde man das Licht ausschalten.«

Koch entstieg dem Wagen.
Es war sehr kalt, selbst in der Nähe des Tores.
Er ging darauf zu; dann vernahm er das Geräusch eines elektrisch herunter gleitenden Fensters.
»Koch!«
Er drehte sich um.
»Sie waren nicht übel. Nicht so wie Sinatra, aber nicht schlecht. Gefasst. Nehmen Sie das rechte Tor. Immer schön ins Licht, okay?«
Er blickte an den Toren hoch. Dreißig Meter, oder? Ja. Mindestens.
Aber die Tiere waren zuerst dran.

Vor dem dunklen der beiden Portale sah er etwas, das wie Reisig aussah; es waren ganze Hügel.
Als er näher hinsah, erkannte er, was es war.
Zierliche, spitze Schädelchen ragten aus bleichen Röhrchen blanken Gebeins heraus. Eine fast körperliche Finsternis hüllte das riesige Quadrat des anderen Durchgangs ein, und weil es nicht einladend oder anziehend wirkte, nahm es offensichtlich alles, was es kriegen konnte.
Es war das falsche Tor. Wirklich sehr falsch.
Das Portal des großen Spielers.
Manche Tiere waren tatsächlich dümmer, als man glaubte.
Er hoffte, dass seine Frau nicht Trost im Kauf eines Haustieres suchte.
Er wandte sich ein letztes Mal um. Der Wagen war noch immer da.
»Was hat Sinatra gesagt?«
Der Mann im schwarzen Kapuzensweater legte den Kopf schief. Er hielt ein Stück Papier in den Händen. Er murmelte einen Namen, zerknüllte das Blatt und warf es aus dem Fenster. Dann sah er auf.
»Er war schon sehr entspannt. Sie waren auch nicht übel, aber Sinatra …«
Koch spürte nun auch den Sog des Portals. Es wurde Zeit.
»Was denn?«, rief er.
»Machs gut, alter Knabe.«
»Das hat er gesagt?«
»Das hat er gesagt.«
Dann fuhr das Fenster hoch.

Inspiration

Lasst, die ihr eingeht, alle Hoffnung fahren.
In dunkler Farbe sah ich diese Zeilen
Als einer Pforte Inschrift. Drum begann ich:
O teurer Meister, düster ist ihr Sinn mir. -
Er aber sprach, das Rechte wohl erfassend:
Absagen musst du jeglichem Bedenken
Und jeden Kleinmut hier in dir ertöten.

Dante Alighieri, Die göttliche Komödie

Der Doktor schloss die Tür auf, trat sich den Schnee von den Stiefeln und hängte seinen Mantel an den Haken. Der Dezember 1844 war frostiger als im Jahr davor.
»Kalt«, sagte er mehr zu sich selbst und rieb sich die Hände. Ein langer Tag lag hinter ihm.
Die Silhouette seiner Frau erschien hinter dem bunten Glas der Salontür.
»Guten Abend, mein Lieber«, sagte sie und küsste ihn auf die Wange, wobei sie den Schal von seinen Schultern zog.
»Guten Abend.«
»Hattest du einen guten Tag?«
Er schüttelte den Kopf, eine Geste, der durch das Eis in seinem Bart und den Brauen eine gewisse Ruppigkeit verliehen wurde.
»Heute nicht. Könntest du mir das Kaminzimmer vorbereiten? Schläft unser Sohn?«
Sie nickte. »Tief und fest, schon seit Sieben.«
Sie sah ihm in die Augen. »So schlimm?«, fragte sie dann, erhielt aber keine Antwort.
Der Doktor winkte ab, als seine Frau ihn fragte, ob er noch etwas zu essen wünschte. »Ich kriege heute nichts runter. Sieh noch einmal nach dem Jungen.«
Seit er in der Heilanstalt arbeitete, hatte er abgenommen, fand seine Gattin, hatte jedoch bei der Erwähnung dieses Umstandes stets nur eine unwirsche Bemerkung geerntet.
Er sah krank aus, als würde ein dünner, fiebriger Derwisch in

seinem Innern tanzen und toben. Seine Augen glänzten feucht, und trotz aller Fülle schien sein Gesicht eingefallen.

Auch erzählte er nie von seiner Arbeit in den Mauern der Anstalt. Keine Krankengeschichten, keine kleinen Anekdoten. Selbst damals, als er für die Stadt Leichen begutachtet hatte, war er zugänglicher und gesprächiger gewesen. Jetzt kehrte er erst spät am Abend heim, und je länger er dort arbeitete, desto verschlossener wurde er.

»Likör?«

»Ja, bitte. Und meine Pfeife.«

»Darf ich?« Die Frau des Doktors griff nach der braunen Ledertasche, die der Arzt noch immer in der Hand hielt.

»Nein. Ich brauche sie noch. Nur den Likör bitte.«

An der Schwelle zum Kaminzimmer drehte er sich noch einmal um.

»Ach, Liebes: Papier. Ich benötige eine Feder und einen Stapel Papier, bitte.«

Der Doktor legte sich die karierte Decke über die Knie, schwenkte den Alkohol im Glas und starrte in den Kamin. Von Zeit zu Zeit nahm er seine Pfeife, um daran zu ziehen.

Er drehte die Gaslampe etwas herunter, und der eben noch recht hell erleuchtete Raum verschwamm in mildem Zwielicht; die Schatten wurden weicher. Er griff zur Karaffe und schenkte sich nach.

Der Sieg des Geistes über den Körper, dachte er, konnte aber noch immer nicht das Zittern seiner Hände abstellen.

Es hatte schon am zweiten Tag nach Antritt seines Dienstes in der Anstalt begonnen: zuerst ein unbewusstes, nervöses Vibrieren in den Fingern, das er auf die Aufregung seiner neuen Aufgabe schob, dann ein klares, unverschämtes Zittern, das er nicht mehr ignorieren konnte.

Er schloss halb die Augen, um die Ruhe einzulassen, aber statt des Friedens kam nur die Erinnerung, der ungebetene Gast.

Seinen ersten Gang durch das Gebäude musste er nicht allein antreten. Professor Schnittler begleitete ihn über die geschrubbten Flure und referierte kurz vor jeder der Türen.

Der Doktor lugte durch die erste Klappe.
»Katatonisch«, sagte der Professor gelangweilt, wissend, dass sein neuer Doktor, angestellt zur rein physischen Untersuchung seiner Geisteskranken, nichts weiter erblickte als eine reglose Gestalt in festem Leinen, die Arme am Körper verzurrt.
»Die Schwestern kümmern sich um ihn. Der ist kaum was für Sie, wenn er nicht gerade schreit. Aber auch dann regelt das Personal fast alles.«
Sie gingen weiter, vorbei an kräftigen Pflegern mit Wischeimern und Schwestern in gestärkten, aber angeschmutzten Uniformen.
Ab und an hielt der Professor an einer der verriegelten Türen, ließ den Doktor einen Blick hineinwerfen und gab eine knappe Beurteilung ab.
»Ein schöner Trubel hier«, sagte der Doktor, der es bisher nur mit Toten oder Kranken, nicht aber mit Wahnsinnigen zu tun gehabt hatte. Er wollte abgebrüht wirken, so unbeteiligt, wie es in einem Komplex, der von dem Jammern und dem Schreien verlorener Seelen erfüllt wurde, möglich war.
»Ja, allerdings«, erhielt er zur Antwort.

»Ein schöner Trubel«, murmelte der Doktor, und griff erneut zur Karaffe, die nun beinahe halb geleert war.
Ein schöner Trubel, hatte er dann festgestellt, war so wenig auf dieses Asyl zutreffend, wie es als Titel für ein Bild von Hieronymus Bosch zu gebrauchen war.
Er leerte sein Glas zu schnell; ein Hustenanfall schüttelte ihn durch, aber den war er bereit, hinzunehmen. Das wichtigste war, schnell zu trinken.

Er hatte am selben Tag begonnen, die Ärmel hochzukrempeln. Fieberanfälle auf der Station der Harmlosen, jener armen Teufel, die sich nur weinend im Kreis drehten. Einige Durchfälle bei den Gefesselten, ein echtes Problem, weil Ruhigstellung und Hygiene nicht immer in Einklang zu bringen waren.
Er eilte von Etage zu Etage, seine Tasche stets dabei, verabreichte Digitalin, maß Fieber und hörte die überwiegend gesunden Herzen von Menschen mit kranken Hirnen ab.

»Herr Doktor! Herr Kollege!«
Die Stimme hallte schneidend über den Flur.
Der Doktor drehte sich um und sah am Ende des Ganges die hagere Gestalt des Professors, der Kittel blütensauber, den Arm schwenkend.
»Ein Problem?«
Der Professor schnaufte, kniff kurz und eigentümlich die Augen zusammen und sagte dann:
»Es tut mir leid. Wir müssen in den Keller.«
Der Doktor runzelte lächelnd die Stirn. »Was bitte tut Ihnen leid daran?«
»Es ist unser Patient dort. Er verlangt nach einem Arzt.«
»Verstehe. Aber im Keller? Ich wusste nicht, dass wir dort einen Kranken haben. Gehen wir.« Der Doktor griff seine Tasche fester, lächelte mild und schritt voraus, hoffend, dass der Professor ihn überholte, denn trotz aller Entschlossenheit, die zu demonstrieren er bereit war, kannte er doch nicht den Weg nach unten.
Nach einigen Schritten merkte er, dass ihm sein Oberarzt nicht folgte.
»Es ist nicht so leicht, wie Sie denken, lieber Kollege«, flüsterte der Professor.
»Nun, wenn ihm was fehlt, werden wir es sicher finden. Obwohl mir eine Unterbringung Kranker im Tiefgeschoss wirklich neu ist.«
»Das Problem …« Der Professor holte Luft, »das Problem ist nicht, dass der Mann nach einem Arzt verlangt. Wir haben hier einige, wie Sie wissen. Er verlangt nach Ihnen.«

Der Doktor schraubte die Lampe noch etwas herunter.
Diesmal ging es ihm nicht um Heimeligkeit, sondern um die Droschken, die durch den Schnee auf Frankfurts Straßen zur Langsamkeit gezwungen waren.
Ein Passagier könnte durchs Fenster schauen.
Er entriegelte seine Tasche, ließ sie aufgähnen wie das Maul eines seltsamen Fisches und griff in ihr ledernes Dunkel. Ein Fläschchen kam ans Licht, gefolgt von einer stählernen Kolbenspritze.

Als er die Nadel durch die dünne Haut auf dem Fläschchen stach, fiel sein Blick auf den Stapel Papier.
Likör, eine Karaffe. Die schwarze Fee in der Spritze.
Und Papier, eine Feder.
Mancher Mensch würde denken, er steigerte sich vom Zerstörerischen ins Harmlose.
Der Doktor musste das anders sehen; das Schlimmste kam erst noch.

Sie marschierten mit festen Schritten die Treppe ins Halbdunkel des Kellers hinab, und der Doktor konnte nur unbehaglich staunen.
Wo in den oberen Etagen gelber Putz an den Wänden war, sah er hier nur nacktes Gestein.
Der Boden war nass; auf den Stufen war ihnen ein bulliger Mann entgegen gekommen, der einen Schlauch aus stabilem Leinen hinter sich her zerrte wie eine widerspenstige Schlange.
Wo oben massive, wenn auch hölzerne Türen waren, glänzte hier blanker Stahl in Form von Gittern vor dunklen Räumen und Körben, die an der Decke festgezurrt waren.
Der Gestank war eine machtvolle Symphonie aus Urin, Kot und dem verschwitzten Elend der Trostlosen.
»Wie viele haben wir hier?«
» Nur einen«, flüsterte der Professor, was nicht recht zu seinem sonst so forschen Auftreten passen wollte. »Er ist hier.«
Er holte einen schweren Schlüssel hervor, entriegelte das Schloss und stieß die Tür mit einem Ruck auf.
Merkwürdig, dachte der Doktor noch, er hat nicht durch die Luke geschaut, warum hat er nicht …
Dann traten sie ins Innere des Raumes, der sich als Kerker erwies.
Es roch wie in einem Grab. Schaben huschten über den Boden der Zelle, die hell erleuchtet war, und in der Mitte stand, einem Thron gleich, ein schwerer Holzstuhl.
Die massiven Beine des Stuhls standen in einer Lache sauren Urins, wie der Doktor sofort mit geschultem Blick erkannte. In der Pfütze spielten die nackten, schorfigen Füße einer Gestalt, die auf dem hölzernen Thron festgekettet und verzurrt war.

»Mein Gott«, murmelte der Doktor, der schon Leichen und Cholerakranke inspiziert hatte; der amputierte, ohne zu Zögern; schnitt, ohne zu zweifeln.
»Guten Abend, die Herren.«
Die Stimme des Gefesselten klang wie brechendes Holz.
Der Professor hatte eine Eisenstange, an deren Ende eine Art U geschweißt war, ergriffen.
»Guten Abend«, sagte der Doktor mit tauber Zunge, wobei seine Höflichkeit den Schock dessen, was er sah, übersprang wie ein Pferd eine brennende Hürde.
Die Kreatur auf dem Stuhl war weiß wie ein Fischbauch; unmöglich zu sagen, ob durch den Mangel an Tageslicht oder von der Natur gegeben. Langes, struppiges Haar hing verfilzt über die Schultern, stand irrwitzig in die Luft und wirr von den Seiten des Kopfes ab. Unmengen von Haaren in der Farbe toten Seetangs. Seine Augen leuchteten fiebrig.
Der Gefangene bewegte seine Finger unter geschmiedeten Ketten, und der Doktor sah, dass beide Daumen fehlten; die Wunden nässten und schienen frisch.
»Was fehlt … Ihnen?« fragte der Doktor atemlos und ohne die Gestalt zu genau zu betrachten. Er wusste nicht, ob er bereit für noch mehr Entdeckungen war.
Ein glucksendes Lachen entwich der Kehle des Gefangenen, und unregelmäßige, aber kräftige Zähne kamen zum Vorschein.
»Ich fürchte, ich habe mir den Magen verdorben, Doktor«, sagte das bleiche Ding auf dem Stuhl. »Das Essen hier ist nicht allzu gut.«
Er wandte sich dem Professor zu und bemerkte, dass dieser zitterte; Schweiß lief in dünnen Rinnsalen über sein Gesicht.
»Professor?«
Statt einer Antwort preschte Schnittler vor und drückte die stählerne Gabel gegen den Hals des Gefangenen.
»Du verdammte Bestie!«, schrie er, und seine Knöchel traten weiß hervor, als er die Stange noch fester umklammerte.
Der Gefesselte stieß einen Laut aus, der Schmerz, aber auch Belustigung bedeuten konnte: ein kehliges, ansteigendes Hecheln, während er den Professor aus flackernden Augen fixierte.

Schnittler war von Sinnen vor Hass, erkannte der Doktor schockiert. Hass, und wie es schien, auch Angst, die nicht in der Lage war, diesen Hass zu verdünnen.
»Lassen Sie ab, Herr Professor! Sie bringen ihn ja um!«
»Und?«, keuchte dieser, »wäre es ein solcher Verlust? Dieses Vieh zu töten?«
Es war eine Sache, einen schwer Geisteskranken – und das musste der Gefesselte sein, sonst wäre er kaum hier – zu verhöhnen, bedenklich, aber im Angesicht aller Mühen verständlich. Ihn zu ermorden war eine andere, und der Doktor war hier, um eine Krankheit zu behandeln, nicht, um seinem kopflosen Mentor bei einem Verbrechen zuzusehen. Er ergriff seinerseits die Stange und versuchte, sie dem Professor aus den Fäusten zu winden.
»Lassen Sie los, verdammt!«, flüsterte er.
Sie rangen, wobei sie einen ungelenken Tanz auf dem glitschigen Boden vollführten. Der Doktor war kräftiger. Zwar entriss er Schnittler nicht die Stange, konnte ihn aber bis zur Tür zerren, hinaus auf den Gang.
Kaum auf dem Flur des Kellers und außer Sichtweite des Gefangenen, ließ der Professor die Stange los und sie fiel klirrend zu Boden. Er atmete schwer.
Aus der Zelle erklang die Stimme, diesmal schrill wie Glas, das man über eine Tafel zieht:
»Denken Sie an mich, Doktor. Mein Mageeeeen!«
»Was ist mit seinem Magen? Und warum hat er mich gerufen? Er kann mich nicht kennen. Ich zumindest kenne ihn ganz sicher nicht!«
Der Professor blickte nicht auf, als er antwortete.
»Ich weiß es nicht. Aber gerufen hat er Sie nicht wegen seines Magens, nicht direkt zumindest. Sie müssen verzeihen, aber aus Gründen, die Sie noch verstehen werden, kann ich nicht an mich halten, bei Gott. Ich kann es einfach nicht.«
»Weswegen rief er dann? Was geht hier vor sich? Was hat er getan, das Sie ihn derart verabscheuen?«
»Dazu komme ich noch. Aber zuerst: Wir haben ihn erst heute Morgen in Ketten legen lassen. Vorher trug er nur Handfesseln und Leibriemen. Es ist wegen seiner Daumen.«

»Was meinen Sie?«
Der Professor hatte eine Wandlung vom Arzt zum Berserker durchgemacht, ohne dass der Gefangene einen Anlass dazu gegeben hätte, sah man von seiner reinen, verstörenden Existenz ab, und das verstörte den Doktor mehr als der lachende Nachtmahr.
»Was ist mit seinen Daumen, Professor?«
»Er hat sie sich heute morgen abgebissen.«
Die Augen des Doktors weiteten sich. Was waren das für Schmerzen gewesen? Wie unfassbar weh musste das getan haben? Konnte sich ein Mann überhaupt die Finger durchbeißen, oder würde der Beißreflex im Kiefer versagen, einfach nicht gehorchen? Wie viel reine Willenskraft war erforderlich?
»Warum hat er das getan?«, fragte der Doktor, obgleich er wusste, dass diese Frage bei einem Geisteskranken sinnlos war. Eine Antwort erhielt er dennoch:
»Nachdem seine Daumen abgetrennt waren, hat er sie geschluckt.«

Seine Hände waren kräftig, und so wie er vor einigen Tagen die Stahlstange ergriffen hatte, schloss er nun seine Faust um seinen eigenen Arm, dicht über dem Ellenbogen.
Die Vene trat hervor.
Der Doktor schlüpfte mit seinen Fingern durch die Ringe der Spritze, dann drückte er etwas Flüssigkeit heraus, um Lufteinschlüsse zu vermeiden. Im Kaminzimmer war es fast dunkel, als er die Nadel in seinen Arm stach.
Die Karaffe enthielt nunmehr nur noch genug Likör für ein letztes Glas. Mehr würde er nicht brauchen, denn die Arbeit, die vor ihm lag, erlaubte keine Pause, keine Erfrischung.
Er spürte das Morphium durch seine Adern schleichen, und mit diesem Gefühl stellte sich auch die Erkenntnis ein, dass er die Schatten genug würde zügeln können, um seine Arbeit zu verrichten.
Er griff zum Papier. Seine Hände zitterten nur noch ein wenig.

Der Professor hatte in seinem Büro, einem kalten Raum voller anatomischer Schautafeln, seine alte Beherrschtheit zurück

erlangt.
»Ich nehme an, er hört uns durch die Abluftgitter in den Zimmern«, sagte Schnittler und wies auf eine Öffnung an der Wand.
»Daher kennt er Ihren Namen. Ich versuche seit einigen Jahren, ihn zu studieren, aber es ist schwierig. Er verhält sich an manchen Tagen fast liebenswürdig, aber an anderen ...«
Er bewegte sachte die Hand.
»Warum bringt er Sie so aus der Fassung?« Das war eine heikle Frage, wusste der Doktor: Seinen Mentor und Brötchengeber analysierte man nicht, und für Schnittler schien dies doppelt zu gelten.
»Es sind seine Taten. Wissen Sie, wer er ist?«
»Offen gestanden«, entgegnete der Doktor, wobei er seinen Blick durchs Zimmer schweifen ließ, »wusste ich nicht mal, das so jemand existiert ... hier.«
Professor Schnittler faltete seine Hände auf dem Tisch und sah den Doktor direkt an.
»Erinnern Sie sich an die Vorfälle einundvierzig, hier in Frankfurt? Die verschwundenen Kinder?«
»Sicher«, antwortete der Doktor mit hochgezogenen Brauen, »der Fall Petermann. Ehemaliger Priester, hat fast vierzig Kinder aus Betten, Kliniken und Kinderheimen entführt und sie dann getötet. Vermutet man. Endete zweiundvierzig auf dem Schafott. Wer kennt diese Geschichte nicht? Hat unser Patient etwas damit zu tun?«
»Hat er. Er ist Petermann.«
»Unmöglich«, erwiderte der Doktor, der einen erneuten Ausbruch Schnittlers befürchtete, denn dieser war, während er sprach, aufgestanden, und sein Gesicht hatte sich gerötet.
»Das war nur für die Öffentlichkeit. Oder haben Sie auch nur ein einziges Bild gesehen, einen einzigen Bericht von der Hinrichtung in die Finger bekommen?«
»Nein. Aber ich habe die Sache auch nicht im Detail verfolgt. Denn ...«
»Sie sind gegen den Tod durch staatliche Hand. Ich weiß. Und das ist gut.«
»Ich verstehe kein Wort, Herr Professor.«

Der Professor nickte.
Eine lange Pause trat ein.
»Natürlich nicht«, fuhr er fort. »Die Frankfurter wollten Petermanns Kopf in einem Weidenkorb sehen, aber das Gericht ordnete an, dass er unter Ausschluss der Öffentlichkeit gerichtet wird. Trotzdem gibt es meistens irgendwelche Augenzeugen, die bereit sind, gegen eine Handvoll Münzen zu erzählen, wie es war. Diesmal gab es keine.«
Der Doktor hörte nur zu, nickte nicht, sagte nichts.
Eine unbestimmte, schwer greifbare Angst hatte ihn beschlichen.
»Es gab keine«, fuhr Schnittler fort, »weil Petermann nicht gerichtet wurde. Denn es gab ein Problem.«
Als der Doktor noch immer schwieg, sprach Schnittler weiter.
»Neununddreißig Kinder, das jüngste zwei, das älteste acht Jahre alt. Keines ist jemals wieder aufgetaucht, nicht tot, nicht lebendig. Sie verhörten ihn, und wenn man es glauben kann, folterten sie ihn auch. Sie gaben ihm nichts zu essen. Schlugen ihn. Stachen ihn mit Nadeln.«
»Warum die Mühe?«, fragte der Doktor endlich.
»Eines der Kinder war die Tochter des Henkers, und der erklärte, dass Petermanns Kopf nicht rollen würde, ehe er nicht wüsste, wo sein Kind liegt. Ein Henker weiß, wie es um den Tod steht; er ging nicht davon aus, dass sie noch lebt. Aber er wollte wissen, wo ihre Leiche war. Der Henker – wie Sie natürlich wissen, kannte man die Identität des Scharfrichters nicht, zumindest als normaler Bürger – war ein recht einflussreicher Mann, und die Richter wussten das. Sie befragten Petermann fast ein Jahr.«
»Und dann?«
»Dann brachten sie ihn her. Ich protestierte heftig, aber vergebens. Ein französischer Nervenarzt wurde geholt, um Petermann zu befragen, ein britischer Detektiv ebenfalls.
Der Detektiv war definitiv besser.«
»Was hat er herausgefunden?«, fragte der Doktor, dessen Angst nun stärker geworden war. Diese Sache war … nervenaufreibend. Ungesund.
»Nichts. Aber er lebt zumindest noch, wenn er auch, wie ich

hörte, seitdem ein Sklave des Morphiums geworden ist. Der Nervenarzt schnitt sich im Frankfurter Hof, wo man ihn untergebracht hatte, mit einer Spiegelscherbe die Kehle durch.«
»Was habe ich mit diesem Wahnsinn zu tun?«, fragte der Doktor. »Warum erzählen Sie mir das alles?«
»Nun, Sie haben gefragt, aber das ist nicht alles. Als ich Ihnen sagte, dass er nach Ihnen verlangt hat, war das nicht ganz richtig. Dass mit den Lüftungsschächten ebenfalls nicht. Entschuldigen Sie. Dieses Subjekt macht mich krank.« Der Professor wirkte verlegen, war sich aber nach wie vor über seine Stellung und die Macht, die er über den Doktor hatte, bewusst.
»Sie haben mich angelogen?«
»Ja. Ich wollte, dass Sie ihn sehen, deswegen log ich. Man muss ihn das erste Mal einfach unvermittelt betrachten – als das, was er ist: ein Tier. Ich kann mich nicht beherrschen, wenn ich unten bin. Sie schon! Ich habe nur aus einem Grund gelogen: Ich möchte, dass Sie herausfinden, wo die Kinder sind.«
Er sagte nicht *Leichen*, so als würden sie noch leben, stellte der Doktor beunruhigt fest.
»Warum ich? Ich bin kein Psychiater. Ich bin nicht ausgebildet dafür!«
Schnittlers Gesicht zeigte Bedauern, aber dem Doktor schien es, als lauerte eine fremde Gier darunter.
»Herr Doktor, bitte. Er verlangt nur jemanden zum Reden, eine Weile nur. Dann will er sagen, wo die Kinder sind. Die Bedingungen stimmen, wie Sie wissen. Und Sie wissen auch, dass ein Arzt, gut ausgebildet oder nicht, schwer eine gute Stelle bekommt, wenn er sich nicht in der Lage sieht, eine eigene Praxis zu eröffnen. Und das möchten Sie vielleicht irgendwann tun, nicht wahr? Oder?«
Der Doktor konnte nicht glauben, was er hörte: Professor Schnittler schmeichelte ihm, drohte dann, nur um ihm anschließend eine Karriere auf eigenen Beinen in Aussicht zu stellen. Das war unerhört; und doch war seine Stimme weich gewesen, sein Tonfall beinahe winselnd.
Ein Gespräch mit Petermann, das war alles. Sonst nichts.
Eine Unterhaltung mit dem schlimmsten Kindermörder, den Deutschland je erlebt hatte, einem fest geketteten Albtraum,

die in einer Zelle ohne Fenster stattfand. Das Gespräch mit der Bestie.

Aber sein Sohn brauchte Nahrung, seine Familie ein Dach über dem Kopf. Der Doktor zweifelte nicht an der Ernsthaftigkeit von Schnittlers Drohung, so subtil sie auch geschlichen kam. Er hatte die Arbeit in den Hallen des Gesundheitsamtes mit Freuden gekündigt, um in Schnittlers Anstalt zu wirken; nun war er hier, und nicht bereit, wieder zu gehen. Er hatte eine Familie, zu der er zurückkehren konnte, wenn er diese Arbeit erledigt hatte.

»Was passiert, wenn wir es wissen?«

Im Gesicht des Professors blühte das Licht echten Glücks auf, einen Moment nur; dann fiel seine Mimik zurück in den wertfreien Ausdruck des förmlichen Mediziners.

»Dann«, sagte Schnittler beiläufig, »werde ich ihn persönlich umbringen. Ich bin befugt dazu.«

Der Doktor entriegelte die schwere Tür zur Zelle Petermanns und trat ein.

»Herr Doktor. Immer hereinspaziert. Willkommen.«

Der Gestank nach Kot nahm ihm den Atem, aber er wusste, dass er sich schnell daran gewöhnen würde.

Der Doktor stellte den mitgebrachten Schemel nahe an die Tür, setzte sich aber nicht.

Die Ketten klirrten, als Petermann versuchte, sich vorzubeugen; seine Füße planschten im eigenen Urin. Der Doktor hielt dies für unbewusstes Verhalten, aber trotzdem widerte es ihn an.

»Ich möchte Ihnen eine Geschichte erzählen. Sie erfüllen die Voraussetzungen, nehme ich an?« Petermanns Tonfall war nur als höflich zu bezeichnen, ein bizarrer Kontrast zu seiner monströsen Erscheinung.

»Ja«, sagte der Doktor widerwillig. »Ich bin Mediziner – und ich habe Kinder. Einen Sohn. Lassen Sie uns zur Sache kommen.«

Petermann spielte weiter selbstvergessen in den eigenen Ausscheidungen.

Plitsch, platsch.

»Wissen Sie, wie das Fleisch der eigenen Rasse schmeckt?«,

fragte er dann.
»Wie ich hörte, gibt es nicht viele von *Ihrer* Rasse. Sie stehen ziemlich allein da«, antwortete der Doktor.
Petermann begann zu lachen, ein rachitisches Geräusch voller Nässe.
»Allein? Ich bin *niemals* allein.« Petermann schien angespannt, er ruckte auf seinem besudelten Thron herum. Es mochte Nervosität sein, aber der Doktor glaubte nicht recht daran.
Der Doktor stellte die Frage, deretwegen er hier war: »Was ist mit all den Kinder geschehen?«
Petermanns Augen begannen zu leuchten. »Guuuuute Frage!«
Dann stellte er entsetzt fest, dass Petermann *genau* das bezweckt hatte: Er wollte diese Frage hören, und zwar von einem Familienvater. Es genügte ihm nicht, einfach eine Antwort an irgendwen zu geben, und alles wäre dann zu Ende. Es war nicht Nervosität, die ihn hin und her hatte wippen lassen, es war Vorfreude.
Er starrte Petermann an und sah zum ersten Mal, dass sein Haar von Läusen wimmelte; überall auf seinem Kopf war Bewegung, ein Krabbeln und Springen. Meinte er das damit, als er sagte, er sei niemals allein?
»Kinder sterben nicht wirklich, Doktor«, sagte Petermann. »Sie verschwinden, natürlich, egal ob man sie verbrennt, verhungern lässt, zerschneidet oder ertränkt. Man kann sie in der Pisse der Gosse oder der Tinte der Gelehrten ersäufen«, er zwinkerte dem Doktor zu, »man kann sie in Brunnen werfen, wenn man möchte. Aber sie sind immer da. Immer! Selbst wenn Sie tot sind, verschwinden sie nicht. Sie bleiben bei dir.«
Der Doktor hatte begonnen zu zittern; eine innere, primitive Qual ließ ihn bis ins Gedärm vibrieren, und er war unfähig, es abzustellen.
»Wissen Sie, Doktor«, lächelte Petermann und zeigte wieder diese kantigen, irgendwie klobig aussehenden Zähne, »ich habe viele Kinder, und ich sorge mich um sie. Sie als Vater werden das sicher verstehen.« Petermann nickte sanft. »Ganz sicher.«
Der Doktor schloss die Augen und sah ein Heer kleiner Menschen, eine Armee von Kindern biblischer Unschuld, die eines nach dem anderen in dieser Zelle Gestalt annahmen.

»Doktor? Sind Sie noch da?«
Die Frage ließ ihn die Augen öffnen; er sah die lächelnden, schneeweißen Lippen Petermanns, eine fahle Zunge, die kurz hervorhuschte – und schloss die Augen erneut. Die Kinder waren fort.
Die Ketten klimperten.
»Wo sind die Kinder, Petermann?«
»Die einzige Möglichkeit, auf meine Kinder Acht zu geben, ist Unsterblichkeit, Doktor. Nur wenn sie immer wissen, dass ich da bin, geht es ihnen gut. Die Hülle ist nicht alles, wissen Sie? Das bisschen Fleisch und Knochen, oder? Unsterblichkeit, über den Tod hinaus – *das* ist erstrebenswert. Mir ist es egal, ob ich in einem Erdloch verfalle«, er rasselte ironisch mit den Ketten, »solange man sich meiner erinnert. Sie sind ein Vater und ein gebildeter Mann. Beherrscht dazu; nicht wie Schnittler, dieses Nervenbündel. Sorgen Sie dafür, dass ich nicht einfach verschwinde. Ich will nicht leben, wozu auch? Mich auf den Steinboden hier zu erleichtern hat einiges an Reiz verloren, und mir gehen die Ideen aus, wie ich mich beschäftigen könnte.«
»Wo sind die Kinder, Petermann?«, kreischte der Doktor.
»Ich habe sie gegessen. Alle.«
Die Luft entwich pfeifend aus den Lungen des Doktors.
Dann verschwamm die Welt um ihn, und alle Gerüche und Schemen wanden sich in einer schwarzen Spirale hinunter in die Tiefen seiner Seele, fluteten seinen Verstand mit Dunkelheit und schlechten, fauligen Gedanken und den Bildern von elenden Varianten der Pein, den vielfältigen Toden unschuldiger Kinder.
»Deswegen aß ich meine Daumen«, raunte Petermann. »Von diesem Geschmack kommt man schwer wieder los, Doktor. Ich werde es wohl niemals können.«
Der Doktor sackte von seinem Schemel, und sein Gesicht wurde nass, als es auf den brackigen Kerkerboden traf.
Dann Dunkelheit, gnädig, kühl.

»Kommen Sie zu sich«, hörte er die Stimme Schnittlers.
Der Doktor öffnete die Augen und fächelte mit tauber Hand vor seiner Nase herum, um den stechenden Geruch zu vertrei-

ben.
Seine Zunge schmeckte pelzig; durch die schmalen Schlitze seiner pochenden Augen sah er die vertrauten Schautafeln in Schnittlers Büro.
»Petermann«, stieß er hervor, als die Erinnerung ihn überkam.
Der Professor sah ihm tief in die Augen.
»Tot. Tot und bereits fort geschafft.«
»Wir müssen die Öffentlichkeit informieren«, sagte der Doktor, während er sich aufrappelte.
»Über den Tod Petermanns? Er ist für die Öffentlichkeit bereits tot, wie Sie wissen!«
»Nein! Über die Kinder! Was mit ihnen geschah!«
»Das wird nicht gehen«, sagte Schnittler leise, »denn wir haben keinen Ort, wo sie zu finden sind. Ich habe die zuständigen Stellen informiert, dass Petermann verstorben ist. Sie wissen nichts. Und sie *dürfen* es nicht erfahren, Doktor …« Er ergriff seine Schultern, »hören Sie?«
Der Doktor nickte.
Dann ging er nach Hause; die Schemen nahm er mit sich.

Eine angenehme Taubheit hatte sich über sein Denken gelegt.
Der Doktor ergriff die Feder, die ihm merkwürdig verzerrt vorkam, und begann zu schreiben.
Wenn er niemandem erzählen durfte, was den Kindern widerfahren war, musste er sie wenigstens warnen, und wenn nicht vor einem neuen Petermann, der in den nächtlichen Straßen Frankfurts auf der Jagd nach Kinderfleisch war, so doch vor allem anderen.
Er musste die Kinder beschützen.
Er musste seinen Sohn beschützen.
»Keine falsche Zurückhaltung«, sagte er mit unsicherer Stimme ins Zwielicht des kalten Kaminzimmers.
Die Tinte war schwarz. Er würde Farbe brauchen, aber nicht heute.
Dann begann er, seine Albträume, die er tags wie nachts mit sich trug, zu Papier zu bringen. Er zeichnete den Schrecken, den er gesehen hatte, die Angst, die ihn beherrschte; die Feder glitt wie von selbst übers Papier.

Ja. Furcht einflößend genug, selbst wenn noch Farbe mit ins Spiel kam.
Er legte das erste Blatt seines Albtraums zur Seite und begann ein neues. Nur diese Nacht im Dienste der Unsterblichkeit; das würde ein dünnes Werk werden.
Seine Hand zitterte nur leicht, als er das erste Blatt betrachtete.

DER STRUWWELPETER

Abwärts

Dexter und ich zogen eine Linie. Wir unterbrachen nur, um uns ein Sandwich oder eine Cola einzuverleiben.
Es war heiß, etwa vierunddreißig Grad, und die Suppe lief uns nur so am Rücken herunter und in unsere Unterhosen, wo es dann, nach drei oder vier Stunden unablässigen Schwitzens, zu jucken und brennen begann.
Gegen zwei öffnete Dexter seine Lunchbox. Der einzig schattige Platz war unter der Nordtribüne, und wir hockten uns einfach auf das schmale Rasenstück.
»Dafür habe ich eigentlich nicht angefangen, Wirtschaftswissenschaften zu studieren, Alter«, sagte er und trat gegen das Kreidemonster.
»Die Knete stimmt«, erwiderte ich, aber er hatte Recht. Es war sehr heiß, und die sechs Dollar, die sie uns in der Stunde zahlten, schienen die Hitze auch nicht gut zu verkraften. Die Summe schrumpfte irgendwie vor meinem geistigen Auge. Hitzebedingte Inflation, könnte man sagen.
Das Kreidemonster, ein sperriger Handwagen mit einem Kanister Industriekreide, der diese über einen speziellen Stutzen auf die Bahn brachte, war heute irgendwie inkontinent, und wir hatten eine Stunde damit verbracht, überschüssige Kreide zu entfernen, die er verlor, wo wir standen und gingen. Eigentlich wurde die Markierung erst gezogen, wenn man eine Art Handbremse löste, aber unser Monster kannte heute kein Halten.
Der Witz an der Sache war, dass dieses Ding so oft rebellierte, dass sich der Oberplatzwart – unser momentaner Boss – entschieden hatte, uns besser nach Stunden und nicht nach fertigen Metern zu bezahlen, wie es ursprünglich vorgesehen war. Wir hatten ihm subtil zu verstehen gegeben, dass wir die Scheiße sonst hinwerfen würden, und nächste Woche war Saisonbeginn. Gutes Timing.
Dexter biss verzagt in eine Scheibe Hackbraten und betrachtete die verbleibenden, von uns fleißigen Bienchen noch nicht bestäubten Meter entlang des Spielfelds. Ich schätzte sie auf mindestens achtzig. Ich rauchte eine.
»Packen wir das bis zum Abend?«, fragte er zwischen zwei Bis-

sen.
»Im Leben nicht, wenn R2D2 hier so weiter macht.« Ein Tritt meinerseits ließ wieder ein halbes Pfund Kreide aus dem Monster rieseln.
Nach zwanzig Minuten machten wir weiter.
Die Karre zu ziehen – wie man es machen sollte, um sich nicht die Schuhe zu pudern – hatte sich als schlechtes System erwiesen. Wir merkten nicht, wenn die Kreide verklumpte oder gleich kiloweise zu Boden klatschte. Also schoben wir das Teil, wobei wir uns leicht seitlich positionierten.
Plötzlich fuhr ein harter Ruck durch das Monster, und wir wären beinahe gestürzt, weil unsere müden, dampfenden Füße einfach weiter gingen.
»Scheiße!«, stöhnte Dexter.
Der Kanister entleerte sich, aber wir sahen keine Kreide auf den Boden rieseln. Zuerst sackte das linke Rad der Karre ab, dann sackte *alles*, wurde schwer in unseren Händen und verschwand.
Der Boden hatte unser Kreidemonster verschluckt.
»Fuck you, Alter!«, schrie Dex.
Auch ich konnte nur pfeifend ausatmen, als ich nach unten blickte. Zu unseren Füßen hatte sich ein Loch aufgetan. Ein Abgrund.
Das Loch maß etwa einen Meter vierzig im Durchmesser, schätzte ich, und es führte in eine Dunkelheit, die mir schwärzer vorkam als alles, was ich bisher gesehen hatte.
Wir starrten dumm hinein; die Kappen von Dexters Turnschuhen ragten etwa einen Zentimeter über den Rand, und ich machte einen kleinen Schritt zurück, unfähig, den Blick von der Dunkelheit unter uns zu wenden.
Was ging?
Ein gähnender Abgrund zu deinen Füßen im Ryker Memorial Stadion, der ältesten Arena für Sport und Spiel im Staate New York? Heavy. Vor allem, wenn es sich gerade einfach so aufgetan hat.
»Die Karre ist weg«, sagte Dexter ungläubig.
»*Du* könntest weg sein, Dex«, erwiderte ich. »Oder wir beide.«
Dexter ließ sich auf den Hosenboden fallen und atmete hörbar

aus.

Ich hob den Zeigefinger, um meine Worte zu untermauern; er zitterte wie ein Strohhalm im Sturm, also nahm ich ihn schnell wieder runter.

»Die machen uns die Hölle heiß wegen dem Ding«, jammerte Dex, und ich fragte mich, wie man deswegen so aus dem Häuschen geraten konnte. Wir wären vermutlich tot, wenn wir die Karre vorschriftsmäßig gezogen hätten. Scheiß auf das Monster! Wir würden Simmons, den Oberplatzhirschen, am Arm nehmen und zum Loch führen, ihn einen Blick riskieren lassen und dann nach einer Gefahrenzulage fragen.

Aber Dexter – der gute alte Dex, der rot anlief, wenn ihm jemand eine ruppige Antwort gab (und das konnte schon ein Fünfjähriger sein) – war nicht zu beruhigen. Er wollte seine Jobs einfach so gut und reibungslos wie möglich hinkriegen, aber das möchte ich auch, und wenn es geht anschließend noch lebendig genug für ein Bier oder zwei sein.

»Wir hätten diesen Job nie annehmen sollen«, murmelte er, ganz fertig wegen etwas Aluminium und Kreide im Wert von vielleicht zweihundert Dollar.

»Hör mal«, sagte ich, das Loch noch immer nicht aus den Augen lassend, »ich hol die Lampe aus dem Wagen. Wir sehen uns das an.«

»Aber was ist das für ein Loch?«

»Ich nehme an, das Stadion ist unterkellert oder so was. Oder es sind Abwasserkanäle, keinen Schimmer.«

In Dexters Dogde hatten wir noch immer die Ausrüstung von unserem Camping-Trip: Luftmatratzen, ein paar Decken, eine Batallion leerer Dosen *Schlitz Light* und eine Stablampe.

Ich sprintete zurück; Dex hockte auf allen Vieren vor dem Loch und ließ Spucke hineinfallen.

»Ich höre nicht, wie sie aufschlägt«, sagte er ohne aufzuschauen.

»Erwarte nicht, dass dein Rotz wie ein Essensgong klingt«, entgegnete ich und knipste die Lampe ein.

Der Lichtstrahl beleuchtete einen Teil der Wände unseres Lochs: etwa dreißig Zentimeter Erde, glatt und braun nach unten führend. Das, was wir von der Wand unseres Abgrunds sehen konnten, endete in tiefer Schwärze. Der Lichtkegel der Lampe verreckte unter uns in dieser Schwärze, aber es war wie auf See: Wenn du keinen Punkt hast, an dem du dich orientieren kannst, ist es unmöglich abzuschätzen, wie weit entfernt etwas ist.

Wir konnten nicht sagen, wie tief die Lampe leuchtete; möglich, dass die Batterien schwach waren, aber mir kam etwas anderes in den Sinn. Es sah aus, als würde die Dunkelheit das Licht fressen.

Dex betastete die Wände des Lochs. »Kalt«, sagte er dann.

»Ich hole Simmons«, entgegnete ich. Sich mit diesem Loch zu beschäftigen kam mir mit einem Mal ungesund vor. Schwer zu beschreiben, aber im Prinzip war es ähnlich, als würde man einen schwarzen Fleck in seiner Achselhöhle entdecken. Es ist mein Körper, meine Haut, aber *das hier* sollte sich verdammt noch mal jemand anderes ansehen!

»Halt dich von dem Ding fern«, sagte ich.

Ich schätze, diese seltsame Schwärze hatte ein kleines Mosaiksteinchen aus dem Konstrukt meiner studentischen Logik getreten. Auch das war – wie vieles an diesem Tag – schwer einzuschätzen, aber es fühlte sich so an. Und wenn ein Steinchen fällt, passiert es leicht, dass weitere sich lösen, und dann prasselt es nur noch.

»Bis gleich«, sagte Dex und zog wieder etwas Spucke hoch. Das war nicht leicht an einem Tag wie diesem.

Simmons Büro war unbesetzt; unter dem Wimpel der *Mets*, der über seinem Schreibtisch hing, stand nur sein leerer Sessel, und sein Monitor war schwarz.

Wäre er auf dem Gelände gewesen, um irgendetwas anzuschrauben oder um die Flutlichtanlage zu checken, hätten wir ihn gesehen.

Ich hinterließ einen Zettel mit meiner Pagernummer, ohne genauer zu schreiben, worum es ging.

Als ich das Blatt in den Spalt zwischen Tür und Rahmen schieben wollte, öffnete sie sich.

Simmons war der Typ Mann, der solange an seinen Schnürsenkeln arbeitet, bis er eine Schleife produziert, die ins Museum of

Modern Art gehört. Er schien nie zu schwitzen, seine Hemden waren stets weiß und wiesen immer scharfe Bügelfalten an den Ärmeln auf.
Er war *nicht* von der Sorte Mensch, die sich ins Wochenende verabschiedete und dabei seine Stalltür abzuschließen vergaß.
»Mister Simmons? Sir?«
Keine Antwort, nur Schweigen, das nach Orangenreiniger und Lufterfrischer roch.
Ich trat ein. An der Wand hing eine Karte des Stadions, versehen mit Längenangaben in Metern und Fuß. Eine Sekunde lang suchte ich unser Loch auf dem Poster.
Ich ging zu seinem Schreibtisch; vielleicht lag sein Schlüssel irgendwo, dann würde ich ihn an mich nehmen. Ihn zu verwahren, konnte Punkte machen.

Das Loch neben seinem Sessel hatte die Form eines Ovals; der Rand des Teppichbodens sah aus, als hätte ein Raumausstatter ihn geschnitten: sauber und fachmännisch.
Ich starrte hinein, während mein Herz in meinem Hals wummerte.
Schwarz.
An den Rändern des Lochs klebte etwas, das Haare sein konnten.
Ich spurtete so schnell und kopflos aus dem Büro, als ginge es um mein Leben.

Ich hockte mich hechelnd ins Gras, und mein Herz schlug und schlug und schlug.
Das Loch, das unser Kreidemonster geschluckt hatte, gähnte schwarz und tief und gleichgültig im sonnenbeschienenen Rasen.
Dexter war verschwunden.
Ich hatte das erwartet. Etwas anderes zu behaupten, würde keinen Sinn machen.
Nachdem ich das Loch in Simmons Büro gesehen hatte – sauber ausgeschnittener Teppichboden, darunter ein paar Zentimeter Beton, und *darunter* weiß Gott was – hatte etwas in mir angeschlagen wie eine Alarmglocke; ich wusste es, als ich vom

Bürogebäude um die Ecke bog und die Asche des Platzes unter meinen Füßen knirschte. Noch bevor ich freie Sicht auf das Areal hatte, auf dem unser Kreidemonster verschluckt worden war. Mein Unterbewusstsein hatte schlicht nicht erwartet, Dexter spuckend am Rand zu treffen.
Was sollte ich seiner Mutter sagen?
Was passierte, wenn ich mit seinem Wagen bei ihm zuhause vorfuhr, mit einem Kopf, der vor wilden Gedanken rauschen würde – und einem kalten, leeren Beifahrersitz?
Ja, also, Miss Mullrouney, das war quasi so: Wir zerrten dieses Drecksding über den Rasen, wissen Sie, und dann machte es … Na ja, es kam kein Geräusch, aber der Boden öffnete sich und fraß unsere Karre, man kann's nicht anders sagen.
An anderer Stelle einverleibte sich ein anderes Loch dann den Oberhirschen, und als ich zurückkam, war Ihr Sohn und mein guter alter Kumpel Dex vom Erdboden … weg gelutscht oder so. Jedenfalls nicht mehr da.
Fragen?
Nein, ich möchte keine selbst gemachte Limonade.
Ich hörte mein Blut in den Ohren rauschen, während ich nachdachte.
Simmons war weg, durch den Teppich geglitten, wenn man so wollte, Dexter war weg.
Ich hätte zum Auto rennen und Hilfe holen können, aber was sollte ich sagen?
Dass der Erdboden sich aufgetan hatte, um die beiden zu verschlingen?
Konnte ich tun, und ich war nah dran, aber etwas sagte mir, dass ich diese Nummer allein durchstehen musste. Etwas wisperte in meinem Kopf, dass es sonst noch schlimmer würde. Vor allem aber wollte ich nicht weg vom Loch, weg von Dex. Ich konnte es nicht. Falls Dexter schreien oder um Hilfe rufen würde, wollte ich da sein.
Wenn es eine völlig natürliche Erklärung gab, würde ich sie herausfinden, und meine streng anerzogene Logik bettelte um diese Erklärung wie ein hungriger Köter.

Das meiste, was ich zur Durchführung meines Experiments benötigte, fand ich im Wagen.

Den Rest entlieh ich aus Simmons Büroschublade.
Angelschnur, ein Schreibblock für Notizen, Werkzeug.
Ich verteilte den ganzen Krempel auf der Wiese und begann dann ihn zu sortieren, hoffend, dass diese Form der Ordnung auch meinem Kopf etwas Gutes tun würde.
Das Abschleppseil legte ich fünf Meter weit weg; es war der letzte Gegenstand, den ich brauchen würde.
Ich legte mich flach auf den Bauch.
»Erster Versuch«, sagte ich, als spräche ich in ein Diktiergerät.
Ich knotete einen Schraubenschlüssel an das Ende der Rolle Angelschnur, die wir zum Potomac mitgenommen, aber nie benutzt hatten, und begann abzurollen.
Ich ließ Leine und Leine und Leine. Die Angelsehne war für die Hochseefischerei ausgelegt. Etwas dicker als ein Schnürsenkel sollte sie angeblich einen wütenden Marlin halten können.
Wie viel Schnur war auf einer solchen Rolle? Hundert? Zweihundertfünfzig?
Es war, als ließe ich meine Hoffung durch meine Hände und hinunter in einen Schlund gleiten. Wenn die Rolle leer war, würde auch mein Bangen um eine Erklärung, die gut, amerikanisch und vernünftig war, ein Ende finden.
Meter um Meter verschwanden in der Dunkelheit. Ohne etwas dagegen unternehmen zu können, stellte mir vor, wie die Finsternis unter mir den transparenten Perlonfaden einfärbte. Wenn ich ihn wieder hochzog, würde er von ekelhafter, glitschiger Schwärze sein, und wo er die Kunststoffrolle berührte, würde feiner Rauch aufsteigen, der von einem leisen Zischen begleitet wurde, als wäre man auf eine kleine, aber tödliche, nackte, schwarze Schlange getreten.
Ein Ruck durchfuhr die Schnur, dann stoppte sie.
Ich produzierte eine Schlaufe, als ich weitere Zentimeter herab gleiten ließ; dann spannte sich die Schnur, wurde wieder gelockert, spannte sich erneut.
Ich hörte einfach auf zu atmen, glaube ich.
Mein Hirn schlug Kapriolen.
Ich war auf dem Grund angekommen, ich war …
Und wieder ruckte die Schnur.

Ich war gar nichts.

Irgendjemand zerrte an der Schnur – jemand, der in absoluter Dunkelheit den Schlüssel in die Hände bekommen hatte und nun versuchte, das Werkzeug an sich zu nehmen, indem er fest genug riss und zog.

Ich saß an der falschen Seite der Angel, fühlte mich aber nicht stark genug, einfach los zu lassen. Ich glaube, ich schrie. Jeder Ruck ließ mich zittern und mein Atem ging stoßweise.

Dann hörte es auf.

Ich ruhte zehn Minuten aus – sechshundert Sekunden, in denen ich weinte. Ich weinte, weil ich wusste, dass Dex dort unten war, tot oder lebendig, und ein barmherziger Teil meines Verstandes betete wie ein kleines Kind, dass er tot war. Damit ich nicht dort runter musste, um ihn zu suchen. Es war so tief.

Was ich dann tat, war ein Fehler, aber ich konnte nicht anders.

Mir war klar geworden, dass tief dort unten keine Unterkellerung war, kein Abwasserkanal, keine natürliche Höhle, die durch Faulgase oder aggressive Mineralien oder marodierende Erdmännchen entstanden war: Es konnte die Hölle sein, Dantes Inferno, oder etwas ganz anderes.

Keine Ahnung, woher ich es wusste, aber ich bin mir sicher, dass dieses wilde Zerren an der Angelschnur einer der Auslöser war.

Ich nahm das Ringbuch – ich hatte auch einen kleinen Block mit gelben *Post it* -Zetteln, aber die waren zu leicht – und holte die Schnur ein.

Sie war eiskalt, aber nicht schwarz.

Der Schraubenschlüssel tauchte aus der Tiefe auf, und mein Herz setzte ein Schlag aus.

Als ich ihn abgesenkt hatte, war er glänzend und von einer leichten Fettschicht überzogen gewesen; wir hatten ihn nie gebraucht, um einen Reifen zu wechseln.

Was jetzt aus der Dunkelheit ans Licht kam, glich einer obszönen Antiquität.

Dass der Schlüssel verbogen war, trifft es nicht ganz.

Er sah vergewaltigt aus: deformiert und grässlich verformt, als hätte etwas mit genügend Wut und Kraft seinen Hass gegen dieses hirnlose Stück Metall gelenkt.

Etwas, das Bissspuren sein konnten – und mein Hirn winselte bei dieser Assoziation auf – hatte tiefe, schartige Abdrücke hinterlassen.
Was mich vollends die Fassung verlieren ließ, waren aber nicht die Spuren roher Gewalt, sondern dass der Schlüssel mit Rost bedeckt war.
Wie lange brauchte Stahl, um so zu rosten?
Feuchtigkeit und Luft, oder? So entstand Korrosion, und es dauerte lange.
Das Werkzeug war richtig zerfressen; fünfzehn Minuten in der Tiefe, und es bekam die Optik eines Gegenstands, den man am Meer vergraben hatte, als Nixon noch Präsident war.
Lieber Gott.
Ich schnitt den Schlüssel ab und ließ ihn auf die Wiese fallen.
Ihn zu berühren machte mir Angst.
Die Schnur wies keine Alterserscheinungen auf, und das überraschte mich nicht. Perlon braucht vermutlich tausend Jahre, um zu verrotten.
Ich führte das eiskalte Ende durch die Ringe des Schreibblocks, klippte einen Kuli daran und senkte ihn mit einem Gefühl seltsam tauber Faszination herab.

Es ist nach Mitternacht, und ich muss trotz allem lächeln.
Der Hudson liegt ruhig, und das hilft mir, denn ich bin nicht besonders gut im Steuern von Booten, auch wenn das hier nur ein aufblasbares ist. Dexters Schlauchboot mit den absurden Hörnern am Heck, die er mal bei Ebay ersteigert hat.
Die nächtliche Skyline von Manhattan berührt mich noch immer; es ist wie der Anblick eines Vergnügungsparks, den man selten besucht, und jedes Mal, wenn man hinfährt, freut sich der kindliche Teil des Herzens und schlägt Purzelbäume.
Ich lächele wegen des dummen Gedankens an Dexters Mom: wie ich mir zurechtlege, was passiert ist, und wie ich dem Unglaublichen eine gefällige Form gebe, während wir in der Küche sitzen und darüber reden. Ich hatte es mir hart vorgestellt.
Keine Ahnung, ob mein gesunder Menschenverstand das hätte bewerkstelligen können. Ich hätte ihn verbiegen müssen wie den Schraubschlüssel, aber da ich den Block hinunter ließ, weiß

ich nun, dass ich mir das schenken kann.
Armer, armer Dex.
Minuten, nachdem ich den Block der Schwärze überantwortet hatte, begann das Rucken.
Es war zaghaft, zumindest am Anfang.
Ich saß sehr weit weg vom Loch, aber irgendwann spürte ich, dass ich die Schnur einholen konnte, und ich tat es.
Ich hörte in meinem Kopf diese asexuelle AOL-Stimme, als ich den Block zurück über den Rand zerrte: *Sie haben Post*. Ich lachte so schrill, dass ich mich zwang, mir den Mund zu zu halten.
Das Papier war völlig vergilbt, natürlich, und wellte sich an den Rändern wie sehr alter Scheibenkäse. Es hatte auch einen Geruch angenommen, aber ich kann nicht darüber sprechen, wirklich. Papier ist geduldig, sagt man, oder?
Dexter lebte. Er hatte geschrieben.
Die Schrift – nur ein Satz – verlief kreuz und quer übers Papier. An manchen Stellen war das Schriftbild nur ein Gespenst, an anderen hatte er den Block fast zerfetzt; ich stellte mir vor, wie er in absoluter Dunkelheit versucht hatte, mir einen Brief zu schreiben, während er das Papier betastete und sich ans Licht zu erinnern versuchte.
Oder an *irgendetwas* von der Welt hier oben.

Komm nicht runter es bricht

Und noch zwei Worte, ein Name, so brutal gekritzelt, dass es sich durch den halben Block gedrückt hat.
Ich weinte, und wo meine Tränen das Papier trafen, löste es sich auf.
Eine kleine Welle lässt das Boot ein bisschen schlingern.
Wenn Amerika das übersteht, übersteht es alles, oder nicht?
Ich bin kein Patriot, wirklich nicht – ich begnüge mich damit, es Dexters Mutter nicht erklären zu müssen; wird echt nicht nötig sein.
Gut, dass Wasser keine Löcher bildet. Ist doch so, oder?
ODER?
Wenn ich Dex' Nachricht richtig verstanden habe, dauert es nicht mehr lange.

Ich hätte jetzt gerne was zu rauchen, aber ich habe meine Zigaretten im Auto vergessen. Von hier aus kann ich den Dodge nicht sehen, und das kann alles Mögliche bedeuten.
Wenn Manhattan irgendwann diese Nacht absackt, vollständig und mit Sack und Pack und Stumpf und Stiel, Hunden und Katzen, der New York Stock Exchange und dem Chrysler Building, und wenn mein Lieblingscomicladen und Pizza Hut und das Pornokino Ecke fünfte und Central Park dem hungrigen Abgrund entgegenrasen, wenn die Menschen aus ihren Betten stürzen, um dann weiter und weiter zu fallen und wenn ihre Hirne unterwegs alles bis auf ein paar besonders starke Fragmente löschen, wenn das, was Amerika groß gemacht hat, von Zähnen zerkleinert wird, die sich auch für einen 12,95 $ Schraubschlüssel nicht zu schade sind, dann würde ich mir echt gern eine anstecken, denn wenn es jemals eine Rechtfertigung für die Zigarette danach gab, dann diese.
Diese blöde Geschichte, dass das Böse auf die Erde zurückkehrt: Bullshit.
Wir kehren zurück.
Ich falte den Block behutsam zu Papierschiffchen und lasse sie in die Nacht davon gleiten.
Die letzten beiden Worte schaukeln in die Dunkelheit, schlingern ein bisschen, und gehen dann unter.
New York
Hat das Empire State Building gewackelt?
Hat es?
Eine Zigarette würde mich jetzt echt nach vorn bringen.
Aber bevor es nach vorn geht, geht's erst mal lange nach unten.

Henning Mühlinghaus

Krüppelfabrik

Ich stehe am Fenster, blicke hinaus auf die Stadt unter einem Himmel wie ein Sargdeckel aus Blei. Ich bedaure, dass diese Stadt nicht einmal mehr, einmal zuviel, bis auf die Grundmauern abgebrannt ist. Die Kopfsteinpflastergassen führen in die Irre, die Häuser wären pittoresk an einem anderen Ort. Nicht einmal die Lichter hinter den Fenstern sind anheimelnd, sondern aus ihnen quillt nur galliges Gefunzel. Jede Textur in dieser Stadt, sogar der Himmel, ist wie eine Krankheit, wie Fäulnis, als würde jede Farbe, die nicht wie Ausschlag ist, von der Stadt abgestoßen.
Heute ist die erste der drei Karneval-Nächte.

Seit meiner Geburt lebe ich in dieser Stadt und es ist schwer, sie mit fremden Augen zu sehen. Angelina hat mir dabei geholfen, aber auch sie wird langsam zermürbt, zermalmt, klein gekriegt, obwohl sie erst drei Jahre hier bei mir lebt. Wie sie mich Tag für Tag bedrängt, wegzuziehen! Angelina, die viel zu viel Liebe zu geben hat.
Ich verlasse die Wohnung nach dem Frühstück, weil es mich anwidert, länger ihre Tränen und Selbsterniedrigungen zu ertragen. Mein Mobiltelefon schalte ich aus.

Die Stadt kauert unter dem Himmel wie ein sterbendes Tier, wirkt noch schäbiger als sonst, trotz des Schmucks, der Girlanden und der Wimpel.
Allüberall Läden, die bizarre Masken, Kutten, Kostüme in überquellender, verschwenderischer Formenvielfalt, in jeder beliebigen Übergröße anbieten.
In der verwinkelt verbauten Einkaufspassage herrscht ein Geruch wie fauler Salat, weiterhin hängt etwas Undefinierbares in der Luft, vielleicht Rosenöl, wie um einen anderen, weitaus süßlicheren Geruch zu verdecken. Ich schlendere umher. Es sind nur wenige Menschen, die zu dieser Stunde im durch Taubenscheiße gefilterten Licht der Plexiglasdachluken herumtap-

pen.

Groteskpassanten, geht es mir durch den Kopf. Eine bucklige Alte am Stock, ein Geschwader körperbetont gekleideter „Rubensfrauen" mit Kinderwagen, schielende Kinder mit jeweils einem zugeklebten Auge hinter Lupenbrillen, bereits Narrenkappen auf den Köpfen, eine Handvoll linkischer, mit blühenden Pusteln übersäter Jugendlicher, von denen einer cool mit einem Butterfly-Messer spielt, ein Greis mit Gehhilfe. Widerwillig verzerrt sich mein Gesicht und ich wende mich den Schaufenstern zu, behalte abwechselnd die Spiegelungen im Auge. Mir fallen die spärlichen Auslagen in den Fenstern des Sanitätshauses auf, halbherzig dekoriert mit einer einzelnen Luftschlange.

Hier exponiert sich nur der harmlose Plunder: Angorawäsche, orthopädische Einlagen, Massagegeräte, Heizkissen, Messgeräte für Blutdruck und Blutzucker, Harnflaschen, Windeln.

Von Berufs wegen ist mein Interesse geweckt, arbeite ich doch in einem Großhandelshaus, das die große Zahl der Sanitätshäuser dieser Stadt mit einem nicht abreißen wollenden Strom an *sehr* speziellen Waren beliefert. Hier zur Schau gestellt ist nur die Spitze des Eisbergs der Hilfsmittel, die in dieser Stadt en Gros im Verborgenen zum Einsatz kommen, wenn ich den Unterlagen Glauben schenken kann.

Plötzlich umfließt mich eine Gänsehaut wie Eiswasser, schon das Spiegelbild dieser Frau, die direkt auf mich zukommt, ist *falsch*.

Wie elektrisiert wende ich mich um, kurz begegnen sich unsere Blicke, dann betritt sie den Laden – plim – schließt die Tür hinter sich.

Adrenalin pulst durch meine Adern. Diese Frau trug eine Maske, eine Gesichtsprothese, die mehr als die rechte Hälfte ihres Gesichts bedeckte. Das grausig-starre Auge war ebenso falsch wie die Perücke. Die Latexränder der Maske waren am verbliebenen Rest des Gesichts angeschminkt. Und dennoch, sie kann niemanden täuschen, nicht einmal ein kleines Kind. Ich weiß nicht, was grauenvoller ist: die Maske mit dem toten Auge oder die dahinter sorgsam verborgene Fäulnis.

Ich habe einen absurden Tagtraum:

In der feuchten Kühle des Grabes halten braune, glänzend segmentierte Kreaturen, ringelnd und wimmelnd ihr Festmahl in der Augenhöhle, fressen sich tief hinein ins Weiche, Nachgiebige, fortwährend kopulierend, und ihre Larven, Puppen, fettig-fahlweiß, in immerwährender Metamorphose begriffen, durchmessen schlingend und scheißend die Dunkelheit der Höhlung, delektieren sich weiter an Wange, Lippen, Zahnfleisch, Zunge.
Dann, wie ein grausames, ungerechtes Versehen, so als ob Charon, der Fährmann zum Hades, der Seele die Wartemarke aus der Hand nimmt und nach einem Blick mit überschäumendem Humor erklärt, es handle sich nicht um die Nummer 601·916·901·609, sondern man halte die Marke lediglich falsch herum, es sei die 609·106·916·109, und man sei erst in sechs Jahren und zwei Monaten an der Reihe. Der Sarg strebt wie ein Korken an die Oberfläche, platzt Erde spritzend zwischen Welkem und vom sauren Regen ausgeblichenen Binden hervor, und die zerfressene, entstellte Kreatur wird wie bei einer zweiten Geburt in die Welt gespieen, nun asymmetrisch, deformiert, aussätzig.
Ihr Schrei ist Hoffnungslosigkeit.

Ich setze mich in ein Café, bestelle einen Milchkaffee, dann noch einen und einen weiteren, mein Mund ist trocken, nicht nur vom vielen Koffein. Die Begegnung hat mir mehr zugesetzt als ich zugeben will.
Je länger ich nachdenke, umso schauerlicher wird das Ganze. Zum einen die Fakten aus dem Büro, diese sehr speziellen Artikel in großer Menge.
Wo sind denn all die Menschen, die diese körperlichen Verheerungen aufweisen, einmal abgesehen von dieser einen armen Seele?
Wenn man es richtig beschaut, sind für eine Stadt dieser Größe auch auffallend wenig Menschen auf der Straße, und das zu jeder Tageszeit, so, als verbrächte das Gros der Bewohner die meiste Zeit im Verborgenen – nun, ich kenne es ja nicht anders.
Dazu passen die Vielzahl der Bringdienste und die Geschwader von Fahrzeugen mindestens sechs verschiedener Ambulanzdienste, die früh wie spät mit kleinen, weißen Autos herumschwirren, schief und meist gegen die Fahrtrichtung parken, gesteuert von Frauen in Kurzkitteln, so genannten Kasacks,

schnell von Hauseingängen verschluckt und später wieder ausgespieen. Ich denke unwillkürlich an meine Nachbarn, die in den ungelüfteten Wohnungen um mich herum hausen, denke an ihr Leben hinter meist heruntergelassenen Rollläden. Es diffundiert ein Pesthauch durch die Holztüren in den Treppenhausflur, als wären die Bewohner schon lange tot, quölle da nicht auch hie und da der erstickende Brodem hunderter geraucher Zigaretten oder gekochten Essens hervor. Manchmal höre ich, wie ein Stuhl gerückt, eine Toilette gespült wird, einen plötzlichen Fetzen viel zu lauten Sakralradios oder das stundenlange Hochwürgen von Sputum aus den Untiefen einer zerstörten Lunge.

Das alles lässt summa summarum nur einen Schluss zu: Diese Stadt ist ein Hort der Prothetik, ein Dorado der Aushöhlungen und Verwachsungen, ein Pfuhl der Zersetzung und des Zerfalls. Hinter diesen Mauern müssen groteske Gestalten vegetieren, stelle ich mir vor, bucklig und krumm. Hörgeräte und Starbrillen unterstützen die wenigen verbliebenen Sinne, speziell gefertigte Schuhe machen aus Wanken ein Hinken, Bruchbänder halten die Eingeweide, hindern sie am allzu forschen Hervorquellen; es fehlen Glieder, die durch plumpe Prothesen ersetzt wurden, die Kehlköpfe sind zerfressen, Ausscheidungen werden sorgfältig in am Körper aufgeklebten Beuteln an künstlichen Körperöffnungen gesammelt, sie tragen faustgroße Löcher in ihren Köpfen, vielleicht nur den Wänden zur Schau, derweil ihre Zersetzung niemals innehält.

Jetzt begreife ich auch die weithin berüchtigten, ekstatischen und phantastischen Ausschreitungen beim Nachtkarneval!

Angelina hat Recht, dies ist beileibe kein Ort, an dem *normale* Menschen leben sollten!

Ich haste durch die Straßen, wage kaum, den Blick von meinen Schuhen zu wenden. Es dunkelt, um mich herum hat das Treiben bereits begonnen. Zum ersten Mal in meinem Leben sehe ich den Nacht-Karneval als das, was er wirklich ist: die einzige Möglichkeit für den größten Teil der Bewohner dieser Stadt, für drei Abende und Nächte in Folge die schwärende Stickigkeit ihrer Behausungen zu verlassen und wankend, schwan-

kend, deformiert sich dem Taumel zu ergeben, drei Tage der Freiheit, der Ausschweifung, des Exzesses in jeglicher, auch sexueller Hinsicht, unerkannt hinter Masken, unter Perücken, Turbanen, Capes und weiten Umhängen.
Diese drei Tage sind eine Orgie der Grotesken.
Grölen und Lachen, Böller, Heuler und brechendes Glas, Ströme von Bier, Wein und Urin, laute Musik, Kreischen, Bässe, Paukenschläge und Schnarren. Der Karneval hat begonnen.
Die Karnevalisten sind vermummte, unkenntliche, unstet schwankende Gestalten, schief, mehr breit als hoch, manche scheinen sogar Krücken unter ihren weiten Roben zu benutzen. Je mehr ich sehe, umso mehr schüttelt mich die Erkenntnis, als wäre ich all die Jahre blind gewesen. Je mehr ich weiß, umso mehr erkenne ich.
Einen als Zorro verkleideten Nachtschwärmer, sicher aus einer der umliegenden Städte, sehe ich verwirrt nach Anschluss suchend durch die Straßen schleichen. *Dies* ist nicht sein Fest.
Endlich erreiche ich das Haus und husche hinein.

Flackern von Neonlicht. Ich spiegle mich verzerrt im geronnenen Blut auf dem Badezimmerspiegel. Angelinas Haar hängt wie eine Flut aus Rost über den Wannenrand bis zum Boden, ihre nun milchweiße Haut kontrastiert phantastisch zu all der Farbenpracht, ihr Blut ist von ihrem geöffneten Puls die Wände hinauf bis zur Decke geschossen, hat das Wasser rosig verfärbt. Die klaffende Wunde an ihrem linken, auf dem Wannenrand liegenden Handgelenk sieht aus wie ein Klumpen Tomatenmark. Die Rasierklinge klebt mit getrocknetem Gewebe am Zeigefinger ihrer Rechten.
Mein Blick schweift vom nun matten Türkis ihrer Augen, von ihren Lippen über ihr vom Blut gesprenkeltes Kinn hinab, folgt der delikaten Biegung ihres Halses bis zu ihrer rechten Brust, die weiß aus dem Wasser ragt, Warze und Hof in einem unbestimmten Graublau verfärbt.
Das Szenario ist die perfekte Ästhetik-Fusion aus Enki Bilal und Gustav Klimt.
Heute morgen hatte mich ihre wühlende, forschende Zunge in meinem Mund noch geekelt, ebenso wie das Klammern und

das Betteln in ihrem Blick, doch nun, da ihre Lippen blau und leicht geöffnet sind, die Zunge in der Schwärze ihrer Mundhöhle wie eine Verheißung glitzert, sehne ich mich nach ihrer atemlosen, stummen Kälte, spüre schauderhaft-köstlich in einem phantomhaften Moment ihre kühle, eindringliche Erforschung meines Mundes, spüre wie ihre toten Küsse meinen Körper hinab gleiten, ein jeder begleitet von entstehender Gänsehaut. Meine Rechte greift zu ihrer kalten Brust. Die Warze, fest und glitschig wie ein Hühnerknorpel, hinterlässt in meiner Handfläche einen Streifen Nass wie von einer Schnecke.
Die schmerzhafte Erektion schwindet erst nach Stunden, irgendwann, während ich meine Koffer packe und draußen der verkrüppelte Mob tobt.
Ich empfinde nichts. Die Stadt hat mich zu dem gemacht, was ich bin.

Auf dem Weg zum Bahnhof haben sie mich gekriegt.
Der Blick des Fahrers, eine Art verzweifelter Mut, sagte alles, als er mich, der ich beladen war mit einer Reisetasche und zwei Koffern, frontal mit seinem Wagen rammte. Das Splittern meiner Knochen war wie das überlaute Bersten einer Packung ungekochter Spaghetti.
Sie waren nicht gröber zu mir als nötig. Hie und da erwachte ich aus wirren Morphiumträumen in einer Welt voller Klammern, Drähte und Spreizer. Mein Körper, geschunden, geschwollen und zerbrochen, war durchbohrt von Dutzenden stählerner Stäbe, die an Drähten nach einem perfiden System gespannt waren, das Verwachsen (wie zweideutig!) der Knochen zu lenken.
Ein Beatmungsgerät mit Kurbel, an dem sich die erste Woche Schwestern abwechselten, tauchte in meinem umwölkten Gesichtsfeld auf, silberne Spritzen mit Fingerringen und gläsernem Zylinder, der Geruch von menschlichen Ausscheidungen, Karbol und Jod.
Jeder Patient hier war allzeit buchstäblich ans Bett gefesselt.
Die Schwestern, kleinwüchsige, muskulöse Frauen, leisteten ganze Arbeit, sprachen aber nie auch nur ein Wort; die leichenblassen Ärzte, die ich zu Gesicht bekam, wenn sie denn über-

haupt Ärzte waren, kalt in ihrer Professionalität, schienen von Koffein und Nikotin zu leben, ihre Finger und Zungen waren gelb davon.
Pastöse Massen wurden mir in den Mund geschaufelt. Hie und da rasierte man mich mit Messer und Pinsel über einer Schüssel Wasser. Um mich herum, nur durch versiffte Wandschirme abgeteilt, der Bettensaal, zu jedem Augenblick präsent durch ein beständiges Stöhnen und Röcheln, Winseln und schwindsüchtiges Keuchen, Weinen, hie und da Schreie, die dann aber für Stunden anhielten, vor allem in der Nacht, die sich in der absolut fensterlosen Welt durch ein Umschalten auf eine Art rote Notbeleuchtung ankündigte.
Ich glaube, manchmal war ich es, dessen Schreie alle nächtelang wach hielten.
Die Laken und Bezüge schienen zwar gewaschen und gemangelt, behielten aber ihre Fleckigkeit, manchmal war wie auf dem Turiner Grabtuch fast eine ganze Person durch ihre mannigfaltigen Sekrete abgebildet.
Zuweilen schoben sie mich mit dem Bett über endlose Flurfluchten, die von vergitterten Lampen erleuchtet wurden, in andere Abteilungen, zum Beispiel zu einem riesigen Röntgenapparat, bei dem alle Umstehenden schwere Schürzen und eine Art Schweißerbrille trugen. In mir verfestigte sich der Glaube, dass das Krankenhaus in einem stillgelegten Bergwerk irgendwo tief unter der Oberfläche lag, aber vielleicht war auch das ein Morphiumtraum.

„Krüppelfabrik", rülpste ein Klumpen Mensch zwischen eitergetränkten Bandagen hervor, derweil ich bei einer dieser „Ausflüge" an ihm vorbei geschoben wurde. Vielleicht war es witzig gemeint, ich konnte das nachfolgende Rasseln seines Atems nicht deuten.

Schmunzelnd legten sie eines Tages die Sägen bereit.
Meine Reaktion, die ich trotz des Fiebers zeigte, schien sie übermäßig zu erheitern. Wundbrand, hieß es gutgelaunt. Sie verschlissen zwei Sägeblätter an meinem rechten Oberschenkel, als sie mir das Bein amputierten.

Zuletzt fand ich mich am Bahnhof wieder.
Nach der Zeitung, die ich kaufte, war fast ein Jahr vergangen.

Nun stehe ich am Fenster einer neuen, anderen Stadt, blicke mit meinem verbliebenen Auge hinaus, auch hier ist der Himmel grau, aber ihm fehlt die Schwere.
Das stahlverstrebte Stützkorsett, das meinen Oberkörper wie eine Faust umschließt, ermöglicht mir mit dem seltsam verdrehten linken Bein eine Art aufrechten Gang an den Krücken.
Die „Ärzte" hatten mir versichert, dass ich das Korsett würde nie wieder ablegen können, und schienen dabei, süffisant lächelnd, sehr zufrieden mit sich, als betrachteten sie ein Kunstwerk. Ihr Kunstwerk.
Sie gaben mir noch fünf Ampullen Morphium mit, für „auf den Weg".
Es war wie ein wahnsinniges Lazarett aus dem ersten Weltkrieg, sorgsam und liebevoll konserviert in seiner antiquierten, grauenvollen Effizienz.

Ich denke, es war Anfang des letzten Jahrhunderts, ein geheimes, vielleicht vom Militär finanziertes Projekt, um in der Medizin und der Prothetik einen Vorsprung vor den anderen Nationen zu bekommen, gerade in Erwartung eines großen Krieges, den wir später einmal als Ersten Weltkrieg bezeichnen würden. In diesem Krieg mangelte es beileibe nicht an entsetzlich verstümmelten Opfern. Dann aber war der Krieg vorüber, doch die Gelder flossen weiter, wie es zuweilen bei Geheimprojekten der Fall ist, denn auch die Finanzierung ist ja verschleiert. Vielleicht hat man sich zuerst mit den umliegenden Krankenhäusern arrangiert und anfangs nur die für unrettbar gehaltenen Fälle übernommen, die keine Angehörigen hatten. Doch wie alle Dinge, die ohne Kontrolle wachsen und sich verändern, führte dies im Laufe der langen Jahre nach und nach zu einer Entartung des ursprünglichen Gedankens.
Bestes Beispiel für einen solchen Vorgang ist immer noch die katholische Kirche, die sich von einer Bewegung der Nächstenliebe bis zu den Massakern der Kreuzzüge, den Verbrennungen

und Folterexzessen der so genannten „Heiligen Inquisition" gemausert hatte, alles im Namen des einen, gleichen Gottes.

So oder ähnlich stelle ich mir vor, ist die *Krüppelfabrik* entstanden, auch wenn „Krüppelfabrik" mit Sicherheit das falsche Wort ist, denn ich glaube, dass ich und die, die so sind wie ich, allesamt Einzelanfertigungen sind, ein jeder ein einzigartiges, groteskes Unikat einer perversen *Manufaktur der Verstümmelung*.

In dieser neuen Wohnung gibt es keine Spiegel, der Blick des Vermieters ist mir Spiegel genug.

Schaue ich in meinen Ausweis auf den Namen meiner Geburtsstadt, so steht dort nichts, und ich danke meinem Gehirn dafür, dass es die Gnade hat, den verfluchten Namen einfach auszublenden, wie einen blinden Fleck.

Angelina fehlt mir.
Mehr noch das Morphium.
Das Zittern fängt an.

So. Wir sind durch, und ich hoffe sehr, es hat Ihnen gefallen.

Nicht dass Sie mich jetzt für irgendwas Besonderes halten, ja? Autoren (denn das bin ich; ein Autor, kein Schriftsteller) werden im Allgemeinen nicht zum Gegenstand von Personenkult, und bei mir ist das nicht anders. Für den Fall, dass dem doch so ist, Sie mich also für eine Lichtgestalt zeitgenössischer Unterhaltungsliteratur halten, lassen Sie sich gesagt sein, dass Ich zu sein sehr simpel ist.

Wie werde ich Torsten Sträter?

1. Lassen Sie zu, dass ihre Eltern in den Sechzigern »Butter bei die Fische tun«. Dann sind Sie jetzt nahezu Ende Dreißig, und jeder Verkäufer bei Media Markt glotzt Sie an, als hätten Sie Antennen auf dem Schädel, wenn Sie ein Playstation2-Game und CDs von Dean Martin und Rammstein kaufen.
Ihre Jeans dürfen jetzt nur noch Löcher haben, wenn sie Löcher haben, nicht wenn es Mode ist.
Essen Sie viele Gyros-Teller. Im beiliegenden Gurkensalat sind viele Vitamine und wenig Kalorien, aber ihn mit der Gabel beiseite zu schieben verbrennt auch Fett.

2. Treiben Sie mäßig Sport. *Sehr* mäßig. Es sollte eigentlich nicht mehr sein als unbewusste Muskelkontraktionen, wenn Sie auf der Couch das Gewicht verlagern. Ich besitze erstklassige Nike-Laufschuhe, schön bunt und mit allem Zipp und Zapp, aufpumpbar und schockresistent. Ich höre niemals »Alter, bist du fit«, aber ständig »geile Schuhe, Mann.« Sie stehen ja auch gut sichtbar in der Vitrine mit den Todd McFarlane-Sammelfiguren.

3. Hören Sie in der Badewanne nur Sinatra. Wer jemals mit Schaum bis unterm Kinn »Fly me to the Moon« gehört hat, weiß, was ich meine. Das ist pure Erhabenheit im Angesicht einer unperfekten Welt. Wenn man

dann allerdings der Wanne entsteigt und am Spiegel vorbei kommt, wünscht man sich, man hätte ab und zu die Laufschuhe benutzt. Aber Frank wischt diese Bedenken mit »Glad to be unhappy« weg. Garantiert.

4. Tragen Sie bevorzugt Schwarz; das macht enorm schlank. Dieser Effekt wird noch verstärkt, wenn Sie sich in mondlosen Nächten in eine abgedunkelte Garage stellen. Männer unseres Alters sollten keine pflaumenfarbenen Jacketts tragen, wenn Sie nicht bei QVC arbeiten. Die Haare entweder sehr kurz oder lang, alles dazwischen ist Bata Illic.

5. Seien Sie gut zu Kindern. Wir verstehen uns? Sie kennen ja den Blödsinn, von wegen dass die Erde uns nur geliehen wurde (was mir unbegreiflich macht, warum wir Miete zahlen). Also pflegen wir unsere Kinder, geben ihnen die entsprechenden Werte mit und unterlassen unbedachte Äußerungen wie »Also das war jetzt wirklich grausame Pumapisse, Kevin!« Hier in Dortmund hab ich das schon mal gehört. Wirklich.

6. Lassen Sie die Finger von raubkopierten Filmen aus dem Internet. Nichts gegen moderne Freibeuter oder Leute, die mal verschämt einen Titel von den Gipsy Kings aus dem Netz saugen. Aber ehrlich: Wer genug Geld hat, sich eine Folie in Form eines Arsch-Tribals hinten auf seinen Polo zu kleben, hat auch genug Geld für einen Kinobesuch oder die DVD. Zumal Filme wie »Der Untergang« auch genauso apokalyptisch abgefilmt werden: Irgend ein Spacken hält seine Digicam in einem Winkel, als wären wir im Kabinett des Doktor Caligari und filmt noch seinen halben Kapuzenpulli mit. Braucht man das? Kaufen Sie sich lieber einen Terrier und gehen Sie mit ihm in den Park.

7. Nehmen Sie sich nicht so gottverdammt ernst. Sicher: Sie arbeiten vielleicht im Büro einer großen Kranken-

kasse und entscheiden nach Tagesform darüber, ob ein Querschnittsgelähmter einen Badewannenlift bekommt oder doch an der Aral eine Waschkarte kaufen muss, aber dieses bisschen Macht heißt nicht, dass sie nicht auch ein wenig doof, ein wenig moppelig und ganz allgemein völlig neben der Spur sind. Damit sind wir schon zwei. Entspannen Sie sich. Nicht jeder kann Tom Selleck sein, und Gott hat auch schlechte Tage. Sie und ich sind nichts als zwei Organismen auf Kohlenstoffbasis, die von Krautsalat aufstoßen müssen.

8. Meiden Sie Astrologie und Horoskope. Frauenzeitschriften beschäftigen nicht wirklich ältere Herren in Rollkragenpullis, durch die das göttliche Über-Ich fährt oder die öfter ins Teleskop spähen; denken Sie, elementare Tipps wie »Dienstag sieht's fabelhaft mit Poppen aus, gehen sie Freitag Mittag keine unnötigen Risiken ein« hängen als Leuchtreklame neben dem Saturn? Es ist hart, aber: Sie sind Steinbock, weil ihre Eltern an eben jenem Tag in eben jenem Monat Lust aufeinander hatten, und nicht weil Aquarius und Uranus im Dritten Haus standen, weswegen Sie, glaubt man dem Rollkragen, emotional kommunikativ, aber ungeschickt im Umgang mit Wirbeltieren sind oder so was. Ich bin Jungfrau, und habe eine entsprechende Tasse geschenkt bekommen, auf der »JUNGFRAU: Ordentlich und penibel« verzeichnet ist. Oder so ähnlich. Ich finde das Ding gerade nicht, aber sie war ohnehin pottdreckig.

Sie sehen, Torsten Sträter zu sein ist nichts Besonderes, aber schwierig ist es doch ab und zu. Manchmal kriege nicht mal ich es besonders gut hin.

Nachwort zur 2. Auflage

Heimlich, still und leise hat es also auch dieses Buch geschafft. In der Erstauflage war an dieser Stelle eine leere Seite, es ist also ein optimaler Ort, ein Nachwort dazwischen zu schieben. Auch wenn es natürlich völlig überflüssig ist, wie manche meinen. Wie auch immer.

Tja, was soll man schreiben? Wie schon bei Hämoglobin: Vielen Dank an alle Leser, die diesen Erfolg ermöglicht haben und so, klar. Nur … seien wir mal ehrlich: Sie (ja, Sie) haben die Erstauflage doch gar nicht gekauft, oder? Denn wenn Sie das getan hätten, wieso haben sie jetzt die zweite in der Hand? Na? Na? Naaa?
Na ja, vielleicht haben Sie Ihre Erstausgabe verliehen. Oder verlegt. Oder verschenkt.
Oder sind Sie gar am Ende so ein Sammler? Dagegen haben wir natürlich auch nichts. Neulich meinte ein Leser doch tatsächlich, wir sollten die zweite Auflage stärker von der ersten unterscheidbar machen, damit es sich lohnt, beide Ausgaben zu besitzen.
Das ist wirklich faszinierend. Kann es am Ende gar sein, dass hinter dem Abverkauf von 1500 Büchern vielleicht nur ein Dutzend Personen stehen? Hm, das ist nicht nur faszinierend, es ist schon unheimlich.

Nichtsdestotrotz (eins meiner Lieblingswörter): Nochmals vielen Dank.

Aachen, im Dezember 2005
Peter J. Dobrovka

Werbung

Wenn Sie es bis zu dieser Seite geschafft haben, gibt es mehrere Möglichkeiten:

1. Sie sind begeistert
2. Sie sind es nicht
3. Sie sind einer von denen, die hinten anfangen

Selbstverständlich hoffen wir auf Ihre uneingeschränkte Begeisterung, denn nur so hat es einen Sinn, dass wir Ihnen noch mehr unserer Bücher anbieten.
Zum Beispiel dieses hier:

Dieses Büchlein wird von den Kritikern in den höchsten Tönen gelobt und war von Januar bis Juli 2005 auf Platz 1 der Amazon.de Horror-Charts. Es wäre ein hervorragender Geheimtipp, wäre die Wahrscheinlichkeit nicht recht hoch, dass Sie es ohnehin schon besitzen. Schließlich halten Sie ja gerade Band 2 der Reihe in den Händen.

Aber vielleicht haben Sie es noch nicht. Das sollten Sie ändern.

Hämoglobin (Jacks Gutenachtgeschichten 1)
Autor: Torsten Sträter
Genre: Horror
Seitenzahl: 184
Format: Paperback, 125 x 200mm
Ladenpreis: 7.95 €
ISBN: 3-937419-03-9

Das nächste Buch ist auch Horror. Nicht weniger als 10 Meisterautoren haben daran mitgewirkt:

Dieses Buch steht unter dem Oberthema „Fleisch" und entsprechend handeln die Geschichten darin von Perversionen, Verstümmelungen und unappetitlichen Todesarten. Auch solche Leser, die sich für hartgesotten halten, werden hier möglicherweise nach der Lektüre ihr Essen einen Tag ruhen lassen.

Keine Angst, es handelt sich hier nicht um billigen Splatter von irgendwelchen präpubertären Spinnern, wie man das bei Büchern dieser Art recht häufig findet, sondern echte Literatur. Es wurde versucht, eine Brücke zu schlagen zwischen der Ästhetik des Abstoßenden und spannungsgeladenem Thriller. Überzeugen Sie sich selbst – wenn Sie sich trauen.

Fleisch
Autoren: Hel Fried, Peter Lancester, Joel E. Nigne, Lukas Först, Manuel Mackasare, Matthias Uffer, Soren Notsorg, Rainer Innreiter, Dave Gore, Salem Stoke
Seitenzahl: 200
Format: Paperback, 125 x 200 mm
Ladenpreis: 7.95 €
ISBN: 3-937419-07-1

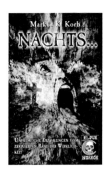

Markus K. Korb ist Ihnen vielleicht ein Begriff als Herausgeber von Edgar Allan Poes phantastischer Bibliothek im Blitz Verlag.

Wenn Sie düsteren, morbiden Horror bevorzugen, bei dem sich die Grenzen zwischen Normalität und Wahnsinn verwischen, dann merken Sie sich diese Daten für Ihren nächsten Besuch beim Buchhändler:

Nachts ...
Autor: Markus K. Korb
Genre: Horror
Seitenzahl: 200
Format: Paperback, 125 x 200 mm
Ladenpreis: 7.95 €
ISBN: 3-937419-14-4

Kein purer Horror, sondern Science-Fiction ist das folgende Buch. Dennoch erlauben wir uns eine Empfehlung.

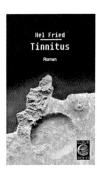

Das ist ein Endzeitroman. Falls Sie nicht wissen, was das ist: Es ist ein Subgenre der Science-Fiction, das Szenarien nach Atomkriegen, Seuchen, verheerenden Weltwirtschaftskrisen oder die Straßen Roms zur Zeit eines Papstbegräbnisses bevorzugt. Das letztere war natürlich ein Witz, und wenn Sie das auch ohne unseren Hinweis erkannt haben, mögen Sie vielleicht intelligent gemachte Science-Fiction. Der Autor gehört, einem österreichischen Kritiker zufolge, in die Oberliga deutschsprachiger SF-Autoren.

Warum wir Ihnen das in einem Horror-Buch empfehlen? Nun, in dem Buch sind einige Ideen, die sind durchaus ein wenig grausig.

Tinnitus
Autor: Hel Fried
Genre: Science-Fiction
Seitenzahl: 238
Format: Paperback, 125 x 200 mm
Ladenpreis: 8.95 €
ISBN: 3-937419-00-4

Weil's so schön ist und wir noch was Platz auf der letzten Seite haben, noch ein letzter Buchtipp. Genauer gesagt, sind es 5 Bücher einer Reihe. Eines Fantasy-Zyklus.

Die Chroniken der Anderwelten sind ein düster-blutiges Werk der Phantastik mit Szenen, wie sie sich auch Clive Barker hätte ausdenken können.
Rasante Action, einmalige Dialoge und ein nie vorsehbarer Handlungsverlauf prägen diese Reihe.

Drei Bände sind bisher erschienen, der vierte kommt Mitte 2014.

Die Chroniken der Anderwelten 1 - Das blaue Portal
Autor: Peter Lancester
Seitenzahl: 372
Format: Paperback, 125 x 200 mm
9.95 €
ISBN: 3-937419-01-2

Die Chroniken der Anderwelten 2 - Unterm Doppelmond
Seitenzahl: 372
9.95 €
ISBN: 3-937419-04-7

Die Chroniken der Anderwelten 3 - Dämonentränen
Seitenzahl: 388
9.95 €
ISBN: 3-937419-05-5

Die Chroniken der Anderwelten 4 - Die eiserne Hand
Seitenzahl: >400
11.95 € (9,95 € für Vorbesteller)
ISBN: 3-937419-08-X

Die Chroniken der Anderwelten 5 - Avalon
Seitenzahl: >500
14.95 € (9,95 € für Vorbesteller)
ISBN: 3-937419-09-8